生財棄婦 下

半生閑 著

風 文創 313

目錄

第三十一章……005
第三十二章……015
第三十三章……025
第三十四章……035
第三十五章……045
第三十六章……055
第三十七章……065
第三十八章……073
第三十九章……085
第四十章……095
第四十一章……107
第四十二章……117
第四十三章……129
第四十四章……141
第四十五章……151
第四十六章……161
第四十七章……171
第四十八章……181
第四十九章……191
第五十章……203
第五十一章……213
第五十二章……225
第五十三章……237
第五十四章……247
第五十五章……257
第五十六章……265
第五十七章……275
第五十八章……287
第五十九章……299
第六十章……307

第三十一章

前世的正月初一，哪個不是在家裡睡大覺？這個世界規矩不一樣，秦曼也只得早早起來吃過飯，跟凌叔凌嬸向東家拜過年再回來休息。

弘瑞一蹦一跳的進來她的房間。「曼姨，我回來了。」

秦曼立即起身抱住弘瑞。「是不是出去拜年收到什麼好吃的吃食，這麼高興？」

弘瑞搖頭說：「別人家裡的吃食，都沒有曼姨做得好吃，我們家的是最好吃的。」

秦曼看著一臉臭屁的弘瑞，捏了他的臉蛋一把說：「曼姨做的吃食哪有多好吃，是弘瑞誇曼姨。」

弘瑞摟著她的脖子說：「曼姨，我跟妳說，別人家的吃食都差不多款式，只有我們家的最多，剛才虎子、花兒都說，我有一個最好的曼姨。」

秦曼在他的小臉上親了一口。「謝謝弘瑞，你也是我最好的弘瑞小少爺。」

正要進門叫弘瑞的姜承宣看著這互動親暱的兩人，覺得這畫面真是溫馨。兒子這大半年來，變得越來越可愛，越來越讓人疼，這都是秦曼的功勞。

抬頭見姜承宣站在門口，秦曼發覺自己的心跳有點不大受控制，想必是這個男人今天打扮得太帥了。

他穿著秦曼給他做的最新式外袍，整個人顯得剛毅又英俊。

秦曼的臉不受控制的紅了起來，白淨紅潤的小臉越發顯得可愛，看到這樣的她，姜承宣不由自主的嚥了一下口水才說：「瑞兒，跟你曼姨一塊兒來吃中飯。」

不想再受到這個男人的影響，秦曼故意放慢腳步。

突然耳邊傳來男人的嗓音。「妳可欠我一份過年禮物，我等著，一定要跟瑞兒的一樣，是妳親手做的。」

秦曼被姜承宣曖昧的語氣嚇到，這男人想做什麼？頓時她心中多了幾分警戒。

初二那一天，姜承宣帶著弘瑞、李琳，以及王、劉、趙三家去並州城，三日後連同蘭令修一起回來，然後幾家輪流作客。

不過由於秦曼受寒，頭重腳輕很不舒服，加上她實在不想與姜承宣、蘭令修等人多碰面，她便借故沒有跟去作客。

蘭令修在王漢勇家沒看到秦曼，他急著問姜承宣。「大哥，秦姑娘今天怎麼沒來？」

聽到蘭令修擔心的語氣，姜承宣內心著實有些不舒服。雖然知道秦曼已拒絕了六弟，可是六弟卻仍對她關心，她會不會是在欲擒故縱？

見蘭令修還等著他回答，姜承宣穩了穩心神才說：「早上秦姑娘跟奶娘說，她有點頭暈，想多睡一會兒。」

蘭令修一聽秦曼不舒服，立即又問：「那有沒有叫大夫看看？」

姜承宣淡淡的說：「六弟很關心她？已經叫凌叔看過，也給她煎了藥，六弟不用擔心。」

蘭令修看姜承宣淡淡的表情，想起這一生將會錯過秦曼，心裡就愈加難過，他落寞的說：「大哥，不要再對女人有偏見了。秦姑娘真的是個不錯的女子，可惜兄弟我沒這個福分。」

蘭令修越是對秦曼表現出關心，姜承宣的心裡越是不舒服。也許男人都是這樣，明明在乎某樣事物，偏偏不想讓人看出什麼，聽蘭令修這樣說，他仍舊是一臉淡淡的表情。「看來六弟對她的印象很好，也許她真的不錯，可她與我也沒有什麼關係。」

劉虎見兩兄弟在聊天就過來問：「在聊什麼？聊得這麼不開心。」

蘭令修一愣，立即說：「四哥你弄錯了，我跟大哥哪有聊得不開心？只是聽說秦姑娘人有點不舒服，也不知她到底怎麼了。」

劉虎一臉惋惜的說：「今天我媳婦還說要跟秦姑娘學做手套，可惜她身子不舒服。大哥、老六，我們幾家的媳婦都很喜歡秦姑娘，好在她是個姑娘，要是個小夥子我可得吃醋了。」

劉虎的一句話打破兩人之間的尷尬，他們將話題轉到劉虎媳婦的身上，三人開心的聊起來。

回到姜家已有點晚，蘭令修因心情鬱悶，多喝了幾杯，最後被凌叔扶回來，李亮與賀青兩人幫著把他扶上床。

姜承宣並沒有喝多少，他等眾人睡下後，走進秦曼的臥室，伸手摸摸她的額頭，感覺沒有發燒便放下心。

姜承宣看著睡熟的秦曼，喃喃的說：「妳到底有什麼魔力，讓大家都喜歡妳？我害怕妳又是一個蛇蠍美人。

「可是我卻該死的也被妳吸引住，妳說妳怎麼就這麼會裝？妳可知道，妳那純真的模樣正是男人的致命毒藥。我要清醒過來，絕不能再犯錯。」姜承宣似乎有了決定。

第二天蘭令修起來後還是按捺不住，親自來到秦曼的院子。

秦曼正在跟弘瑞說故事。見著蘭令修還是有點尷尬，但人都來了，秦曼總也該問候一下。「蘭六哥，聽說你昨天喝多了？今天有沒有舒服一點？」

強忍著難受，蘭令修笑笑說：「我會喝多是因為曼兒做的酒太好喝，我沒什麼事，只是胃口不大好。」

秦曼笑著請蘭令修坐在桌子邊。「六哥你先跟弘瑞玩一下，我去給你弄一些開胃的吃食。」

聽秦曼說要親手給他弄吃食，蘭令修內心暖暖的，可想到秦曼的身子不舒服，於是又擔心的問：「會不會太麻煩？妳的身子不舒服，還是不要去弄了，省得累著妳。」

秦曼笑笑說：「蘭六哥別擔心，我沒事。是很簡單的吃食，你昨天喝了酒，胃裡一定難過，我弄點清淡的給你吃。」

蘭令修癡癡的看著滿臉笑意的秦曼，直到她離開才喃喃的說：「曼兒，不要對我笑，妳的笑讓我更心痛。」

直到正月十五，酒廠開工，才算真正的過完年。據蘭令修說，他大哥蘭令宇在年前送去的禮品酒，得到大人們的喜愛，還有不少人問哪裡有出售。

當初給六州府的酒生意，只給散酒和瓶裝酒的經營權，聽蘭令宇這麼一說，他們準備在京城專門開一間高檔禮品酒鋪，畢竟城裡都是高官貴族，若能經銷各式的禮品酒，可是一大筆生意。

幾人快馬到了京城，姜承宣先去別院，不一會兒一個男子從牆頭飛身而下，垂手站在姜承宣的書房裡。

姜承宣問：「麗娘進行得怎麼樣？」

男子恭敬的說：「回爺的話，麗娘進行得很順利。現在李東明已經將手上很多店鋪都賣了，我們也已按計劃買進。」

姜承宣又問：「賣鋪子的銀子呢？」

男子笑著說：「李東明除了去賭場要用的銀子會留在自己身邊外，其他的銀子都由麗娘保管。」

姜承宣眼睛一瞇，吩咐道：「你去通知麗娘，想辦法弄到李東明手上所有的鋪子，然後把銀子要到手。」

男子立即說：「是，爺，小的馬上就去。」

男子剛要離去，姜承宣又說：「慢著。麗娘在李東明身邊，那女人沒發現吧？」

男子趕緊回答。「麗娘很仔細，從不出門，左右鄰居都沒人認識她。」

姜承宣點點頭說：「嗯，桌上的藥拿著，其中一包是假孕藥，另一包是媚藥。等接到我的通知，按計劃行事。」

男子說：「是，爺。小的告退。」

姜承宣等男子退下後，坐在椅子上沈思起來，他在思考著，等秦曼契約期滿後，他該作何打算。

姜承宣不得不承認內心的醋意，聽說秦曼親手給蘭令修弄早餐，心裡就很鬱悶。他也說不清對秦曼是什麼樣的心情，深怕再次識人不明，因此告誡自己不能再上女人的當，可又總會在深夜的時候想著她。

這種患得患失的心態，讓一向胸有成竹的姜承宣第一次亂了心。

一個月後，京城的關係都打通，店鋪也選好，蘭令修留在那兒做開業的準備，姜承宣則回到林家村。

回來後姜承宣並沒有休息，而是立即作了安排，一來是安排人去購買糧食，二來是準備再弄些禮品包裝的新花樣以備開業。經過與眾人的商議，第二天他帶著老關三人去各地收糧。

蘭令修留在京城，在蘭令宇的幫助下，辦好店鋪的轉讓手續，準備裝修，預備在端午前開業，估計可以趕上過節送禮的熱潮。

這天下午未時剛過，弘瑞去午睡，秦曼正在編寫一些成語故事。因月初姜承宣跟凌叔提過，要找一位夫子來家中教弘瑞，為將來科舉先準備。

秦曼知道就算自己的教育方法不錯，但所教的東西，在這個時代畢竟不是正統，她想好了，三月初一先生就會來姜家授課，她的契約再二十天也到期了，既然姜承宣為弘瑞找好正規的老師，她這個全職保母也完成任務了。

秦曼不打算再簽約，在這裡雖然待遇不錯，但畢竟是低人一等，等期限屆滿，她預備到鎮上租個小房子，先求穩定再打算。

秦曼想，酒廠今年內可能分紅不會太多，目前手邊有五十多兩的銀子，過上一、兩年應該還不用擔心。還有走之前儘量多留些記得的東西給弘瑞，也算是回報他對自己的救助之恩。

秦曼正認真在編寫成語故事，「砰」的一聲，房門被撞開，一股冷風吹進來。她抖了一下，在這地方二月的天還不時會下雪，就算出太陽，風也很大。抬頭一看，以為是風將門撞開，她心想這風真大，還沒等她起身來關好門，兩道身影已推門而入。

迎面走進來兩位小姑娘。前面一個是傭人打扮，約十三、四歲梳雙髻，身穿百合花粉底衣裙，頭插一支純銀珠釵，臉不大，五官平常，看秦曼的眼神有點躲閃，看來是個小丫頭。

秦曼正在猜測來者何人，一個約十五、六歲的姑娘從小丫頭身後走出來，對著小丫頭說：「綠兒，妳退下。」

小丫頭馬上躬身回答道：「是，姑娘。」然後退後一步，站在她家姑娘的左邊。

秦曼打量著眼前的女子，上穿月青白繡花小襖，下穿酒紅色百褶長裙，頭梳流雲髻，一支金鑲玉鳳尾釵插在髻邊，雙鬢髮絲垂耳而下，適中的圓長臉，膚白如雪，雙眼有神，鼻梁挺直，小嘴紅潤，是一個不折不扣的青春美少女，雖沒有傾國傾城，但看著也賞心悅目。

只是那眼神充滿輕視，好像秦曼欠她銀子似的。

秦曼有點莫名其妙，她什麼時候得罪過這樣一個小美人？難道是這身子的原主得罪的？也不可能呀。

在秦曼打量人的同時，袁之穎也在不停的打量她。琳兒說令修哥哥不願意娶她，是因為眼前這個女人在勾引令修哥哥。

可是袁之穎看來看去，覺得眼前的人也不是什麼絕色，好吧，她承認還算是美，一張巴掌大的瓜子小臉，雪似的皮膚白裡透紅，小嘴不點而紅，雙眼又大又黑，炯炯有神。

可自己也不差，又是正五品官家嫡出小姐，哪是這個剋父剋夫的棄婦可比的？

想到此，袁之穎的底氣全部回來，她想令修哥哥肯定是不了解這個女人，而且一定是這個女人纏著他不放。

秦曼見這個女子忽怒忽笑的表情，也沒有開口，只是淡淡的看著對方，想要知道這女子的來意。

秦曼還在猜測時，女子開口了。「妳就是琳兒說的，想嫁令修哥哥的那個秦姑娘？」

秦曼心道，又來一個「情敵」？不過這女子有沒有搞錯，她哪隻眼睛看到我想嫁蘭令修了？

秦曼覺得這個姑娘很沒禮貌，本不想理她，可一想到她還是個小孩子，不需跟她計較，於是禮貌的說：「我是秦曼，請問姑娘是哪位？」

袁之穎沒想到秦曼會這麼冷靜，又聽到她禮貌的問話，頓時不好意思的紅了臉，但語氣還是不大友善。「我叫袁之穎，是令修哥哥的未婚妻。琳兒說是妳勾引令修哥哥，所以他現在想要退婚。因此我就來看看，到底是什麼樣的狐狸精，會把令修哥哥迷得暈頭轉向，捨棄我而娶妳？我是堂堂五品官的嫡女，妳是一個棄婦，妳憑什麼嫁給令修哥哥？」

秦曼一聽，心裡有點無奈，這個李琳到底想幹什麼？她什麼時候勾引蘭令修了？

不過這女子倒也很勇敢，一個大家閨秀敢為自己的愛情來挑戰，有勇氣！能當面挑戰的人，總比背後搞鬼的人好很多，秦曼在內心讚賞她。

秦曼覺得這姑娘的性子雖說急躁，但行徑還算是坦然。也許配蘭六哥是個不錯的對象，她得再幫蘭六哥試試這姑娘人品如何。

於是秦曼故意抬了抬眼氣她。「哦，是蘭六哥的未婚妻？長得倒不錯，嗯，配他也合適，不過沒我漂亮。」

看著聞言怔在一旁的袁之穎，秦曼覺得這女子還算是可愛。一看這孩子就不是那種真正的宅門高手，要不然不會被她這一句堵得無話可說。

秦曼停頓了下又說：「妳說我配不上他，妳憑什麼認定，是因為我的出身？妳難道沒讀過書，自古以來英雄不問出身低？而且妳可知道，對男人來說，喜歡才是最重要。妳的令修哥哥喜歡妳嗎？」

袁之穎一聽秦曼說她不夠漂亮，氣得雙眼通紅，說：「漂亮有什麼用？一個女人家世好才能幫襯男人。」

秦曼暗笑，古人的教育都把孩子給教呆了。家世好是可以幫得上男人，但是男人要不要靠這個家世，這就難說了；而蘭令修這個人好像就不是那種會靠裙帶關係往上爬的人。

第三十二章

袁之穎見秦曼臉上露出諷刺，立即又接著說：「不問出身，那就比才學。妳看來讀過很多書，那我們比試一下，敢嗎？如果我輸了，我就與令修哥哥退婚，成全你們；如果妳輸了，就請妳以後不要再見他，永遠離開他的視線。」

秦曼差點笑了，這孩子真直接。秦曼並不想生事，但為了多了解這個女子，她仍淡然的問：「想比什麼？」

袁之穎自信的說：「詩詞歌賦，琴棋書畫，女紅針黹，由妳選！」

好吧，今天就算她秦曼欺負小姑娘了。「要不這樣，一樣樣來太麻煩，姑娘妳先坐下喝杯茶，一會兒我先作一首詩，再畫一幅畫，最後唱首歌請妳欣賞？」

袁之穎見秦曼如此托大，她不服氣的說：「就按妳說的來，我不相信妳有什麼能耐。」

秦曼吩咐。「冬梅，替袁小姐上茶。」

袁之穎說：「不用客氣。妳這兒能有什麼好茶？還是不喝的好。」

秦曼笑著說：「袁小姐還真問對了，我這兒真有好茶。」

袁之穎驕傲的說：「那好吧，我倒要看看妳一個身分低賤的人，能有什麼好茶值得炫耀。」

反正沒打算與這小姑娘交朋友，秦曼懶得去計較她的出言不遜。喚冬梅泡上一杯綠茶，擺上兩盤果子，秦曼淡淡的開口請她坐下，道：「袁小姐請坐，先容秦曼準備一下筆墨。這是綠茶，這茶與妳平常喝的有點不同，這種綠茶有提神、清火、防病的作用，姑娘妳嚐嚐看，評價一下是不是值得我炫耀。我先作詩。」

袁之穎沒有接秦曼的話，慢慢的端起白玉杯，但見杯中茶色翠綠晶瑩，茶葉片片聳立杯中，放在鼻前一股茶香沁入心脾，這不是令修哥哥帶回去的茶嗎?!

袁之穎醋意大發。「這是令修哥哥買來送給妳的？」

面對這壞脾氣的小女孩，秦曼故意氣她。「妳說是就是，不過難道妳有意見？」

袁之穎氣呼呼的說：「讓他給我一點，帶回去給我爹爹喝，他還說太少，分不過來；送給狐狸精就不嫌少！」

秦曼聽了袁之穎的氣話，再下重招。「唉，妹妹年紀看來還是太小了。」

袁之穎立即說：「我已經滿十五了，妳也沒比我大多少吧？」

秦曼說：「可是我心理年紀比妳大。」

袁之穎說：「妳是說我很幼稚？」

秦曼說：「妳確實很幼稚。」

袁之穎氣得站起來，指著她說：「妳亂說！我哪裡幼稚了？妳說出來，要是妳說不出來，我跟妳沒完！」

秦曼「噗」的一聲笑了。「看，妳現在這樣就是幼稚的表現。妳說我是狐狸精是不是？妳知道狐狸精是怎麼樣的？」

袁之穎疑惑的問：「不就是會勾引男人的女人嗎？」

秦曼笑呵呵的說：「狐狸精為什麼能勾引男人？是因為她太漂亮、太有手段了，可我覺得我還差了點。」

袁之穎「呸」了一聲。「哪有女人想做狐狸精的？」

秦曼笑著引導她。「其實女人能做得了狐狸精，那才叫有本事。男人都喜歡狐狸精，不是她們會勾引男人，是因為男人喜歡這樣的女人。」

袁之穎不屑的說：「只有不要臉的女人才會去勾引男人。」

秦曼又問：「袁小姐跑到這兒來，難道為的就不是一個男人？」

袁之穎又氣又羞。「我才不是！」

秦曼輕嘆了口氣，指著面前的紙說：「袁小姐，我詩寫好了，妳要不要看？」

剛才不是在說話嗎？她怎麼就寫好了？

袁之穎疑惑的問：「妳真寫好了？妳能邊說話邊作詩？不會是糊弄我的吧？我要看。」

秦曼扯扯嘴角。「袁小姐妳先慢慢看，我來畫張畫。」

袁之穎沒理秦曼，她拿過宣紙鋪開一看，一首字跡工整的〈春曉〉躍然紙上：春眠不覺曉，處處聞啼鳥。夜來風雨聲，花落知多少。

這首應時、應季、應情的五絕，讓袁之穎睜大雙眼。

袁之穎正看著詩發呆時，李琳主僕帶著古琴走進來，李琳見袁之穎呆呆的看著桌上的紙張，不知道她發生什麼事，立刻問道：「穎姊姊，妳怎麼在發呆？」

袁之穎指著桌上的詩作，對李琳說：「琳妹妹，妳來看。」

李琳湊過去一看，原來紙上是一首詩，她看完詩，又看了看秦曼，然後用手指著秦曼道：「這是妳作的？不可能，是不是承宣哥哥作的？放在書房被妳抄來了？一定是這樣的！穎姊姊，妳別相信她，秦姑娘經常會到承宣哥哥的書房去。」

袁之穎一聽，頓時安心許多，想想也許李琳說得對，這秦姑娘就只是一個窮秀才的女兒，秀才爹還死得早，哪能有如此才情？

心中更加認定這首詩一定不是秦曼所作，袁之穎決定再讓她重新作過。「秦姑娘，如果妳真有才情，要不妳再以春為題，當場作一首七律，若妳能作出來，這詩詞上就算妳贏了。」

妳以為我是來賣詩的？秦曼嘆了口氣。心想不讓妳們服氣，妳們還有得鬧。

看了看眼前兩個小姑娘，秦曼說：「我邊畫邊唸，省得耽誤時間。就以春雪為題如何？新年都未有芳華，二月初驚見草芽。白雪卻嫌春色晚，故穿庭樹作飛花。」

秦曼沒理會聽著詩句發呆的兩人，把畫好的袁之穎素描，放在她面前。「袁小姐，妳看看喜歡不喜歡？」

袁之穎把畫拿在手上，她看著秦曼說：「秦姊姊，妳真的太能幹了！我比不過妳，我把令修哥哥讓給妳。」

秦曼一聽袁之穎的話，「噗」的一下笑出來。「袁姑娘，妳真是個傻妹妹！蘭六哥是個真正的男人，不是女人想要就能要，不想要就能讓的人。」

袁之穎一副要哭的表情。「可是我真的比不過妳，妳這麼好，令修哥哥肯定只會喜歡妳。」

這麼直率的小姑娘她喜歡，比李琳好上一千倍。秦曼微微一笑。「坐下來再喝杯茶，這是我炒的茶，要是妳喜歡，回去時我送一包給妳。」

袁之穎睜大眼睛，眼裡一陣驚喜，然後又一片死灰。

秦曼見她這臉色，只得說：「我知道妳來這裡的目的，但我可以告訴妳，我沒有勾引妳的令修哥哥。我和他是兄妹、是朋友。我不管妳信還是不信，但這是事實。」

袁之穎怯弱的問：「秦姊姊，妳真的沒有想嫁給令修哥哥？」

秦曼搖搖頭。「自古以來婚姻大事都是父母之命、媒妁之言，一樁親事不僅是兩個人的事，更是兩大家族的事。再者夫妻間除了要講究情投意合，更要得到長輩的首肯，這樣才會長久。妹妹聽過〈孔雀東南飛〉的故事嗎？」

袁之穎點點頭問：「是漢時廬江府小吏焦仲卿與劉蘭芝的故事嗎？」

秦曼說：「那妳是知道這個故事的結局了。焦仲卿與劉蘭芝愛得深吧？他們不顧母親的意願而成婚，最後結果卻是一人投水而死，另一人自縊於庭樹。女子婚姻如不得夫家長輩祝福，之後不可能舉案齊眉、相扶到老，這樣的婚姻又怎麼能長久？」

袁之穎聽出秦曼話中的意思，也知道她的想法，因此不好意思的說：「秦姊姊，對不起，是之穎冒失，請妳原諒。」說著對秦曼深深一鞠躬。

秦曼嚇一跳，剛才還一隻鬥牛似的女子，馬上就變得這麼謙恭，不愧是出身有教養的人家。

秦曼笑著扶起她。「袁妹妹不必如此。不是說，每個人的婚姻都是三生石上早注定的嗎？命裡有時終須有，命裡無時莫強求，該妳的不會走，不該妳的求不來。妳真的無須在意我，如果妳真的愛蘭六哥，那麼妳就努力讓他愛上妳，而不是去怨恨別人。」

袁之穎哀怨的說：「秦姊姊，妳不要笑話我，我第一次見到令修哥哥就喜歡上他，坐著看書會想他，坐著繡花也會想他。後來蘭家去我家提親，我高興得幾天都睡不著。」

秦曼說：「嗯，看來袁妹妹對他是一見鍾情，蘭六哥好幸福。」

袁之穎不依的說：「秦姊姊妳笑話我。」

秦曼說：「我不是笑話妳，我是肯定妳。」

袁之穎難過的說：「可是後來我知道，他並不喜歡我。」

秦曼問：「就算他不喜歡妳，妳也想嫁給他嗎？」

袁之穎被秦曼的話問住了。「秦姊姊，我……」

秦曼笑著又說：「袁妹妹喜歡蘭六哥是一定的，只是妳這是愛，還是喜歡，要分清楚，妳的心是什麼樣的，自己一定要知道。要是他真的不喜歡妳，妳還是想嫁給他，也不會覺得受委屈，那樣妳就不用猶豫。」

袁之穎說：「秦姊姊，我們的婚姻是長輩訂下的，不能退婚，因為雙方父母都不會允許。」

秦曼問：「那要是他真的不愛妳，妳不是會難過一生？這樣的人妳也一定要嫁？」

袁之穎一副想哭的樣子。「秦姊姊，其實我很害怕，怕令修哥哥一輩子都不會喜歡我，更害怕與他相敬如賓、孤單寂寞的過一輩子，這樣的日子會很難過。可是訂下的婚事不能變卦，所以我想來看看，能讓令修哥哥喜歡的女子，是個什麼樣的女子。姊姊，妳博學多才，能不能教教我，如何去獲得令修哥哥的喜愛？」

秦曼笑了，這個袁之穎真的是個好女孩，也許會是蘭令修不錯的伴侶，為了蘭六哥的幸福著想，就把千年之後的經驗跟她聊聊，也許能幫幫她。

「袁妹妹，妳知道姊姊是一個棄婦，可是我並不因此而自卑。被棄不是我不好，是那個男人沒有娶我的命。我並沒有什麼好手段能讓男人喜歡，但我知道，男人喜歡善良、溫柔、明理的女孩，不是有句話說：百鍊鋼化為繞指柔嗎？還有一句話是：要抓住男人的心，就要抓住男人的胃，妳的廚藝行不行？」秦曼問袁之穎。

「姊姊不要再說什麼出身了，穎兒有點不好意思，其實我真的沒有看輕妳。妳說要抓住男人的心，就要抓住男人的胃，可下廚不是下人做的活兒嗎？」袁之穎臉紅的看著秦曼，這個姊姊的話還真是新鮮。

秦曼說：「為喜歡的人洗手作羹湯，那是一件幸福的事。在愛的人面前，沒有主人與下人之分。」

袁之穎崇拜的看著秦曼說：「秦姊姊這樣一說，我真的覺得妳說得很對。」

秦曼笑著說：「祝妳能獲得蘭六哥的愛，也希望你們幸福美滿。」

袁之穎真誠的說：「謝謝秦姊姊，不管結果如何，我都感謝妳的祝福。」

這個下午，李琳多次催袁之穎去她的院子，可是袁之穎興致勃勃，拉著秦曼嘰嘰喳喳聊個沒完。

直到天色晚了，袁之穎才依依不捨的跟李琳回麥香院。她是從並州蘭府過來的，跟蘭老夫人請示過來看李琳，準備在這裡住三、四天再回蘭府。

李琳安頓好袁之穎，帶著香米去找張嫂。她一邊走一邊說：「香米，穎姊姊真沒用，被姓秦的幾句話就給唬住了。這個女人說沒有勾引令修哥哥，穎姊姊就認為沒有，真笨！」李琳氣呼呼的跟香米發洩。

「姑娘，聽秦姑娘的話，她是不會嫁給蘭少爺的。您說她是不是想嫁給我們少爺呀？要不然她哪會對袁姑娘這麼好？」香米回答李琳。

李琳一驚，是呀，秦曼對六哥沒意思，那是因為她對承宣哥哥動心思了！

李琳心中急了，轉身抓住香米的肩膀搖晃著。「香米，妳說得對。姓秦的這樣跟穎姊姊說，是因為她想嫁的人是承宣哥哥。那怎麼辦？」

香米見李琳驚慌的樣子，也嚇著了，一會兒才回過神來安慰李琳。「姑娘，您別慌，咱們慢慢想辦法，看看有什麼法子能讓少爺討厭秦姑娘，這樣就算她再想嫁，少爺也不會要她。」

李琳一聽，眼珠子轉了轉，惡狠狠的對香米道：「對，香米，只要承宣哥哥討厭她，就不會娶她。我要想想，怎麼樣才能讓承宣哥哥討厭她，甚至嫌惡她，讓她滾出姜家，永遠沒有機會勾引承宣哥哥。」

李琳狠戾的小臉和緊握的雙拳，讓香米有點害怕。她沒想到平時在蘭府、姜府眾人面前都乖巧可愛、直爽大方的姑娘，原來私下有這樣的真面目。

李琳沒有再跟香米說什麼，三天後，她帶著香米與前來接袁之穎的馬車一起去了蘭府。

第三十三章

三月初一，弘瑞的先生到了府中，凌叔按姜承宣的吩咐，在附近給他找一間農舍作為住處，先生一家四口，有一個兒子跟弘瑞差不多大，徵求姜承宣的同意後，與弘瑞一起上課。

第一天秦曼悄悄到弘瑞上課的地方，課堂設在弘瑞的小書房裡，安靜而明亮。

秦曼來的時候，先生正在考核弘瑞一些基礎知識，先讓他讀了《千字文》，並讓他解讀了一段，最後讓他抄其中一篇，在弘瑞抄寫的過程中，不斷提醒坐姿、握筆姿勢、筆畫規則等等。

秦曼想這個先生看來很有能力，能夠先了解一個學生各方面的能力，再予以施教，不愧是姜府花大把束脩請來的先生，加上先生的兒子一同學習，弘瑞也有個孩子伴，這樣對他成長有利，就算自己離開，他也不會有影響。

這裡是秦曼來到這個世界以後最熟悉的地方，想起就要離開姜府，秦曼的心裡忽然很不捨，也很害怕。

弘瑞的親暱、凌叔與凌嬸的溫暖、姜承宣的關切、冬梅的照顧讓她生出諸多眷戀。

但現在弘瑞已有正式的先生，她總不能賴著不走，就是捨不得，也得離開。所以她決定要趕快向姜承宣提出即將離開的想法。

但這幾天姜承宣每天都很晚才回到府中，秦曼很難見到他。

三月初七這天秦曼想，還有三天她就得離開，必須跟弘瑞說一下，要不然突然走掉，孩子心裡會難受。

吃過午飯，秦曼叫冬梅去請弘瑞過來，弘瑞走到門口就大聲叫：「曼姨，妳找瑞兒有事嗎？」

見到活潑開朗的弘瑞，秦曼心中有一股成就感。到了這裡不知不覺就一年了，現在弘瑞的表現，才是一個五、六歲孩子正常的模樣。

秦曼馬上拉著弘瑞坐下來，關切的問道：「先生給你上幾天課了，你覺得好不好？」

弘瑞聽她問起先生，想了想，然後低頭回答。「曼姨，先生好是好的，可他教的跟曼姨教的不一樣，一點也不好玩。」

見弘瑞對先生的興趣不高，秦曼也笑了，她摸摸弘瑞的頭，又輕輕的問：「弘瑞是不是覺得曼姨教的很好懂？」

弘瑞小雞啄米似的直點頭。「曼姨教的字，瑞兒讀三遍就能記住，先生教的，瑞兒要讀好多遍才能記住。還有，先生講的文章好難懂。」

「先生教的比較難是不是？曼姨教的是小孩子學的東西，現在先生教的是大孩子學的東西，所以弘瑞現在長大了，是不是？」秦曼笑吟吟的問他。

「瑞兒長大了，要學先生教的才能有大本領？」弘瑞一副恍然大悟的樣子。

秦曼挑了挑大拇指。「弘瑞真聰明！學好先生教的本事，長大後才能救回娘親。」

弘瑞高興的跳起來。「真的能救回娘親？那瑞兒一定好好跟先生學本事。」

秦曼再度點頭。「只要弘瑞學好本領，一定能救回娘親。弘瑞先坐好，曼姨還有事跟你說。」

聽秦曼有事跟他說，弘瑞依言坐好。

秦曼想了想，緩緩開口。「弘瑞，曼姨跟你商量一件事。前兩天有人送信來，信上說曼姨的娘親生病了，她很想我。再說曼姨也好久沒有看見娘親，想去看看她，你說好不好？」

一聽秦曼要離開，弘瑞撲了過來，拉著她的衣服說：「瑞兒不要曼姨走，曼姨如果想娘親，叫她來瑞兒家，瑞兒和曼姨一起照顧她，好不好？」

見弘瑞剛剛還一副興奮的臉頓時變得很不開心，秦曼心裡也很難過，但是也不能不離開，如何讓弘瑞不因她的離開而難過才是最重要的。

秦曼抱著弘瑞坐在她腿上，認真的看著他的眼睛。「弘瑞，曼姨的娘親很老，走不動，而且她生病了，她很難過。如果曼姨不去看她，那她會更難過。瑞兒生病時是不是也很難過？你不也是要曼姨晚上都陪著你嗎？是不是曼姨陪著你，你就沒有那麼難過？」

弘瑞想了想，點點頭。「嗯，瑞兒知道了，曼姨去陪娘親，她就會很快好起來，對不對？」

秦曼想哭，這個孩子太聰明了，她真捨不得離開他。但她還有自己的人生，過了一段時間，孩子就會忘記她的，於是她點點頭，將他放下。「弘瑞說對了。」

弘瑞又問：「曼姨什麼時候去？」

秦曼道：「三天後。」

「那妳什麼時候回來？」

秦曼想，應該不會太久，等安置好，就可以回來看他。

看著眼前一臉留戀的小人兒，秦曼蹲在他面前說：「曼姨也不知道什麼時候回來，只要婆婆好點，我就儘快回來好不好？不過曼姨走的日子裡，你要好好跟先生學習，曼姨回來會考考你，看你有沒有進步。」

聽說秦曼會很快回來，弘瑞放心的答應了。「曼姨要趕快回來。我會好好的跟先生唸書，妳就放心去看婆婆吧。」

吃過晚飯帶著弘瑞散了一會兒步，便送他回房。秦曼藉著燭光把之前弄好的各種小故事分類一下，然後裝訂起來。

成語故事有三十來個，都是些用得很多的成語。機智小故事也有十幾個，一個故事有三到四幅畫就能訂成一本。以後還可以把一些處事的、戰爭的小故事畫出來給他，越大的男孩子越會喜歡那些。

等秦曼弄好兩本書冊後，已經將近亥時，冬梅見她弄好了，馬上打來熱水讓她洗漱。

秦曼正要脫衣上床時，聽見一陣急切的腳步聲走到門前，茶花急切的聲音傳來。「姑娘，您睡了嗎？」

冬梅打開門問道：「姑娘正要睡，茶花有什麼事？」

見是冬梅，茶花開口問：「姑娘還沒睡下吧？小少爺有點發燒，凌叔說是受寒了，煎了藥他不願意吃，想請姑娘過去勸勸。」

聽到茶花的話，秦曼趕緊走出來，問道：「要不要緊？發燒很久了嗎？」

茶花見秦曼過來，馬上行了一禮。「見過姑娘。凌叔說小少爺可能是下午著涼了。吃過晚飯跟您散過步後，他回到房間還認了一會兒今天先生教的字，不知為什麼剛睡下一陣子，他好像就不大舒服，奴婢請凌叔過去看，說是感染風寒，藥煎好了，但他不願意吃。奴婢發現以往小少爺吃藥時只要您在，他就不會鬧，所以將這件事跟凌叔說了，因此凌叔叫奴婢來請姑娘過去一下。」

冬梅拿件衣服給秦曼披上。「姑娘，您把衣服披上，小心著涼。」三人一起去了弘瑞的臥室。

秦曼走進門，凌嬸正在勸弘瑞吃藥，小傢伙小臉通紅，小嘴噘得老高，就是不願張口。走近床前，秦曼接過了凌嬸手上的藥碗，吩咐冬梅把弘瑞最愛吃的話梅放在床邊小几上，伸手又摸了摸弘瑞的額頭，親切的問：「弘瑞，是不是想讓曼姨看看你多能幹，所以等曼姨來才肯喝藥？唉呀，弘瑞真的長大了，一碗藥都不用讓人餵，肯定是咕嚕一下就喝光了。明天曼姨得告訴花兒、虎子，弘瑞是個男子漢。」

這一年來幾個孩子常在一起玩，非常親密，能在小朋友面前掙面子，那可是所有男孩子的樂事。

一聽說要把他喝藥的表現告訴小朋友，舔了舔嘴唇，弘瑞一副慷慨赴義的表情，伸頭到碗邊，幾口就將藥喝乾淨。

秦曼馬上端起小几上的白開水給他漱口，並用木籤叉了一顆話梅放在他嘴裡去藥味。見弘瑞喝光藥，大家都鼓掌稱讚他。

姜承宣剛踏進院子的門，聽到鼓掌聲，就拐過來弘瑞的房間。見主子進來，凌叔、凌嬸、秦曼和兩個小丫頭馬上分兩邊站好，齊聲道：「見過少爺。」

姜承宣道：「免禮，大家都在弘瑞這兒做什麼？怎麼有藥味？弘瑞有哪裡不舒服嗎？」

見姜承宣問起，凌叔馬上回答。「回少爺，小少爺今天有點著涼，老奴與秦姑娘剛給小少爺喝過藥。」

弘瑞口中的話梅剛吃完，見爹爹回來了，立即叫道：「爹爹，瑞兒很乖，一碗藥一下子就喝完了。」

姜承宣一臉難以置信。小傢伙吃藥哪次不是哄個半天才吃得下？今天這麼乖？

凌嬸見少爺疑惑，便笑嘻嘻的說：「少爺，您沒看到，咱們小少爺真厲害，一大碗的藥不用人勸，一口氣就喝光了。」

姜承宣見眾人都是一副想笑的臉，便不揭穿真相，也順著表揚。「瑞兒真是好樣的。長大的孩子就是不一樣，等你好了我就教你騎馬。」

弘瑞早就想學騎馬，可爹爹總說他太小，現在可好，可以學騎馬了，還沒有小朋友會騎馬呢。他更急切的問：「爹爹，瑞兒真的可以學騎馬？」

姜承宣瞪了他一眼。「爹爹什麼時候說過假話？快點好起來，爹爹一有空就帶你去學騎馬。今天很晚了，好好睡一覺，明天好了就可以去學。」

聽了姜承宣的話，弘瑞乖乖的躺回床上，秦曼也準備回房。才轉身就發現衣服被扯住，只見弘瑞一臉渴求的問：「曼姨，可不可以陪瑞兒一個晚上？爹爹，您讓曼姨陪瑞兒好不好？」

弘瑞沒有退燒，她也不放心由茶花照顧，因此對姜承宣道：「姜大哥，今天晚上曼兒在這兒照顧弘瑞吧，淩嬸年紀也大了，沒好好休息，明天精神也不濟。」

姜承宣想了想，這一年來每次弘瑞生病都是由秦曼照顧，說實話，她做事很仔細，瑞兒又依戀她，由她照顧，他很放心。

姜承宣點了點頭。「就麻煩秦姑娘了。奶娘您兩老去歇著吧。冬梅去妳家姑娘房間拿被子來，妳還是照以前一樣跟茶花睡，方便妳家姑娘半夜有事要人幫忙。」

冬梅立即低頭行禮。「是，奴婢告退。」一轉身去做準備工作。

姜承宣上前一步，摸了摸弘瑞的額頭，額頭還是有點燙，見秦曼已準備好了冷毛巾要給弘瑞退熱，交代弘瑞好好休息，他便回房。

第二天一大早，姜承宣來到弘瑞的門前，見小傢伙還沒有醒，秦曼已起身洗漱，再摸了一下，發現溫度已退了很多，便放心的出門。

因弘瑞的燒一直沒有完全退下來，便跟先生告了一天假。

午後，李琳聽說弘瑞病了，帶著香米，拿了他愛吃的栗子糕來看他，說要留下來照顧弘瑞。

這會兒弘瑞也還在睡，熱度退了很多，晚飯後再吃一次藥，明天早上就會完全好。秦曼想了想，還有兩天就要走，衣物也沒有收拾，便說：「那就辛苦琳姑娘了。」

李琳看著秦曼走出門的背影，狠狠的瞪了幾眼，心想，從蘭府回來六天，總算找到機會，弘瑞喜歡妳又怎麼樣？我絕不讓妳再留下來！

李琳對香米使了眼色，香米意會道：「姑娘，奴婢去院子裡給您拿件披風來，不然坐在房內會著涼。」

見香米反應這麼機靈，李琳眼角不由得浮出笑意，便點了點頭說：「要記得拿那件從並州城帶回來的。」她心裡狂笑著想，秦曼，我要讓妳永遠沒辦法再跟我搶男人。

香米立刻回道：「是，奴婢知道了。」說完退下。

此刻的李琳笑得滿臉得意，她早就知道，姜承宣對自動爬上床的女人深惡痛絕。因為他的第一任妻子就是以此成功取得他的信任，最後又背叛他。

李琳還聽說，去年在蘭府的時候，侍候姜承宣的丫頭多次想上他的床都沒成功，後來聽從別人的意見下藥，第二天早上姜承宣醒後就一掌打死了她。

李琳內心冷笑，如果今天晚上成功，秦曼就算不被承宣哥哥殺了，也會被永遠趕出姜家。

李琳心裡越想越高興，一張原本還算秀氣的小臉，浮現的是從來沒有見過的狠戾。

第三十四章

酉時初，秦曼已整理好要帶走的東西，她走進廚房與冬梅一塊兒拿了弘瑞的晚飯和藥，接替李琳。

秦曼晚飯沒吃幾口，覺得頭有點痛，猜想是不是也有點感冒，便叫冬梅去跟凌叔要了一些湯藥。吃過飯後陪弘瑞玩了一會兒，後來又講兩個小故事才哄得他睡下。

喝過藥、發了汗，秦曼覺得全身黏黏的，回房泡過澡後，頭仍是很昏沈，她躺在弘瑞床前的榻上，叫冬梅放了一碗水在小几上，吩咐她帶上門便睡了。

姜承宣進院子時已近亥時末，這幾天他太忙，都是早出晚歸。今天都沒怎麼看到兒子與秦曼，本想進去看看她，見燭光已經吹滅，他想定是已經睡了。

不想去打擾她休息，姜承宣就直接進自己的屋子。他先進起居室放下手上的東西，伸手拿起茶杯倒一杯溫水喝了一口，才拿起衣服到後間洗滌起來。

小廝洪平給他倒好洗澡水便退下。水溫剛好，緊張的忙了一天的姜承宣泡在熱水中，覺得很舒服，他閉上眼睛靠在木桶上，眼前不斷浮現著秦曼的笑臉，回味著她口中的清甜。

不知為什麼，姜承宣覺得越泡體內熱度越高，心突突的跳得厲害，他暗想難道是因為泡久了？還是太想她？

越想越不對勁，姜承宣發現那兒已硬挺起來，而且腦子也越來越迷懵，他驚覺一定是出了問題，這種身體反應就跟那年一樣，是中了春藥所致！

一剎那間，姜承宣的大腦一片空白。

他被人下藥！是誰？是誰給他下藥？

憤怒得想要殺人的姜承宣用內力壓住藥力，竭力想冷靜下來，慢慢回想著進門後的一切過程。剛才也就喝了一杯茶，難道是什麼人在茶中或杯緣放了藥？這院子平時也沒人進來，這兩天就只有秦曼在這兒。

不，不可能會是她！姜承宣內心否定這個答案。但是，就只有她與幾個丫鬟有嫌疑，而丫鬟們深知他脾性，是萬萬不敢做出這事的。

這一認知，讓姜承宣的心痛得似刀割一樣。為什麼會這樣？一掌拍向木桶邊，「啪」的一聲木桶立即散架。

一朝被蛇咬，十年怕草繩，何況他還被蛇咬了兩次！一想到可能的事實，姜承宣臉色立即狠戾起來，憤怒的站起來，提起旁邊的一桶冷水往身上澆。冰冷的水倒在身上雖然讓他暫時清醒，可越澆腦子裡越是會想起秦曼的身影，心中的憤怒更加激烈。

他的內心再次咆哮起來：曼兒，妳為什麼要這樣？難道是因為這兩天契約期限屆滿，而我又沒有開口留下妳，才這樣做的嗎？

果然，女人都不是好東西！

姜承宣再三推測認為這藥是秦曼下的之後，他已無法冷靜，那是一塊不能再碰觸的傷，一旦撕開，會讓他失去平時的睿智與冷靜。

不一會兒姜承宣渾身已開始發燙，腦子也變得渾渾噩噩。本想再澆上冷水，可惜沒有冷水了，他只得顫抖著雙手擦乾身子，套上睡袍，往門外走去。

沒走出五步，他發現眼睛越來越睜不開，這藥太厲害，用內力也壓不下去，而且越是想壓，滿腦子就全都是秦曼的身影。

姜承宣用手捂了捂眼睛，抬手在臂上咬了一口，想藉著痛感再度清醒，好讓凌叔找個人來給他解除藥性。就在那腦中難得清楚的瞬間，他恨恨的想，既然她想這樣，他偏偏不如她的意！

但心中的堅持也只能把持住一瞬，之後他的腳步已不受指揮，無意識且自然的走到弘瑞的房前，將門推開。當他看到睡在榻上曼妙的身子和聞到散發出的女子清香時，再也忍無可忍，他的全身在發痛，每一個地方都在叫囂著要了她、要了她。他抱起秦曼走進自己房中，將她扔在床上。

這時的秦曼正處在全身火熱之中。昨晚上沒有休息到，今天雖然喝過藥又泡過澡，但感冒還是加重，也跟著發起燒。

秦曼被姜承宣抱出被窩後，迷糊中覺得涼爽許多，被扔在床上後，更是揮舞著手，一個勁兒的喃喃叫道：「水、水，冬梅給我水喝……給我水喝……」

姜承宣被她鬧得沒辦法，只得放開手，踉踉蹌蹌的到起居間，拿起剛才喝的水餵給秦曼喝光，然後一扔茶杯，兩三下就撕毀秦曼的衣服。那充滿女人氣息的身軀立即讓姜承宣瘋了，沒有任何猶豫就壓了下去，伸手扯去她身下的小褻褲，一挺身就與她交纏在一起。

昏昏沈沈的秦曼，被身體有如撕裂般的痛楚刺激得哭出了聲。「嗚嗚，好痛！不要，我好痛！不要碰我！」雙手無力的推打著姜承宣的前胸。

處於藥性中的姜承宣被秦曼的小手撫拍得更加難以冷靜，他覺得全身都要發瘋了，可秦曼的哭聲卻讓他動作遲緩許多。

也許是遲緩減輕了痛苦，也許是杯中殘留的藥起了作用。秦曼的哭聲變小了，不一會兒小嘴中發出一聲聲的低哼。

這種低哼像小貓一樣啼叫，輕撥著姜承宣的心弦，他再也無法控制自己的行動。亙古不變的律動，凶狠勇猛的氣勢，兩刻鐘後，姜承宣終於再也堅持不住，他全身劇烈的抖動，用盡全力將種子全部播撒在那沃野深處。

當瘋狂暫歸於零時，姜承宣全身覺得酣暢淋漓，從內心發出一聲滿足的長嘆。全身放鬆的他毫無意識的拉開棉被，摟著秦曼倒頭睡去，而懷中的人早已昏迷。

天剛微微亮，姜承宣體內的藥性又再度升起。他不知道到底已發作過幾次，只知道此時又全身剛硬，體內熱情似火。雖說藥性最猛烈的時期已經過去，但殘留的藥力仍讓他無法完全清醒。

彷彿置身在夢中，一見秦曼滿臉饜足的睡在他的身邊，就足以讓他的內心頓時轟鳴，體內的巨獸在咆哮。

姜承宣迷糊中拉開棉被，映入眼簾的是秦曼在晨曦中那小貓般的慵懶可愛姿態。滾燙的小臉、玲瓏的身段緊貼在他赤裸的胸膛上，滑嫩的皮膚、高挺的山峰、若有似無的呼吸，頓時淹沒姜承宣僅存的理性。

他迷濛的雙眼露出渴求的光芒，眼前的美景讓他不斷的嚥口水，全身燥熱已讓他無法思考，哪裡還能去想這是不是她的手段。他極快的踢開被子，雙手輕拂著掌下的柔軟，圓滑飽滿且正好一手掌握的感覺，讓他全身更加發硬灼痛。

他俯下身，霸道的吻住香甜的小嘴，一隻手把玩著紅珠，女人的清香充盈鼻間，立時全身僵硬，蓄勢待發。

也許是掀開被子帶來的清涼，不斷湧來的涼意刺激著秦曼全身各處，讓她覺得好舒服，同時口中發出陣陣低吟。

渾渾噩噩中秦曼覺得心裡好難過，胸前的騷擾，讓她身子急遽火熱起來，從沒有禁受過的異樣感覺，讓她既難過又舒服，情不自禁間她開始加快嬌吟聲。

那火熱的、跟一條魚似擺動著的身子，時時磨蹭著姜承宣雙腿間，早已硬挺的分身更加亢奮的刺激著他的全身，此時他再也無法思考，翻身而上，像個毛頭小夥子般急切粗魯的分開她的雙腿，挺身而入。

激烈的刺激讓秦曼有了知覺，她很想睜開眼，可是無論如何也睜不開，粗大的侵入感，給她帶來不適，她呢喃著。「我好難受！不要，好難過……」

姜承宣聽見秦曼的叫喊，內心也突然有一絲不忍，他無意識的去堵住她低囔的小嘴。「乖，一會兒就好了！嗯……」

姜承宣的勇猛讓秦曼全身掀起陣陣顫抖，她不由自主的收縮，身體緊緊的想要抓著什麼，捨不得放下。她的全身緊縮，讓姜承宣大叫一聲，加快力量和速度，低哼、糾纏的火熱氣息，在輕紗帳內演奏著一曲人類最原始的歡歌。

姜承宣再度醒來時天已經大亮，雖然頭還是有點昏沈、理智不清，但藥性總算已過，身體不再那麼難過。

他沒有睜開眼。雖然他不記得昨天晚上最後做了什麼，可他還記得晚上回來喝過一杯茶後中了春藥。是誰下的藥不言而喻，這兩天在院子裡的只有秦曼，他還用得著查嗎？

心無比的痛，甚至多於前兩次好多倍。

十六歲時目睹娘親因中了春藥與人苟合，後來知道是被三姨娘所害，便發誓有生之年要為娘親報仇。

十九歲憑著一身本領，吃盡千辛萬苦，掙得一個地位，卻被人下藥誤占朱三娘的清白。雖然不是他的錯，可看在同僚兄弟的分上，娶了他的親妹為妻，哪知最後得到的竟是背叛。

從此，他恨上女人，當上天送來秦曼的最初，他也是厭惡至極的。原以為自己會孤獨一生，並且不再相信女人，可是慢慢的，她的聰明、她的溫柔、她的甜美，還是讓他失了心。

透過一年來的觀察，本以為找到了一個真心待他、沒有其他企圖的好女人，他還以為她真的是他命中的救贖，想著要娶她進門，好好的愛她、疼她；就這麼一晚，他的心再次被撕碎。

此時已被打擊得失常的姜承宣沒有一絲絲的理智，他恨恨的想，看來真正狡猾的女人才藏得最深。那樣美好的她都是裝出來的嗎？秦曼妳真厲害！

此時姜承宣臉上露出狼樣的冷笑，連這等下作的手段都用上了，妳真賤。可惜妳了解我不夠深，天堂有路妳不走，地獄無門偏來尋，我會讓妳一世都後悔昨晚的一切所作所為。

她不是用盡手段想留下？那他就讓她馬上滾！越想越是失望，越想越心痛的姜承宣猛地坐起來，才發現有人睡在他的身邊。仔細一看，果然，真的是她，他沒有猜錯，如果不是她，她怎會在他的身邊睡得如此的心安？如果不是她，怎會知道下藥到他茶杯中？因為只有她知曉他每天回來必用這個杯子喝茶的習性！

他想問她，為什麼要這樣？可身邊的人依舊熟睡，完全沒有一點擔心的樣子，他氣得扯過手中的被子。秦曼本睡在床的外邊，被子一拉，她「砰」的一聲，掉到床前的踏板上，疼痛的感覺一下子使秦曼驚醒，她「啊」了一聲並惘然的睜開雙眼。

秦曼睡眼惺忪的樣子，看在火冒三丈的姜承宣眼中，完全是一副慵懶的模樣，讓他更加認定，這是秦曼計謀得逞後的無所謂樣了。

其實秦曼身上還在發著燒，她根本沒有清醒過來，只是無意識的睜開眼睛。大腦一片空白的秦曼，呆呆的坐在踏板上，雙眼盯著姜承宣。

憤怒中的姜承宣沒有發現秦曼的不正常，見她這麼動也不動的盯著他，那麼冷靜的態度，那麼無辜的表情，更加挑戰他的男人自尊，於是冷酷的說：「別再演戲了，還在裝什麼？妳認為陰謀得逞所以放心了，是不是？妳就這麼想留在姜家？就這麼想爬上我的床？妄想到情願做一個賤女人的地步？」

秦曼腦子裡嗡嗡的響，她不知道眼前的姜承宣怎麼又變成了那個對她有莫名敵意的他。他冰冷的口氣、冷酷的眼神，讓身處火熱之中的她突然有了一絲清明。

不過，沒等秦曼開口，姜承宣抓起床上被他撕破的秦曼的睡衣，狠狠扔過去，隨後在床內的盒子中拿出一把銀票，扔在她臉上，冷冷的說：「怎麼？現在還想裝出這副無辜的樣子來騙取我的憐惜？我告訴妳，不會了，這輩子我永遠不會再相信女人。」

似乎聽清楚姜承宣說的一些話，他說他不再相信女人？為什麼？

秦曼緊皺眉頭，一臉惘然的看向他。「你說什麼？」

姜承宣「哼」了一聲。「妳既然這麼會裝，為什麼就沒耐心再裝兩天？如果不是妳自甘下賤，太過衝動，也許我姜承宣真的會被妳矇騙一輩子。

「這裡是一千兩銀子，比我在京城裡睡一夜頭牌名妓所給的銀子還多。既然妳如此打算，費這麼大的心機上我的床，看在過去情面上，給妳兩條路，一是妳拿著銀子滾出姜家，二是留下來給我做妾，妳仔細想好，要走哪一條，一會兒去跟凌叔說一聲。只不過，留在這裡做妾的話，妳只配做瑞兒的跟班，我永遠不會再上妳的床。」

那麼冷冰冰的姜承宣，讓秦曼害怕了。她作噩夢了？那樣的姜承宣好可怕，不要，她不要作這樣的夢！秦曼用小手拍了拍臉，又擺動著腦袋，努力想從噩夢中醒過來。

一絲冷風吹過來，終於讓她開始有點清醒，秦曼一低頭，發現自己一絲不掛的坐在踏板上，全身痠痛難忍。再一看，身上布滿青青紫紫的吻痕，她不是小女生，這一切痕跡讓她知道發生了什麼事。

這一下秦曼完全清醒過來，雖然頭還痛著，可是她終於明白，這不是噩夢。

頓時秦曼坐在踏板上淚流滿面。為什麼被人強了，還被強人的人嫌棄？她無聲的哭了。穿越來這世界，原本孤苦無依的她，才稍稍安定的內心，在這瞬間被人打破，心中的絕望一下子湧出。

秦曼覺得全身無力，一時接受不了這個恥辱，只能像隻被人遺棄的小狗般，一遍遍無意識的喃喃自語著。「媽媽，妳來接我！我要回去！嗚嗚……」

第三十五章

姜承宣從內室穿好衣服出來後，見秦曼一個勁兒的哭，雖然沒有大叫，但是她裝出那副可憐樣還是讓他的心疼了起來，於是他心中更加厭煩。這個女人在沒有得到她想要的結果前，是想來個一哭二鬧了，接下來不會想上吊吧？

看多女人的下賤樣，姜承宣更加冷酷的說：「別哭了。我說過，若妳不願意走，我不逼妳，也看在這麼久以來妳待孩子好的情面上，讓妳留下。妳還在這裡鬧，是因為留妳做妾不滿意？還是嫌我給妳的銀子太少？」

這麼侮辱的話從這個天天喊她曼兒的人嘴裡吐出，讓秦曼的心揪在一塊兒，她憤怒的問道：「為什麼要這樣侮辱我？我做錯了什麼？」

姜承宣見她敢做不敢當，心中更氣。「妳做錯了什麼，妳會不知道？如果妳真要在我面前裝無辜，那我告訴妳，妳爬錯了我的床。」

「我沒有！」秦曼就算腦子並不清醒，可這話還是聽明白了，她堅定的告訴姜承宣。

「哼！妳沒有？妳沒有，怎麼會在我的床上？妳沒有，怎麼會那麼熱情？到現在都還是一身滾燙的吧，妳能說妳是心如止水，被逼而為？我姜承宣是個真正的男人，不管是妳下藥的也好，主動爬上床的也好，看在曾經的情面上，我納了妳，妳還哭什麼？妳要再哭鬧，這麼的不知趣，小心妳連做妾的分兒也沒有。」
秦曼的辯解，聽在姜承宣耳中就是強辯。他冷冷的笑了幾聲後，才一股腦兒的說出心中所想。

這個院子別人是進不來的，而這兩天，也只有她在這個院子。為什麼做了不敢認？

如果她不像那個不要臉的女人一樣死不承認，他也許會心軟，可是她這死不認帳的樣子，一如當初背叛他的那賤人一樣，讓姜承宣心頭更加煩躁起來。

畢竟是喜歡過的人，看著一臉蒼白的秦曼，姜承宣心底一陣悲哀，難道這個世上的女人都是如此的嗎？既然如此，納了誰不都一樣？於是他冷冷的說：「起來吧，過兩天讓凌叔找個日子，妳搬進來，形式就算了，反正也不是什麼光彩的事。只要妳以後好好的對待瑞兒，姜家絕對不會少了妳一口飯吃。」

那種帶著厭惡的同情，看在秦曼眼裡，終於讓她清醒了不少。他的話像劍一樣直刺她的心，讓她疼得無法喘息。她坐在踏板上一語不發，雙拳緊握，指甲陷進掌心，聽著姜承宣侮辱而冰冷的話，此時她唯一想要的是跟他拚命，無奈身子根本無力，連站起來都費力，更不要說拚命了。

秦曼停止哭泣，為他流眼淚，真的不值得。

心已碎成片的秦曼，木然的用手中衣服擦了臉，突然抬頭望向姜承宣那冷冽如冰的面容，絕望一笑，清麗而絕豔的小臉，如同一朵即將開到盡頭的花，那麼燦爛，那一笑看得姜承宣心頭一顫。

秦曼沈默的將手中的睡衣穿在身上，再收好一張一張散在地上的銀票，攏在手中，穿好鞋子，便強行挺直身軀，一言不發的出了房門。

秦曼那一眼帶著絕望與淒涼，讓姜承宣心中產生莫名的害怕感。他很想抓住她問一句，為什麼要用這樣的眼光看他？難道他還不夠仁義嗎？

姜承宣跌坐在床上，問自己：為什麼？為什麼我還是會心疼這樣的女人？

秦曼踉踉蹌蹌回到房間，和衣倒在床上。

冬梅起來後見小少爺還睡著，卻不見自家姑娘，她馬上跑回院子。見秦曼睡在床上，鞋也沒脫，便上前去察看。一看姑娘滿臉通紅，用手一摸額頭，燙得嚇她一跳。

冬梅立即轉身跑出院子，一見凌嬸就馬上拉著她。「凌嬤嬤，您快去看看姑娘，她很不對勁！」

凌嬸跟著冬梅馬上進房間，用手一探，嚇一跳，馬上安排冬梅打涼水拿棉巾，並要她找凌叔來。

見冬梅走出去，凌嬸馬上幫秦曼把鞋子脫掉，將她移進床裡，這時凌叔亦匆匆忙忙的走進來，凌嬸從棉被裡拉出秦曼的手對他說：「老頭子，你快來看看，曼兒出了什麼事？」

凌叔手搭在秦曼的中脈上，一會兒才道：「老婆子，曼兒寒氣襲脾，病邪襲體，外熱內冷，脈象不平，似風寒。不過，症狀有點重，妳先給她退燒，我去抓藥。」
凌嬸突然想起一事。「昨天晚上她不是還找你要了一碗祛寒湯喝嗎？怎麼燒到這分兒上也不知道讓冬梅來找我？老頭子，你快去，這裡我來。」
凌叔出門朝洪平問了聲。「有沒有看到爺？」
洪平朝院子裡說：「爺好像還在睡。」
「喔，讓他休息吧，少爺這些天很辛苦，就不要去吵醒他了。洪平，給爺點根安睡香，他昨晚可能沒睡好，要不然他從來沒起得這麼遲過。」
洪平聽到凌叔的吩咐，立即說：「嗯，小人馬上就去，點上半截香，爺定能再好好的睡兩個時辰。」
午後醒來，秦曼感覺像是作了個長長的噩夢，全身傳來陣陣的痠痛，可一睜開眼便知道，那是比噩夢還可怕的現實。
死人似的躺了一會兒，秦曼腦子裡想起姜承宣最後的幾句話。納她為妾？一行清淚從眼角流出，她木然的看向床頂想著，老天祢還真會跟我開玩笑。
昨天晚上到底發生了什麼事，造成了今天這場面，秦曼也不想去想了。她是如何上了他的床的，她更不想知道。既然姜承宣已認定是她故意爬上他的床，再弄清楚明白又有何用？她還能留下，還能原諒他、接受他嗎？不可能了。
記得他說過給她兩條路，她扭頭看向床頭，伸手到枕頭下，終於摸到幾張紙，打開一看，淒涼的笑了，笑嘆怎麼會落到這樣的地步？掙扎著下了床，看到冬梅在門外，立即叫她。「冬梅。」

冬梅見主子的燒終於退下，她高興的跑進來說：「姑娘，您可嚇壞奴婢了！老天保佑，您的燒總算退了，太好了。」

此時的秦曼哪裡還有心情去管燒退了沒，她只想儘快離開這個地方，於是她看向冬梅。「有看到凌叔和凌嬸嗎？」

冬梅立即告訴她。「姑娘，剛才少爺叫他們去書房了，這會兒還沒出來。」

秦曼閉閉雙眼，再睜開時已平淡如初。「冬梅，扶我去少爺書房。」

書房裡凌嬸正勸著姜承宣。「少爺，老奴真的不敢相信曼兒會做這種事。」

睡到中午的姜承宣精神好了不少，聽到凌嬸的疑問，他淡淡的問：「奶娘，人心哪是一眼就能看透的？當年，奶娘不也一直說三姨娘真是個溫柔嫻淑、心地善良的好人嗎？可最後她的手段，妳見識過吧？」

提起姜家的陳年舊事，凌嬸語塞了。

凌叔遲疑的問：「少爺，秦姑娘會願意就這樣搬進來嗎？」

還在因為秦曼那死不承認的態度而心中激憤的姜承宣，冷笑著說：「我想她願意得不得了。」

「謝謝姜大爺大度留下秦曼，但我不願意！」

聽到這堅定的回答，屋內三人驚愕的看著門口一臉平靜的秦曼。姜承宣以為秦曼會聽話的接受，畢竟她已失身於他，今後要再嫁個比他好的，也是不可能的。哪知，她竟然當著凌叔夫妻的面，直截了當的拒絕了他的好意！

姜承宣感覺驕傲和自尊都受到了挑釁，他的神情漸趨嚴厲，口氣也開始冷漠起來。「妳是想讓我做一個不負責任的男人？」

「不，我從來沒有這麼認為過。一直以來，秦曼自知身分低下，是姜大爺的寬容和仁慈，才讓我一時有了棲身之地，否則早已不知在哪家屋簷下乞食。如今這事，沒有人會怪姜大爺，要被嘲笑與輕視的人，也該是我這不知羞恥的女子。」秦曼扶著門框，儘量平靜的說出一番違心的話。

姜承宣更惱怒了。「妳說這話是什麼意思？難道這事我冤枉妳不成？做了這種下賤的事，敢做敢當的話我還佩服，可妳這死不認帳的行徑，我還真不屑！」

真刀子傷人心有傷口可見，但話刀子傷人心，雖然看不見，卻能把心給傷碎了。姜承宣的話一出口，凌嬸見秦曼的臉色瞬間一絲血色也沒有，不禁急切又心疼的說：「曼兒，快告訴少爺，那事不是妳做的。」

秦曼嘴角含著諷刺的笑，一個大字不識的大娘都能確信她不是如此下賤之人，而一個讓她失了心的男人卻認為她是一個沒有自尊、不要臉面的人，這人心是不是太可笑？敢做不敢當？哼，她沒做也敢當。

壓住內心疼痛，她平靜的看向凌嬸，搖搖頭。「嬸，曼兒對不住您的愛護，讓您失望了，以後就請您忘了我，當作從來沒有認識過我，千萬別為我這樣一個女子難過。姜大爺說得對，是個人就得敢做敢當，那事是我做的，我認了。我就是這樣一個不要臉的下賤女人，不值得嬸對我好。」

凌嬸堅決不信秦曼會做那樣的事，可秦曼一口咬定是她做的，讓凌嬸很不甘。「曼兒，為什麼要這麼說？妳不是這樣的人。我雖然年紀大了，可是眼睛沒瞎。」

一股氣堵住她的心，秦曼嘴角高挑，語氣故作清冷。「嬸，畫虎畫皮難畫骨，知人知面不知心，您真的高看我了。我做的我認，嬸莫為我這樣的人置氣，不值得。我來這裡是想告訴姜大爺，因家中有事，雖然契約還有一天到期，但我得提前跟姜大爺解約，請姜大爺行個方便，這個月的工錢我就不領了，就此別過。」

見她終於肯承認這事是她做的，但不知道為什麼，姜承宣心中卻更加五味雜陳。她不承他後退了一步的情面不說，而是步步進逼、非走不可，從沒有人敢這樣違背他的意思，他心中的怒火漸漸又上升。

於是姜承宣頭腦一熱、心中懊惱，口氣更加尖銳。「妳到底還想怎麼樣？我不是說過會負責納了妳嗎？妳已達到長久留在姜家的目的，妳還有什麼不滿意的？難道是因為妳說過此生絕不做妾，而妄圖以退為進不成？可妳認為妳有做正妻的資格嗎？就憑妳這身分地位，就憑妳這做法，不要說當正妻，就是納妳做妾也是高抬了妳！不要再在這兒裝模作樣，正妻的位置不可能給妳，姜家的主母不是妳能擔當得起的。」

是嗎？原來她在他的眼中竟然什麼也不是？這麼久以來的自以為是，今日的結果就是對她的懲罰。往事，如夢幻一般，紛至沓來，記憶中的曖昧、每一句話語，都像是針一樣，刺得她心坎一陣劇痛，如鈍刀片片割肉。這幾句話，句句都像重拳擊在她的胸口，徹底將她的心打碎，碎落在胸腔裡，一地狼藉，再也收拾不起來了。所有的溫情都在這一瞬間，化為一片白茫茫的輕煙，無影無蹤。

看著毫無血色的小臉，凌嬙擔心的朝她喊了一句。「曼兒……」

被她喊醒的秦曼虛弱的朝她輕輕搖搖頭，再露出一個淡淡的笑。「凌嬙，我沒事。」

心真的好疼，疼得她想要把心的碎片從胸膛裡挖出來，但這種割心蝕骨的感覺，就算是挖出了那顆心丟在地上，它還是會痛吧？秦曼知道，這種痛她今生是再也不敢嘗試第二次了。原來世上最傷人的不是刀，而是話語。

秦曼緊握著顫抖的雙手，極力控制著四肢的麻痺，不想讓別人看出她的在意，本想一言不發的出去，可是她決定此生不再糾纏，於是緊緊的咬了一下牙根，遠遠的朝姜承宣行一禮。「秦曼謝姜大爺的大仁大義，在此表示真心感激，請姜大爺不要跟我這種不識抬舉的人生氣，不值得。」

「姜大爺不愧有一雙慧眼，一眼就能看穿秦曼的用意。確實，一直以來秦曼就是個裝模作樣的人，自一見到姜大爺的英姿後就驚為天人，再見到姜大爺的家底便生二心。為達目的，我用盡心思打聽了姜大爺的喜好，做出一些能引起您注意的舉動，果然不出所料，您開始喜歡上我。姜大爺，您是不是覺得我裝得很成功？其實我也一直都在洋洋得意自己的才能。勾引您這麼久，可是您一直曖昧著不肯表明，讓我心裡很著急，還有兩天我契約就滿了，而我又不想賴在姜家不走，讓您看低我，於是我才想出這樣的辦法，我就是吃定了，爬上您的床，被您占有，必能留下做您的妻子。

「哪知姜大爺的意志堅定，沒有被我迷惑失了心志，還識破我的手段，所以我失算了。既然失算，我也是個輸得起的人，您說了，只給我兩條路，要麼拿銀子走人，要麼給您做妾。我想來想去，做妾真的沒意思，還不如拿銀子出去痛快。有銀子，也許我能找一個願意娶我為正妻的人，所以我不準備留在姜家礙您的眼。姜大爺是個一言九鼎的人，說話算話，於是我特地來告訴一聲，姜大爺、凌叔、凌嬸，秦曼告辭了，過去的一年給你們帶來的不便，請多多包涵，再會。」

聽完秦曼的話，沒等她邁步，姜承宣臉色極其難看的上前抓住她的手，厲聲問她。「妳確定妳現在是清醒的？我瞧妳精神有些不濟，我先送妳回去休息，等妳真正的清醒，再來作決定。」

第三十六章

她不清醒？不，她太清醒了，這是她到這個世界後最清醒的一次。

秦曼拂開他的手，仰頭與他對視片刻，見他臉色很難看，顯然對她剛才的話極其生氣，於是她淡笑著搖頭道：「姜大爺，我確定我現在清醒得很，更知道自己在做什麼，謝謝您的大度，我說的一切都是實話，請您忘記昨晚的一切，且當作了個春夢吧。」

春夢了無痕，一切隨風散。

姜承宣見秦曼嘴角竟然含有諷刺，他心中隱隱作痛。他是真的喜歡過她，只是他真的不知道他們為什麼會走到這一步；當心中的女神形象變得比妓女還下賤時，他的心已冷到極點。

她明白糾纏會讓他更厭惡，所以現在她這麼貶低自己是在欲擒故縱？想到此他心中的冷意上了眼眸，嘴角高挑。「妳說什麼？當作一場春夢？哼，秦曼妳確實厲害，能做到如此的灑脫，我真心佩服。

「妳以為上了我的床，我自然便會娶妳對不對？妳的算盤打得極好，而我姜承宣這個傻子也確實被妳迷得團團轉，現在我願意納了妳，妳倒是開始惺惺作態。如果這是妳欲擒故縱的手段，我告訴妳，沒有用。既然妳要走，那就如妳所願，凌叔，送她到鎮上去。」

人的理智越是被刺激，越是會鑽進牛角尖，此時姜承宣就是如此，他的字字句句無不刻薄，而秦曼的臉也越來越無血色。

凌嬙不知道眼前這兩個一直好好的人，為什麼會變得這樣，自家少爺願意負責，曼兒為什麼不願意留下？反正他沒有正妻，是不是妾有什麼關係？

看著堅持要離去的秦曼，凌嬙一急，也不知道用什麼話來留她，只得叫道：「曼兒，別走。小少爺找不到妳，他定會難過的。」

秦曼暗暗的深吸口氣後，又閉了閉雙眼，好一會兒才睜開眼看著凌嬙，語帶歉意的說：「凌嬙，代我跟弘瑞說聲抱歉，不管用什麼理由，只要別讓他難過就行。他已經長大了，我也不可能陪伴他一生，人生該自己面對的總得面對，如我一樣，該受的總得受。」

秦曼轉身將要離去，姜承宣心中一緊，伸手捏住她的手腕，那種力度幾乎要將她的手腕捏斷。「妳真的要走？妳不會後悔？如果走了，那妳就永遠進不來姜家的大門。妳已無清白，又是那樣的身分，妳可要想清楚。」

秦曼心想，自己到底是怎麼活的？竟然活得如此難堪。她眼光毫無焦距，聲音彷彿在天際飄散般空洞。「呵，姜家的大門……那是侯門貴府嗎？」

閉上眼、閉上心，秦曼甩開他的手，低頭出了書房，朝著住了一年日子的院子走去。

「砰」的一聲，只聽得凌嬙驚叫道：「少爺，您的手怎麼樣了？洪平，快去拿紗布來。」

香米聽到秦曼要走的消息，馬上回到院子裡，開心的輕輕叫道：「姑娘，快起來，有好消息。剛才奴婢聽人說，秦姑娘馬上就要被送走了。」

李琳原本還在睡午覺，一聽香米說秦曼馬上就要離開，一下子睡意全無，高興得跳起來。「香米，是真的嗎？妳沒有聽錯吧？」

香米拚命的點頭。「姑娘，奴婢沒有聽錯。」

秦曼回到房裡拿好東西，抬頭看看日頭，大約是申時，這個時辰趕到鎮上，找家客棧應該還來得及。

從枕頭下拿出合約，連同姜承宣給的禮物一起裝進信封裡，封好後才抬步出門。

冬梅傻乎乎的看著收拾東西的秦曼，她身為下人，不敢過問主子到底出了什麼事，見姑娘出門，也呆呆的跟著出門。自被買進姜家以來，冬梅覺得自己掉到了福堆裡，有吃有穿不說，姑娘對她就如姊姊般親近，現在姑娘要走了，她真的很難過。

秦曼看著傻呆了的冬梅，苦澀的笑著。「冬梅，以後跟茶花好好照顧小少爺。」

冬梅很想哭，聽到秦曼的吩咐，她帶著哭腔問：「姑娘，您能不能不要笑了？您的笑讓冬梅心裡很難受。您要是走了，那小少爺想找您了該怎麼辦？」

一年來秦曼放在心裡最愛的，還有一個姜弘瑞，聽到冬梅問起，她的眼睛濕潤了。「冬梅，我已經跟弘瑞說過，他知道我要走的。」

「姑娘！」冬梅的眼淚還是掉了下來。

秦曼含笑用手揩去她臉上的淚水說：「好了，都是大姑娘了，怎能動不動就哭？」

「姑娘，您真的以後不會回來了嗎？」冬梅不捨的問。

秦曼掃了一眼住了許久的院子才說：「怕是不會了。冬梅要努力長大，這世上沒有人可以依靠，只有自己堅強才靠得住。」

聽到主子的話，十三歲的她有些明白了其中的涵義。「姑娘，奴婢記住您的話，以後一定會好好照顧小少爺。您以後若是得空，請一定要來看看他，小少爺最親您了。」

秦曼淡淡的笑笑，沒說什麼，因為做不到的事，她不想承諾。

凌叔已套好馬車在門外等著。秦曼出門時，碰上了也正要出門的李琳主僕，李琳故作驚訝的問：「秦姑娘，妳這是要去哪兒？」

反正要離開了，秦曼更不想跟這個小姑娘糾纏，她淡然的笑道：「我契約滿了，想回桐村看父母兄弟。」

李琳裝出不解的問：「不是說還有一天才到期嗎？秦姑娘怎麼今天就走了？」

秦曼邊走邊答。「家中有事，提前一天罷了，李姑娘再見。」

看著秦曼急急忙忙的身影，李琳撇撇嘴，得意的笑了。「秦姑娘慢走，以後有空回來玩。」

秦曼冷冷的掃了滿臉得意的李琳一眼，心下明白，她是被李琳陷害了。

可是，姜承宣的行為已讓她深深失望，她不會再要這樣的男人，那麼是誰害她的，又有什麼重要？

上了馬車，秦曼嘴角含諷，略有深意的朝李琳一笑。「等李姑娘成為主母的那一天，秦曼定來恭喜。」

凌嬸沒有聽清楚兩人在說什麼，只是看著秦曼那張故作堅強的臉，心中更是難過，不禁老淚縱橫的站在馬車旁心疼的說：「傻孩子，怎麼能認那樣的事？嬸知道妳不是這樣的一個人，妳為什麼要認下？妳真是傻得讓我心疼。」

傾身伸手抱住凌嬸的雙肩，秦曼的眼淚終於再次掉落下來。「嬸，謝謝您信任我。您別難過，保重身體，我一定會好好過日子的。如果有緣，曼兒再來看您。」

凌嬸越來越難過，這個孩子雖然表面柔弱，可實際上卻是個果斷決裂的女子，加上李琳站在一邊，她也不能多說什麼，只得嘆息一聲。「真是兩個傻孩子，總有一天，你們都會後悔的。曼兒，回到娘家去吧，有兄弟在，以後總會有人幫妳一把。」

秦曼強笑著揮揮手說：「我知道，凌嬸，保重。」

不說再見，是因為此生不想再見。

看著馬車離去，凌嬸難過得流下眼淚，為姜承宣的固執，也為秦曼的固執。以她看人的眼光，她真的不相信，秦曼會做出這樣的事。

可是，自家少爺分析得也有道理，內院不是什麼人都能進去的，家裡的主人和下人都是相處多年的人，從來都沒有出過什麼事，只有秦曼來這裡的時間最短，所以，凌嬸也不解了。

凌叔按姜承宣的吩咐送秦曼到鎮上，並給她找了一家客棧，嘆息著正要離去時，秦曼叫住他。「凌叔，麻煩您幫我將這個信封交給姜大爺。」

凌叔接過信封，不解的問：「曼兒，這裡面是什麼東西？剛才怎麼不親自給少爺？」

秦曼強笑著說：「凌叔，我做錯事，哪有臉面再說什麼？這裡面只是有些想說的話，和一些不好當面交給他的東西，麻煩凌叔幫我轉交。」

凌叔心中感慨。「好吧，凌叔幫妳。妳別恨少爺，他心中有傷，一塊摸不得的傷。一會兒進客棧後，一定要叫小二哥幫妳煎藥，妳燒剛退，要是不再吃一帖藥，我怕晚上再發作。」

秦曼真心感激他。「謝謝凌叔，我會的，您保重。您只管放心，我不會恨他，是我決定要走，他已經仁至義盡了。」

凌叔覺得秦曼的話意義太深，她說不會恨自家少爺，他相信；可是他的心更不安了，女人不恨男人，除非是已不把他放在心上！一回到姜家，凌叔就匆忙趕去姜承宣的院子，可是人已不在。

轉身出來看到妻子，他急忙問：「老婆子，少爺人呢？」

凌嬸抹了一把淚。「自曼兒出了門，他也捧著一罈酒去酒廠了。聽洪平回來說，他獨自待在屋裡，還吩咐洪平不讓任何人去打擾他，甚至沒有他的命令，連飯也不許送。」

凌叔聽了跺腳。「這兩個人的脾氣，真要急死我們這些做下人的。」

凌嬸不解的問：「曼兒有事？」

凌叔晃晃手中的大信封說：「曼兒說這東西要交給少爺，雖然我不知道是什麼，但我怕對少爺很重要。」

凌嬸嘆息說：「重要是一定的，只是現在想呈給他也沒辦法。」

凌叔想了想。「不行，老婆子，我到酒廠裡去一下。」

劉虎與王漢勇正在姜承宣辦公的屋子門前，見凌叔來了，劉虎立即上前拖住他問：「凌叔，大哥是怎麼了？一進來就在我那兒搬了罈酒進屋，等我與三哥追過來時，他已閂了門，任我們怎麼叫，他也不應。」

王漢勇上前說：「凌叔，要不你來叫大哥開門吧？那一大罈酒喝下去，不醉死也得醉傷。這到底是怎麼了？剛才洪平那小子也只知道哭，說大哥交代，哪個要是敢砸門進去，他定當不饒！」

凌叔聽了，急忙敲打著門叫道：「少爺，您開門吧，老奴有要事稟報。」

屋內半晌才傳來「砰」的一聲，是酒罈碎了的聲音。

「少爺，您快開門，一會兒小少爺回來尋不著您，定要出事的。」凌叔又用父子親情來勸慰屋內的姜承宣，可是任他說乾口水，屋內就是沒有回應一聲。

「老四，這怎麼辦？」王漢勇一臉焦急的看向劉虎。

劉虎也心急的說：「我哪知道怎麼辦。大哥這脾氣，你又不是不知道，他說的話要違背了，你知道會有什麼下場的。凌叔，我看大哥很聽秦姑娘的話，要不您帶她來這兒？」

沒等凌叔回答，王漢勇彷彿見到救星似的。「對對對，凌叔，您快點去，秦姑娘來了，大哥定會開門的。」

凌叔長嘆了一口氣。「三爺、四爺，秦姑娘她離開了。」

「什麼？秦姑娘走了？難道大哥是因為捨不得她走，而買醉不成？凌叔，秦姑娘為什麼要走？不是聽說她無家可歸了嗎？」劉虎一聽，心下更急了，一為姜承宣，二為秦曼。

王漢勇也覺得莫名其妙。「凌叔，前兩天還沒聽說過秦妹子要離開，怎麼今天就突然離開了呢？是不是出了什麼事？」

凌叔覺得這事定不能傳過第四對耳朵，畢竟這是他家少爺自個兒的事，雖然劉虎與王漢勇是少爺的過命兄弟，他也不能讓他們知曉。

於是凌叔支吾的說：「就因為秦姑娘要離開，惹怒了少爺，兩人鬧得不愉快，所以少爺這才怒了。」

趙強趕過來聽了後，更擔心起秦曼。「凌叔，既然是因秦姑娘而起的事，那咱們還是得找秦姑娘回來，解鈴還須繫鈴人，我們再急也沒辦法幫忙。凌叔，你知道秦姑娘現在在哪兒嗎？」

凌叔覺得趙強這話說得對，再怎麼著，自家少爺與秦姑娘也只是一時鬥氣罷了，明明兩個人相互喜歡，要不是秦姑娘撞中了自家少爺的痛處，少爺哪會如此失常？

於是凌叔趕緊說：「五爺，老奴按少爺的吩咐，將秦姑娘安排在福順客棧，要不，請四爺與老奴一塊兒去接秦姑娘回來？」

劉虎大手一揮。「那還等什麼？走吧。」

突然門打開了。「不許去！哪個敢去找她，以後哪個就不是我姜承宣的兄弟！」

「砰」的一聲，門再次被關上。

第三十七章

凌叔安排的客棧，秦曼並沒有入住，而是往北走了許多路，找到一家小而乾淨的客棧住下了。因為她沒有任何目標，所以她躺在客棧裡也就沒有動。三天後她的病總算是好了。

秦曼下樓來，小二殷勤的問：「姑娘，您想來點什麼？」

秦曼笑著問：「小二哥，這附近有成衣店嗎？」

小二立即回答。「姑娘，後街就有一間成衣店，您是要置辦一些衣物嗎？」

秦曼微微一笑，表示是這個意思，然後對小二說：「小二哥，麻煩你給我來一碗老湯麵，然後請你幫我結帳。」

小二響亮的答應一聲。「五號貴客一碗老湯麵。」

秦曼來到一家成衣店，買一套男子衣衫換上，找店家要一點木炭捏碎後在臉上塗了一層，轉眼之間一個嬌嬌俏俏的小女子就變成了一個不起眼的小哥。

外面春光明媚，秦曼不知道能去哪裡，在問過店家後，便揹著包袱出了小鎮，邊走邊欣賞著一路風景。

兩天後秦曼來到一個叫棠河的小鎮，前兩天都是在農家借住，今天她特意找個看起來比較乾淨的客棧，吃過飯洗好澡後，就休息了。

這天一早起來後，她覺得身體舒爽許多，洗漱好到樓下吃完早點，叫過小二付了飯錢，並賞了他一百個銅板，開口問：「小二哥，你可知道鎮上哪兒有馬車行？」

小二心想，他一個月也才五百個銅板，見客人出手大方，便熱心的回她。「姑娘，您出門往右走，在路口上再右轉，那兒有一家叫安順的馬車行。姑娘您想去哪兒？如果是出遠門的話，最好找個商隊一起走，路上才安全。」

秦曼一聽小二說得有道理，便開口道謝。「小女子要去臨城桐村，謝謝小二哥的提醒。」秦曼謝過小二，回房間整理一下後就出門。

按小二哥的指點，秦曼很順利的找到安順馬車行，走到門口，一個夥計模樣的小夥子走過來問她。「小哥，有什麼需要嗎？」

秦曼聽他開口叫自己小哥，知道化裝得很成功，心中得意了一下。微笑著問道：「在下秦檜，這位大哥不知怎麼稱呼？」今後要狡猾一點，學學奸臣，吃虧就少。

夥計聽秦曼問他如何稱呼，更客氣回答。「秦小哥客氣，叫我康得就好，我是車行的小管事。」

秦曼聽他自稱是個管事，對馬車行的行程應該很了解，因此說了需求。

康管事聽秦曼說想南下，他馬上想了一下，開口道：「明天倒是有一趟南下販絲的商隊要去越州，只是商隊馬車比較簡陋，不知小哥是否嫌棄？」

秦曼一聽說是販運的有點遲疑，這樣的馬車在這高低不平的古代馬路上走長途，是一種受罪，一時她決定不了。

康管事見她沒有回應，也知道她擔心跟商隊走會很辛苦，便對她說：「我們這鎮上往南邊去的，大都是商隊，如果小哥不跟他們走，也難找到伴一起去，您再考慮考慮。只不過要往南的商隊，近十天內就這一趟，臨時有沒有增加，小的還沒消息。」

聽說十天之內都沒有好的車隊南行，秦曼立刻下定決心要走，並著手準備。路上還是需要一些生活用品，除此之外銀子也要去換得更碎一些，不能隨便露白，治安可是一大問題。

秦曼當天晚上又回到客棧休息了一晚，第二天一早就準時到達安順馬車行。

康管事一見到秦曼到來，立即介紹她認識車隊的管事。管事是個四十來歲的男人，有一張歷經風霜的臉，看得出來是個有主意的人。

男子看來精明但面容柔和，見到秦曼過來，立即笑嘻嘻的說：「歡迎小哥與我們一起南下，在下唐遠，你可以叫我唐掌事，也可以叫我唐叔。小哥想到南邊什麼地方？」

秦曼立即還了一禮。「小可秦檜，字子明。唐叔叫我子明即可。至於去哪裡遊歷，小子還沒有確定，想先跟著您老邊走邊看，了解一下南邊的地理、作物、風土人情，要請您多多關照。」

唐遠見這個小哥雖然其貌不揚，但禮儀周全，不愧是個有學問的，因此很客氣的道：「小哥可是臨城人氏？」

秦曼見他聽口音就能聽出她的來歷，非常佩服的說道：「唐叔，子明正是臨城桐村人，家中父母親人皆已不在，無牽無掛，因此想去看看我們龍慶國的大好河山，也省得死讀書成了閉門造車之人。」

唐遠道：「小哥真是個有想法的人，將來也一定有出息。你沒跟錯人，我們這次到江南要走兩個地方，想收絲和收茶，一定能讓你開眼界，也能讓你真正了解那邊的風俗人情。秦小哥，我們馬上出發。唐二，一切是否都準備妥當？」

一個年約三十左右的漢子馬上回答。「是的，掌事。」

「好，出發吧，秦小哥跟老頭子一車，這車還結實點。」唐遠豪爽的邀請秦曼上車，就這樣開始了秦曼的古代旅行。

十天後京城武正巷子，夕陽西下，李東明拎著一包東西推開院門，麗娘笑容滿面的到門口迎接，她嗲著聲音說：「是相公回來了嗎？」

李東明關好院門轉過身來，只見麗娘飛奔似的跑過來，他立即張開雙臂說：「跑慢點。」

麗娘雙手摟著他的脖子撒嬌。「相公想麗娘了嗎？你怎麼去了這麼久？」

李東明抱著她，立即親了那喋喋不休的小嘴後才說：「是妳想我了吧？哥哥不是才走十來天嗎？是妳說的，要我到遠一點的地方買房、買地，我已經儘快了！」

麗娘驚喜的問：「你都辦好了？」

李東明說：「辦好了，妳看，這是房契和地契。來，妳拿去放好，等哥哥東西全拿到手，我們立即就走。」

麗娘抱著他親了又親，說：「太棒了，我愛死你了！」

美人在懷，多日在外的李東明極度難耐的說：「我們進去吧。妳瞧我給妳買了好吃的回來，妳先燒飯，我去洗漱，晚上哥哥好好疼妳。」

麗娘俏臉一紅。「相公真壞！」

李東明哈哈大笑，邊說邊走進屋。「哥哥還有更壞的地方，一會兒叫妳哭。」

麗娘看著大搖大擺進了屋子的李東明，臉上的笑容頓時收起，她轉身走到一棵樹下，拿起石頭在樹上畫個圈圈。

李東明見她沒有跟過來，立即叫喊。「妳還在磨蹭什麼？快點進屋，相公可餓死了。」

麗娘立即回應。「來了，相公，我想先去廚房看一下火。」

姜家別院，一名男子正跟姜承宣彙報。「爺，李東明回來了。剛才麗娘傳回了信號。」

姜承宣面無表情的問：「姜府老爺什麼時候會出門？」

男子說：「姜府的鋪子斷貨，姜二少爺進的貨都出了事，姜老爺三天後自己去辦貨。」

姜承宣說：「通知大家先做好準備，三天後晚上行動。叫麗娘放藥進李東明的食物裡，同時，不要忘記，一定得讓姜老太爺成為證人。」

男子神色一緊，一拱手。「是，爺，您就等著好消息吧。」

姜承宣殘酷的笑著說：「我要去看戲，看我那親爹一次捉姦的把戲！喔，讓姜太夫人也來看戲，讓她看看，她養了多年的好媳婦，是怎麼樣在她家裡養野漢子的！」

男子神色一凜，再次回答。「是，爺，一定按您的要求進行。」

等男子一出門，洪平進了書房。「爺，水備好了，您先沐浴吧。」

姜承宣坐在書桌旁，揮揮手說：「你先下去吧，我一會兒再洗。」

洪平不安的說：「爺，這一路上您都沒有睡好。一切都已經安排好，這事情快有結果了，您也好好的睡一覺吧。」

姜承宣一愣，沒想到這個小廝還很關心自己。這幾天來他確實都沒睡好，不過不是因為計劃將成，而是因為秦曼的哭臉。

接到命令的麗娘吃過飯、洗好澡後，故意搽了點媚香，披著紗衣進房。李東明出門已十來天，一看到麗娘的裝扮，便撲了過來，將麗娘壓在身下。

麗娘雙手撐在李東明的胸前，不停的磨蹭著他，李東明氣息粗重的說：「讓我先來。」

麗娘故意扭動著身軀說：「不，我要侍候相公。」

李東明大喜的說：「一會兒相公再讓妳侍候。」

麗娘將李東明推倒在床上，嬌笑著說：「我要先檢查一下，看你外出有沒有偷吃！」

李東明摟過她壓在身下。「有我娘子這麼好的味道，相公我哪想到偷吃！」

麗娘故意一扭臉說：「相公就是會混說。每個月你不都會去見那個老女人幾次?!」

李東明邊摸邊說：「吃醋了？她那一身肉全都鬆鬆垮垮的，哪有妳摸著舒服？要不是為了弄來她手中的銀子，好帶妳去快活，我哪會去應酬她。」

麗娘噘著小嘴問：「你真的不喜歡她？」

李東明舉手發誓。「我真的不喜歡她。」

麗娘不滿的說：「這事什麼時候才會完呀？」

李東明緊摟著胸前的可人兒說：「快了！她說要我去別的地方置辦些產業，我已經叫她儘快準備好銀子，三天後我去姜府拿。」

麗娘揪著他的耳朵說：「不許上她的床！」

李東明翻身壓在麗娘身上。「我只想壓上妳的身！不說了行不行？妳瞧，它好急。」

麗娘的臉閃過了一絲不明的微笑，又努力裝出一臉淫媚，引得李東明大大增強男人的自豪感。她看著正在上方賣力的男人，轉眼就是一臉的厭惡。

三天後姜家大門口，姜老爺準備出發，三姨娘走近說：「老爺，您一路小心，慢點走，不要太累。」

姜老爺說：「我知道，妳管好家裡就行，特別是父親、母親要照顧好。」

三姨娘假裝抹了一把淚說：「老爺您不要擔心，只是老爺您要快點回來，妾身在家等著您。」

姜老爺點點頭說：「家裡就交給妳了。姜明，出發吧。」

三姨娘看著遠去的馬車背影，她對身邊的朱嬤嬤說：「奶娘，妳去給表哥送個信，叫他今晚亥時三刻過來。」

剛吃過晚飯，李東明洗漱一新正要往外走，麗娘抱住他的腰說：「相公，你要早點回來。」

李東明知道今天晚上是不可能早回來的，於是他一臉歉意的說：「麗娘乖，早點睡，等過幾天，我們就可以遠走高飛。以後我每天晚上都陪著妳，聽妳哭、聽妳叫。」

麗娘臉色一紅，故作一臉嬌羞。「相公你是個大壞蛋！」

李東明哈哈大笑。「要壞也得壞在我娘子身上。我先走了，門關好。」

李東明前腳剛走，麗娘立即回房收拾包袱，趕到姜家別院。「姜爺，所有的東西都在這兒。」

姜承宣接過麗娘遞過來的銀票、房契和地契，從中抽了幾張遞給她。「妳做得很好！這是獎賞妳的，妳的爹娘我已經幫妳贖出來，妳的仇人我也讓他找閻王說話去了，帶著妳的爹娘，到沒人認識的地方去吧。」

麗娘跪在地上磕三個響頭。「小女子謝謝姜爺的大恩大德，就此告別，祝姜爺一切順利！」

姜承宣揮揮手，目送麗娘離開。他的嘴角浮現出冷酷的笑容。

第三十八章

姜老爺命人轉回姜家，因為離開家後好幾個時辰他才發現，裝銀票的盒子放在三姨娘房裡的櫃子忘了拿。

到了姜府門口，隨從姜明問：「老爺，您是先洗漱還是先去姨娘那兒？」

姜老爺說：「你們倆掌燈，去姨娘那兒，就在她那兒洗漱好了。明天早上我們再出發。」

姜全立即答應一聲。「是，老爺請。」

剛進三姨娘的院子，姜老爺很納悶，原本應該在院子的人，怎麼一個都不見？

嗯？怎麼院子門也沒關？這朱嬤嬤看來真是老了、不中用了，得交代英兒，讓她好好管管，萬一出事就晚了。

姜全掌燈走在前面，姜明拿著東西走在一邊，到房門口時，姜老爺正舉起手要敲門，突然門內傳來聲音。「表哥，你輕點，我要給你弄死了！」

一道男子的聲音接著說：「好妹子，這十幾年來，哪次妳沒叫說要被表哥弄死了？就是妳的第一次，我也沒弄死妳，現在要弄死妳，表哥還得加把勁。」

三姨娘撒嬌的道：「人家就是喜歡你弄嘛。」

男子嗤嗤笑著說：「表哥的味道比妳家那老傢伙的東西好吧？」

三姨娘道：「表哥，我愛死你了！」

聽罷，姜老爺氣得全身發抖，一口氣差點提不上來，恨不得一腳把門踢開，衝進去教訓這對姦夫淫婦，卻沒想到腳剛抬起，身體就虛軟的癱倒在地。

見自家老爺這模樣，姜明連忙上前扶起他，並對姜全說：「快去叫人來幫忙，並通知老太爺跟太夫人。」

姜老太爺和姜太夫人聞訊趕來，察看過姜老爺只是暫時暈厥，便放下心並吩咐下人將門撞開。門被撞開時，還見著李東明正趴在三姨娘的身上，不停的來回抽動，姜老太爺怒指著他們說：「快，拉開他們！傷風敗俗呀！」

姜太夫人是三姨娘的姑媽，畢竟是自己的姪女，家醜不可外揚，姜太夫人怒吼。「其他人都滾出去！朱嬤嬤，還不快去把小姐拉下來。」

聽到房裡人聲鼎沸，心知姦情敗露的三姨娘「啊」了一聲，立即推開李東明下床，跪爬至老夫人腳邊，抖著身子不停磕頭。

姜太夫人飛起一腳踢向三姨娘。「妳這作死的東西！我怎麼就瞎了眼？」

三姨娘嚎啕大哭。「姑媽，我錯了！饒了我吧，嗚……」

原本昏厥，被姜明放坐在椅子上的姜老爺終於清醒過來，大聲叫道：「快，將他們綁起來，送到衙門去，我要讓這對狗男女浸豬籠！」

三姨娘一聽要進衙門，嚇得爬到姜老爺腳下。「老爺饒了我吧，英兒以後再也不敢了！」

啪、啪、啪，一陣掌聲從門外響起。「哎呀，我十幾年沒回來，一進府就看到了這齣好戲！真是似曾相識。」

姜老太爺本來正要發火，當他看清進來的人是誰時，驚喜的叫道：「是我的乖孫宣兒嗎？」

姜承宣走到姜老太爺面前跪下說：「不孝孫見過爺爺。」

姜老太爺拉起面前的長孫，老淚縱橫的說：「老天有眼，讓我有生之年還能看到我的乖孫！宣兒，見過你祖母和父親。」

姜承宣笑笑說：「孫兒十幾年前就沒有父親和祖母，成為一個野種了。」

姜老爺一陣發抖，他惡狠狠的看了地上的三姨娘一眼。「姜明，這賤人身邊的下人，明天都給我發賣到北獄，讓她們去侍候獄卒！」

嘩啦一下四個人跪在地上，她們哭叫道：「老爺，不關奴婢的事呀！三姨娘從不叫我們近身侍候，她相信的人只有朱嬤嬤一個。」

姜老爺氣憤的叫：「把這個老賤人給我拉下去狠狠的打！」

姜承宣冷笑著說：「慢著。洪平，帶人進來。」

門外洪平應道：「是，爺。走，進去。」

「撲通」一聲，一個被五花大綁的男子像顆皮球似的滾在地上。

男子一見三姨娘，立即叫喚。「小姐，救救奴才！」

三姨娘發瘋似的就要去打人。「誰是你的小姐！你是從哪兒來的，為什麼要來誣陷我？」

姜承宣嘻嘻一笑。「這女人好有趣，這男子只是叫妳救他，妳怎麼說他誣陷妳？看來，妳還真的是做了什麼壞事，這叫不打自招。」

三姨娘對姜承宣不停的磕頭。「大少爺饒命、大少爺饒命！」

姜承宣冷冷的說：「當年妳也沒有饒過我和我娘的命！狗奴才，將你知道的一五一十的給爺說出來，要是有半句胡說，小心你的狗命。」

男子跪在姜承宣腳下說：「當年那一切都是三姨娘指使的，奴才的命握在他們表兄妹手裡，也是萬般無奈……」他原原本本的說出三姨娘陷害大夫人的過程。

聽罷姜老爺一臉的悔恨。「我怎麼會相信妳這個不知廉恥的女人？我真是隻蠢豬，竟然相信我的髮妻跟妳一樣無恥，我要殺了妳給她報仇！」

「老爺，看在孩子的分上，求您原諒我一回吧！」三姨娘淒厲地哭了起來。

姜老爺冷笑。「孩子？那是我的孩子嗎？妳不會想告訴我，那是我的種吧？」

三姨娘從來都沒有看過如此冷漠的姜老爺，她膽怯的看著他的眼睛，在他逼問之下，避開他的目光。「老爺，他們真的是您的孩子呀！」

姜承宣冷冰冰的看著發怒的姜老爺，然後對門外的人說：「帶走這狗奴才，我們就別留在這裡看別人的家醜了。」

滿屋子的人看著揚長而去的姜承宣，各人的心情截然不同。

在姜家好戲上演的時候，秦曼正與唐遠一行人，快樂的往南邊走。

從姜府出來，已近二十天，她什麼都不去想，只當作一場夢。一路上她大方、謙虛又禮貌，獲得了唐遠的喜歡及信任，唐遠帶來的三兒子唐三，更一天到晚跟在她背後，秦大哥的叫個不停。

這天留宿在越州的一個小鎮，一早起來秦曼正準備下樓，就聽見噔噔的腳步聲，上樓的唐三一見她就叫道：「秦大哥，等你吃早飯呢，今天得到鄉下去收茶，爹爹問你跟不跟去？」

她來南方，就是想了解茶葉的情況，哪有不去的道理？

秦曼馬上應道：「我跟你們一起去。」

吃過早飯，一行六人坐了三輛馬車去棲茶村。一進棲茶村，路的兩旁是一片綠油油的稻田，遠處依山而上的土地，到處都是一片片的茶葉田。

滿山遍野的茶葉樹，繞著小山生長，層層翠綠，好一幅茶村風光，看得秦曼內心翻騰不已。

六人一路往棲茶村里長家。秦曼暗笑，不管哪個時代都一樣，做生意就得跟當地的最高長官搞好關係，看來這是古今做生意的鐵則。

里長姓郭，叫長勝，唐遠稱他為郭里長。

幾年來唐遠的茶葉收購一直與他合作，今年茶葉剛開始收頭茶，郭長勝一直在等著唐家的商隊到來，因此一見車馬到院門口，就快步過來迎接。

見唐遠下車，郭里長立即雙手抱拳。「唐掌事一路辛苦。」

唐遠在這兒是老熟人了，因此客氣的道：「有勞里長等候，唐某來遲了一天。」

里長哈哈大笑。「不遲，我們全村可盼著你的到來。今年天氣較冷，頭茶也出得晚了幾天，好在近幾天天氣逐漸暖和，要不然村民們都得擔心，天一冷，頭茶就過季節了。」

唐遠可是個老茶精，知道這春茶的質量好壞與氣候冷暖關係大，得知今年雖然冷了幾天，但茶葉採得還是不錯，便放心了。

秦曼跟著大家走進里長家的大廳，乾淨整潔，正面牆上鑲著一個大大的福字。一張大桌放在廳中央，四張長凳圍桌而放。桌上已擺好了茶點和茶杯，做好迎賓準備。

一起走到桌邊坐下，里長接過一個約四十歲的女人拿來的杯壺，放在桌上，並打開桌上包著的包裹，裡面放的是各式茶葉。

里長指著桌上的幾種茶葉對唐遠道：「唐掌事，今年的茶葉同樣製作了三種頭茶，你看先從哪種開始嚐？」

唐遠道：「還是跟往年一樣，從最好的開始品茶。」

「好，那郭某就請本家三位大師傅進來，讓你仔細品茗，如有什麼見解，請你不吝賜教。」里長轉身對門外喊：「老婆子，去後院請二叔叔、七哥、九哥到大廳來。」

門外婦人答應一聲走進內院，不一會兒三個年約五十左右的男人一同進來，見到唐遠，客氣的問候。「唐掌事一路可順當？」

唐遠也抱拳回禮。「煩師傅們掛心，託大家的福，一路順當。」

大家按順序坐定，正上方坐了里長和唐遠，正下方坐了兩位相對年長的師傅，另一位坐在下方的左邊，秦曼和唐三依唐叔左手邊而坐。

里長倒了三杯茶，依次遞給唐遠、秦曼和唐三，同時唐遠向大家介紹唐三和秦曼。他跟里長介紹秦曼是遊歷的學子，因為是自己的外親，便一同來江南增長見識。

這一杯是綠茶，唐遠拿起茶杯，先仔細的觀看了葉片，再觀看茶色，又放在鼻下聞了茶香，最後入口品了品茶味。秦曼也仔細的嚐了茶，新茶畢竟是新茶，味道還是不錯的。

見唐遠放下茶杯，里長立即問道：「這綠茶怎麼樣？跟往年比是否差不多？」

唐遠點了點頭，開口道：「嗯，頭茶就是頭茶，色香味都還不錯。」

秦曼喝了幾口，她知道不能用現代的茶品來相比，她不知道這綠茶是如何做出來的，比之真正的龍井味淡了很多，她心中已有計較。

秦曼的家鄉是綠茶之鄉，從小喝綠茶長大，她不愛喝紅茶，但在學校茶藝社中，祁門紅茶、九曲紅梅倒是見過不少，其他種類如清茶，也有涉獵。

唐遠跟里長商定茶葉收購的時間、數量、價格後，預付訂金，便回鎮上。

一回鎮上，秦曼立刻找上唐遠。「唐叔，小姪祖上有一個製茶秘方，所製出的茶要比今天所喝的好上不少，您有沒有興趣試試？」

唐遠雙眼睜得好比燈籠，便開口問秦曼。「那製作茶葉的法子，子明可還記得全？」

秦曼點了點頭。「是的。」

唐遠有點興奮過度，他抖著聲音又問：「如果我能找個製茶師傅，你能不能指導他，按你的法子試試？」

秦曼想反正這方法又不是她首創，也正想找條路子掙點錢，以她目前的狀況看來，沒有能力開創事業，只能借雞生蛋。打定主意後，秦曼點了點頭。「我想應該沒問題，我別的本事沒有，但是記性還是不錯。」

唐遠思索一下，便對秦曼道：「子明，叔也不想瞞你，一個好的法子是很值錢的，如果用你的法子真的能炒出好茶來，我給你一個好的價格，買你的法子。」

秦曼可不想做這種短利生意，法子能賣幾個錢？她有長遠的打算，再說目前也不缺錢，便開口道：「唐叔，子明有把握用這法子，做出比棲茶村更好的茶。」

唐遠一聽，更加驚喜道：「真的？那叔一定給你一個好價錢。」

秦曼點頭又搖頭。「唐叔，茶葉的品質您只管放心，只要跟炒茶師傅多試幾次，肯定沒有問題。只是小姪有一個想法，如果唐叔覺得不合宜，還請您原諒，當然不管怎樣，這炒茶的法子我一定拿出。」

唐遠畢竟是老生意人，就算為人和氣，但離不了精明。「哦？賢姪有想法？你說說看，要是不過分，我們再商量。」

秦曼知道，不管是古代或現代，你有一個別人沒有的好辦法，就能掙大錢。可是她孤身一人在這安全沒有保障的古代，身懷掙錢法子，就算不拿出來，怕讓人知道，命也沒了。既然這樣還不如找個合夥人，讓他掙大錢，她掙點小錢過日子總沒錯。

見秦曼思索了好一會兒都沒出言，唐遠以為她有什麼顧慮。「子明，是不是怕唐叔為難你？」

秦曼立即說：「不是，唐叔，您是個什麼樣的人，這一路來小姪還是有所了解的，我只是在回想書上的製茶法子。」

唐遠客氣的說：「子明，我們現在就像一家人一樣，你沒有雙親，我與你父輩年紀相當，如果你不嫌我是個別人家奴才的身分，就當我是叔叔吧。」

秦曼想多個朋友多條路，認個叔叔並不影響什麼。「謝唐叔不嫌子明無父無母。子明想為今後生活打算，如果這次炒茶的法子真的可行，我不想賣法子，只想要您用這個法子炒茶後，所得的兩成利潤，您看行不行？」

唐遠一愣，今後所得利潤的兩成？

這要求看似不像獅子大開口，但其實很有門道。不過他所要的也不多，要知道這茶葉可是便宜得很，只是不懂炒製，價錢得由人來訂，如果能收來製作，這樣一來應該有利可圖。

唐遠思考一會兒開口說：「子明要求不高，只是唐叔是唐家的下人，一時也無法作主。」

秦曼想想也是，古時的下人一生都是主人的財產，只能對主人效忠，不能作主也是實情。不過秦曼不想與這唐家主人合夥，那些人她可不知底細，如果能跟唐遠合夥的話，她還能放心。

她想了想又問：「唐叔，您家有幾個兒子？是不是全是家生子？有沒有脫了奴籍的？」

唐遠一聽她打聽家中情況，知道她有了想法，便道：「我家中有三子二女，長子雖然五年前保護少爺有功，脫了奴籍，可因受傷，一條腿不大方便，東家就留他在鋪子裡當掌櫃。」

秦曼又問：「那唐大哥行動是否還方便？」

唐遠立即說：「行走是沒問題，只是負不得重就是。人還算機靈，也認識幾個字，在鋪子裡做了幾年，生意倒是懂得一些。」

秦曼笑著說：「唐叔，這就好辦了！我們這炒茶生意如果是與東家合作，怕是得不到多少。」

唐遠略有深意的問：「子明這說法可……」

秦曼立即說：「唐叔，我只是想，既然唐大哥已不是家奴，那是不是可以自立門戶做生意？」

唐遠一聽明白了。「你再說說看？」

秦曼眼珠轉了轉。「唐叔，你看這樣行不行？我們找幾個願意賣身為奴的炒茶師傅，選個手藝好、人品好的師傅，跟我一起試炒新茶，等他學會後讓他來做大師傅，然後唐大哥在外面收茶。炒製好的新茶，可以賣給你現在的東家，也可以賣給別的茶商，這樣是不是你就可以作主了？」

唐遠一拍大腿，滿臉驚訝不已。「子明這法子可行！我怎麼沒想到呢？好想法！」

秦曼補充說：「我們沒有能力銷茶，那專炒茶就好，這樣也少了許多麻煩。再說這茶只有我們一家有，只要炒出精品茶來，不怕沒人要。」

唐遠深深佩服。「我一直都以為你是個五穀不分的書生，原來你也是做生意高手，如果不是商人地位太低，十年後怕是會成為這天下的一大名商！」

秦曼聽唐遠的稱讚有點難為情，畢竟這只是抄襲現代經商手法。不過古人才會為地位所束縛，她這個現代人如果不是女子之身，可不會在乎這些。

她謙虛的說：「唐叔可不能這樣誇獎我。小姪只會紙上談兵，真的說到經驗，在唐叔面前就顯得太嫩了。不過唐叔是認同小姪這法子了？」

唐遠理理下巴的鬍子，不斷的點頭說：「子明這是在為我指明一條大路。要是這法子行得通，那我唐家子孫今後可就不用一直過這種靠主家施捨的日子，也會有好日子過，也許唐家今後也會跟東家一樣興旺發達。」

秦曼知道唐遠說的是真心話。「可能唐家就在您這一代的手上，脫離奴籍，真正成為新一代的唐家人。」

「子明說得好！來，我們再細說一下這茶的事。」唐遠興奮之情溢於言表，可以看得出他此時的開心，是打從心底發出的愉悅。

唐遠興致盎然的跟秦曼商量細節，秦曼也將後世一些不是那麼出格的茶葉經營想法，細細說明給他知道。

唐遠是個行動派，說動就動，租房子、收茶葉、買師傅、造工具，手上有銀子，身邊有幫手，做事就是方便。

秦曼則開始嘗試製茶。採取的製作方法完全是按鐵觀音的炒製步驟——採青、曬青、晾青、做青、殺青、揉烘、挑揀這七步；特別是在做青中的三搖三攤，做了很多次才達到她記憶中鐵觀音的要求。

在秦曼開心製茶時，京城姜府臨福堂裡，姜家老太爺姜致遠看著坐在身邊的姜承宣，心裡感慨萬千。

第三十九章

一想到馬上要離開的孫子，姜家老太爺心中不捨，語重心長的說：「宣兒，爺爺知道你所受的委屈，也知道你爹那人不長進，三姨娘被逐出家門，他也受了教訓。你祖母也知道錯了，開始吃齋唸佛，她說要為你娘唸三年往生經超渡，讓她下輩子投個好人家。但是姜家家業如今已千瘡百孔，如果你不回來挑大梁，可能就從此敗下去，不管如何，你是姜家的長子嫡孫，留下來吧，算祖父求你了！」

姜承宣看著年邁的祖父，心中也很難過。但是這個讓他充滿屈辱和失去娘親的地方，他無論如何都不會留下來。

姜承宣看了祖父一眼說道：「請您原諒孫兒的不孝，宣兒是真的不會留下來了。」

姜老太爺難過的問：「你真的不能接手這個家嗎？真的忍心看著它敗下去？」

姜承宣搖搖頭。「我不會接手這個家。姜家祖業剩下的已不多，我這幾天著手整理了一下，不到以前的三分之一。不過爺爺請放心，如果好好經營的話，讓一家人都溫飽還是不難的，只是不能過以前那樣奢侈的生活了。下人也可以打發幾個，特別是那種不忠心的奸奴。三弟和四弟跟著我也學了幾天，家中的鋪子和莊子他們都已了解，也跟他們商定了管理方法，不出一年，情況必定會有好轉，我會時時關注他們兩個，不會讓姜家從此敗下去的。」

姜老太爺固執的說：「可你才是長子嫡孫，大宗不能滅。」

姜承宣苦笑著問：「爺爺，要是孫兒當年沒了命，那還談什麼大宗滅不滅的問題。」

姜老太爺一怔，知道再勸都無法讓他留在姜家，便嘆息道：「唉，也怪我當時沒有堅持相信你娘親，她是個好孩子，可惜碰到你父親那個不長進的傢伙，讓她一生不幸，我愧對老友。」說著老淚縱橫。

姜承宣見老太爺難過的樣子，更上前一步扶住他。「爺爺，宣兒不怪您，如果當時沒有您幫助凌叔和奶娘帶著孫兒離開，孫兒今天也無法站在您面前。家譜上我還是長子嫡孫，只不過現在孫兒住在並州的林家村而已，您的曾孫弘瑞很聰明，如果您在京城住煩了，您給孫兒送個信，孫兒一定接您去安度晚年。」

姜老太爺聽說曾孫子很好，心中很是想念，但知道姜承宣不想將孩子送到姜家來，他心中既是高興又很難過。

姜承宣又告訴他，端午節前他和朋友將在京城狀元坊大街，開一間瑞豐酒禮品鋪，開業時請老太爺去品酒。

一聽孫子要開現在龍慶國最好的酒鋪，老太爺眼睛發亮，聽說這種酒是京城賣得最好的酒，如果能做這酒生意，也許姜家真的有希望！

他馬上開口道：「宣兒，你有做這酒生意的門路？」

姜承宣見老爺子雙眼發亮，便多透露了一些實情。「這酒是孫兒年前和幾個朋友一起釀出來的，目前產量不是很大，但銷路很好。這也是孫子不能回姜家的原因，目前事太多，姜家的事我也確實管不來。我們想在京城開第一家，生意如何，還得以後才知道。」

老太爺哈哈大笑。「這可是掙錢的好生意，既然這樣就按你說的，姜家的產業暫由你兩個庶弟管理。但你不得撇開不管，姜家的興旺就靠你了，去吧，爺爺不再攔你。」

姜承宣給老太爺行了一個大禮後，退出臨福堂，並喚來洪平。「去整理行裝準備出發。」

洪平問：「爺，我們回林家村嗎？」

姜承宣「嗯」了一聲，洪平開心的說：「爺，這次小少爺看到我們回去，他一定很開心。上次秦姑娘畫了一幅圖，讓小的依樣在京城給小少爺做的玩具已經做好了。」

聽了洪平說到「秦姑娘」三字，姜承宣的腦子裡刹那間被那笑盈盈的身影所充滿，他眼一黯，似乎想到了什麼。

現已四月中旬，再耽誤下去，開業的酒會來不及送來。洪平整頓好行裝後，兩人立即快馬加鞭回林家村。

姜承宣在京城時，因為顧及蘭令修對秦曼的感情，也怕引起他的誤會，所以並沒有將秦曼做的事告訴他。

他從來不認為對秦曼有非要不可的感覺，也一直告訴自己，她只是看得入眼而已。可這一個月來夜深人靜時，他才發現秦曼的身影已深深的植入心底，並對那天講出的氣話有些後悔。

姜承宣心急的不僅是因為酒的事，更多的，是他想返家找回秦曼。

三天後的傍晚就回到林家村，姜承宣一進院子的大門，剛下馬站定，就見李琳一臉驚喜的看著他驚叫：「承宣哥哥，你回來了？」

姜承宣「嗯」了一聲，道：「琳兒怎麼站在大門口？」

李琳臉色一紅。自秦曼被趕走，她心情實在很好，她每天都要來大門外看上一回，等著她的承宣哥哥回來，可她不敢這麼說，只得掩飾道：「聽冬梅說瑞兒和茶花到大樹下玩，太陽快下山了，琳兒想去帶他回來，怕他著涼。」

聽到李琳關心著兒子，姜承宣臉色柔和了一些，便對李琳道：「琳兒不用辛苦，讓洪平去找吧。洪平你去帶小少爺回來。」

洪平將馬先拴在院子裡，放好飼料，就出院子去找人。

李琳立即跟著姜承宣往家裡走，她邊走邊撒嬌道：「承宣哥哥，你下回去京城，帶琳兒去好不好？」

想著她是在京城長大的孩子，姜承宣淡淡的應道：「琳兒也想回京城去看看了？下次京城酒鋪開張的時候，我帶妳去好了。」

李琳心下歡喜。「承宣哥哥，你真的會帶我去？」

看在已逝兄弟的分上，姜承宣承諾道：「下次幾個哥哥都會去，到時妳也跟著一塊兒去看看。」

聽了姜承宣的話，李琳臉上露出得意的笑容，看來這秦姑娘走了，承宣哥哥對她就更好了。

兩人邊走邊說進了大門，凌叔已迎了出來，對著姜承宣行一禮。「見過少爺，您可回來了。京城一切可都順利？見著老爺子了？」

姜承宣笑著對凌叔說：「嗯，一切都順利。謝凌叔關心，爺爺一切都好。」

凌叔高興的說：「那就好。當年可真的感謝老太爺呀。」

見姜承宣很累的樣子，凌叔吩咐冬梅送茶到少爺書房，然後再安排張嫂和王嬷給少爺備水沐浴。

晚飯後姜承宣叫凌叔進書房，問了一些家中近況和酒廠的事務。

凌叔把近期家中的一些情況，和瑞豐酒禮品鋪目前準備的進度，向姜承宣彙報。最後他有點遲疑的說：「少爺，老奴按你走前的吩咐，送秦姑娘到鎮上，並安排入住客棧。老奴離開客棧時秦姑娘還發著高燒，因為不是很放心，所以老奴又折了回去，可是到客棧後卻沒有找到秦姑娘，小二說秦姑娘退房後就走了。」

姜承宣一聽凌叔說秦曼沒有任何消息，內心充滿說不出的心慌。「後來有在鎮上再找找嗎？」

凌叔見自家主子似乎很關心秦曼，就詳細的說出經過。「少爺，老奴有到附近幾家客棧去找，但都沒有找到她。」

「什麼？她真的走了？凌叔，她一個女子能跑哪兒去？」姜承宣一急，抓著凌叔問。

凌叔見主子似乎有點著急，他也心下不安的說：「其實是老奴有私心，因為不放心那孩子就那樣離開，所以打聽過了，可就是再也沒有秦姑娘的消息。」

姜承宣癱坐在椅子上臉色蒼白，他的心頓時一陣陣的抽痛，看來她真的離開了！只是為什麼？明明最恨那樣的女子，可當她真的走得無影無蹤，內心竟會如此驚慌。

凌叔見姜承宣的臉色大變，以為是因過分關心秦曼，而讓主子不高興，於是他不安的說：「少爺，是老奴多事，以後老奴會恪守本分，請饒過老奴這一回！」

姜承宣苦笑著說：「凌叔，你知道我從來沒有當你是下人，你不必這樣。我沒有怪你，只是心裡在想一些事。」

姜承宣靜靜的坐在椅上細想一下，然後站起身來看著窗外問：「凌叔，那天除了秦姑娘進院子照顧弘瑞外，還有什麼人進來過？」

凌叔聽主子這麼一說，心中一愣，那天在家的人不就這幾個人嗎？突然腦子一閃，馬上回答。「那天午時過後，小少爺燒就退了，琳姑娘帶著香米照顧小少爺一下午，秦姑娘則回房整理行裝。」

凌叔停頓一下接著說：「還有就是冬梅和張嫂進來送水送飯。晚飯前秦姑娘有點著涼，她還打發冬梅跟我要了一碗祛寒藥。」

姜承宣聽凌叔這麼一說，心中立即有了不好的預感，這件事怕是不會這麼簡單。心痛的感覺越來越強烈，他按捺住心裡的煩躁，對凌叔說：「凌叔，帶冬梅到書房來，然後再將香米叫到西廂房看好。」

凌叔馬上出門叫來冬梅後，又去叫香米。

見冬梅進來，姜承宣抽出寶劍對著她。「冬梅，立即老實說出三月初八那天，妳和妳家姑娘的行蹤，如果有一點不對的地方，小心妳的命！」

冬梅嚇得雙腿一軟，「撲通」一聲跪在地上，急忙磕頭道：「少爺饒命！奴婢一定老實回答。奴婢記得那天到午時前，我和姑娘一直在照顧小少爺，後來琳姑娘帶著香米來了說要替換姑娘，姑娘就回房了。回房後她整理著要給小少爺的『連環畫』。」

見姜承宣一臉的疑問，她馬上又補充。「是姑娘這麼叫的，就是小少爺常看的那個有字、有畫的本子。她說她還有兩天就要離開，得弄好要留給小少爺的畫，說是給小少爺留個紀念；然後又收拾一下衣服。晚飯後回到小少爺房中，陪小少爺玩了一會兒，幫他洗漱後，還講了兩個故事。喔，中途她覺得有點頭痛，叫奴婢找凌叔要了一碗藥喝下，全身出汗去泡了澡，接著奴婢侍候她睡下後，關上門就與茶花一同睡了。」

姜承宣看著她再問：「有沒有什麼漏下的？要是不老實說來，我叫人賣妳進窯子！」

冬梅嚇得腿發抖，她可從來沒有看過如此嚇人的主子，於是她想了一下再回答道：

「喔，有，姑娘還給我一支銀釵，是過年時，少爺給她的過年禮物，她說送給奴婢作紀念。」

銀釵？姜承宣苦笑，看來他真的傷了她，跟他有關的東西，就算是一支釵也不願留下。他接著又問：「那天妳有沒有離開過秦姑娘？」

冬梅仔細想了想。「那天只有姑娘晚上睡了後，奴婢才離開她身邊，其餘的時間奴婢一直與姑娘待在一起。」

姜承宣見冬梅一副嚇得快沒命的模樣，知道她已全盤托出，於是揮揮手後讓她退下，接著讓人叫香米進來。

香米膽顫心驚的走進來，一見姜承宣的樣子立即嚇得全身發抖。姜承宣沒有理會她，直接叫她跪下，然後讓她老老實實的說出那天下午在宣園做的事。

香米只是個十四歲的小姑娘，雖然平時跟著李琳也學得張揚，但一見劍尖直指脖子，早就嚇得失魂，聽見姜承宣問那天的事，立即一五一十的說個清楚，還連帶說出袁之穎來找過秦曼的事情，並坦承藥是在並州城，從一個遊方郎中處購得，叫「無悔」。

香米哭著說：「少爺，不是奴婢想這樣做的，是小姐逼著奴婢做的，要是奴婢不幫她，她說就要賣了奴婢！」

姜承宣在心中冷冷一笑，好一個賣主的奴才，好一個「無悔」，什麼時候這個純潔乾淨的小妹妹也變得如此可怕！

直接喚來門外的凌叔將香米關進柴房，這等惡奴，明早賣她進青樓！如果李琳不是李昶唯一的妹妹，他會直接趕她出姜家。

他早就知道李琳對秦曼有敵意，特別是中秋夜那件事之後。只是他一直以為李琳還是個孩子，做這些事只是孩子的意氣用事罷了，卻沒想到她竟然有這麼狠毒的心思。

姜承宣和衣倒在床上，手上拿著的是秦曼託凌叔給他的信，是一張股份轉讓書，及一張股份契約書，他狠狠幾下就撕了轉讓書。

他內心憤怒不已。這個女人倒還真倔強，用他的銀子就會死嗎？那一點銀子能過一輩子嗎？就不會留條後路！

姜承宣心中不滿的罵著秦曼，可她嫵媚、哭泣、堅強的模樣，又不停的在他腦中來回晃動。

姜承宣越想越惱火。好，妳不要跟我有任何牽絆，是吧？妳以為我非妳不可，妳以為除了妳，這世上就沒其他女人嗎？我才不會為了一個女人傷心！

第四十章

姜承宣關在房裡兩天，出來後鬍子拉碴的樣子，把凌嬸嚇哭了。「我的少爺，您可別嚇奶娘。你們一個個都這樣，曼兒走時這樣，您現在又這樣，這是要奶娘的老命呀！」

姜承宣問凌嬸。「奶娘，我沒事。只是有事想問妳。」

凌嬸急忙說：「少爺，您問吧，奶娘絕不隱瞞。」

姜承宣急切的問：「奶娘，秦姑娘走的時候什麼也沒跟妳說嗎？」

凌嬸擦了眼淚說：「什麼都沒說，問也不說，只是強裝笑臉說沒事，可是我知道她有心事。離開時還病著，是我強行讓她喝了一碗藥下去。」

姜承宣聽了凌嬸的話，心疼的感覺越來越強烈，他撫著胸口，知道就是再問也問不出什麼了，心中反覆只有一句話——曼兒，我真的該死！

凌嬸看著主子的樣子，本想說什麼，最後嘆了一口氣，還是沒有開口。這時李琳哭哭啼啼的來了。「承宣哥哥，凌叔賣了我的丫頭，嗚……」

姜承宣看著那張小臉，頓時覺得特別討厭。「不用哭了，是我賣的。」

李琳心虛的問：「承宣哥哥，香米是從小陪我長大的丫鬟，你為什麼要賣了她？我習慣她服侍我，你能不能把她還給我？」

姜承宣冷冷的說：「這種惡奴就是打死也不為過，何況我只是賣了她。至於為什麼要賣她，我想妳不可能不明白，小小年紀學得這樣狠毒，我真是想不到。」

李琳臉色大變。「承宣哥哥，我沒有……」

姜承宣看也不看她一眼。「收拾好東西，妳就住到城裡的別院去，我會託蘭老夫人給妳找一門好親事，不要再回這裡來了。」

李琳終於害怕了。「我不要去，承宣哥哥，我要和你住在一起！」

姜承宣當作沒聽到她的叫喊，拖著沈重的腳步出門去酒廠。一到酒廠，王漢勇見到他，立即跑過來問：「大哥你回來了？什麼時候回來的？」

姜承宣點點頭說：「昨天回來的。酒廠還好吧？」

王漢勇說：「好著呢，這酒真帶勁，只是鍋太少，來不及蒸。大哥，要不我們再弄幾口鍋？」

姜承宣說：「是有這個打算。京城馬上就要開禮品鋪子，要的酒怕也是不少。」

王漢勇見兄弟臉色很差，於是遲疑的問：「大哥，秦姑娘她到底怎麼了？」

姜承宣眼神一黯。「沒什麼。」

兩人不可能沒事，那天看過姜承宣的表現，如果要再說沒事，除非他們是瞎子。只是，他不願意提起，當兄弟的當然不再過問。

兩人邊走邊聊，到了製酒間，趙強看見他們，立即走過來。「大哥，你總算回來了！京城的事都順利吧？」

姜承宣說：「嗯，很順利。我這不就趕回來準備新酒了？等京裡的鋪子開張，大家都到那兒去玩幾天。」

趙強樂呵呵的說：「那敢情好，我還想帶媳婦去京城看看呢。」

王漢勇笑話他說：「看來又是個怕媳婦的。」

趙強鄙視的白了他一眼。「你不怕？我們三嫂說東你也不敢往西，你就不要笑話我了，大哥給我們娶了這麼好的媳婦，當然得好好寵。」

趙強的幸福，如刀子般刺痛了姜承宣的心，因此簡單的交代了幾句後，他便回家了。

晚飯後姜承宣洗漱好坐在書房，呆呆的看著手上的圖畫發呆，腦子裡不停的響起趙強的話，對於傷害秦曼的事，更加後悔莫及，這時小弘瑞的聲音傳來。「爹爹，您有看到瑞兒的連環畫嗎？」

姜承宣從沈思中醒來。「喔，瑞兒的畫在爹爹的手中，你是不是想看了？」

弘瑞進來，爬上姜承宣的腿說：「爹爹，瑞兒每天都要看曼姨的畫，她畫得太好看了。爹爹也喜歡看曼姨的連環畫？」

姜承宣看著與正常小孩無異的兒子問：「是呀，爹爹也覺得很好看。瑞兒為什麼說這是連環畫？」

弘瑞驕傲的說：「因為這裡的故事都能串在一塊兒，這是曼姨告訴我的，幾幅畫串在一塊兒，就是一個小故事。」

姜承宣「哦」了一聲。「還真的是如瑞兒說的那樣。」

弘瑞好心的對他說：「爹爹您也喜歡這畫吧？這是曼姨給我畫的，我借給您看看吧。曼姨說，好東西要跟大家分享。」

姜承宣聽出兒子口中的驕傲，以及對秦曼的喜愛，他想多了解一些秦曼走之前的狀況，於是就問弘瑞——「曼姨走的時候，有沒有跟你說什麼？」

弘瑞開心的扳著手指說：「說了好多。曼姨說，要瑞兒好好學本領，好好聽爹爹和先生的話，多吃飯，做一個有本領的好孩子。」

姜承宣伸手摸了隱隱作痛的心，又問：「瑞兒真的很喜歡曼姨？」

弘瑞點點頭說：「爹爹，瑞兒好喜歡曼姨。」

姜承宣又問：「你喜歡她什麼？」

弘瑞從姜承宣的腿上伸直身子，小手拉著他的頭，在姜承宣的耳邊說：「爹爹，瑞兒告訴您，曼姨身上香香的，像娘親一樣的香，您不要告訴別人。還有曼姨會講好聽的故事，會唱好聽的歌，還會做好吃的東西；還有很多，但瑞兒一下子記不起來。」

姜承宣這才知道，兒子對秦曼完全是一種對娘親的依賴，他們之間的感情，已經深得他看不見底。他很嫉妒，於是抱正弘瑞告訴他。「以後瑞兒要再想起來，記得告訴爹爹，好不好？」

弘瑞雖然不明白爹爹為什麼要知道這些，但是爹爹也喜歡曼姨讓他很開心，於是點頭說：「好，爹爹，以後瑞兒想起來，一定告訴您。不過，曼姨什麼時候回來？瑞兒好想她。」

姜承宣苦笑的看著兒子。「瑞兒，爹爹也不知道她什麼時候會回來，等爹爹事情忙完，就去找她回來，好不好？」

弘瑞開心的說：「那爹爹快快做事，瑞兒不吵您了。」弘瑞拿著畫離開書房。

姜承宣看著越來越懂事的兒子，秦曼的一切在他的腦子裡越來越清晰，他已完全知道，自己貪戀的不是秦曼的身體，而是她整個人。看著窗外的天邊，思念著那不見蹤影的人兒，他自言自語的問：「曼兒，妳去了哪兒？妳過得還好嗎？要是我去找妳，妳願不願意跟我回姜家？」

按秦曼的要求，唐遠與她簽訂一份協定，各執一份，一年一算。唐遠鄭重的簽下長子的名字，還在後面附加說明，並加蓋他和唐三的手印，以示真誠。

簽訂好協議的第二天，唐遠帶著唐三和秦曼去了一趟越州最大的牙行，買了一個四口之家，又買了兩個年紀三十來歲的男子，四個十四、五歲的男孩回來。

秦曼負責與買回來的兩個死契師傅一塊進行茶葉的試製。當第一批青茶試驗成功後，唐遠捧著它，激動得老臉笑意不止，他這輩子還真沒有見過這麼好的茶葉！

秦曼徵詢過唐遠的意見後，給它們取名為後世名茶——鐵觀音。

新茶製作成功的第二天，唐遠親自帶兩個人開始收購嫩茶，秦曼與唐三則把青茶的製作分成七個步驟，將留下的八個人分組，通過培訓後，開始大批量的製作青茶。

這些人都是因北邊戰亂逃難過來的，基本上都是無依靠的人，簽的都是死契，技術分開來教給他們，也就沒有後顧之憂。

同時請人送信回並州城，讓唐遠的大兒子儘快到棲茶村。唐遠再過十來天就要帶著收上來的茶葉回城，也要幫這批新炒製的茶談個好價格。

事情進展得很順利，讓秦曼心情非常好，每天都過得充實且開心，她覺得這樣的日子太舒心了，只是她沒想到，一件大事完全打壞她的計劃。

這天晚上，秦曼準備吃晚飯，一端起飯碗，聞著飯菜的味道，一陣反胃感湧上喉頭，如果不是胃空著，差點就吐了出來。

唐遠見秦曼想吐的樣子，嚇了一跳，馬上問道：「子明，你這是怎麼了？是不是著涼？還是累著了？吃不吃得下？唐三你快點吃，吃完去鎮裡請個大夫過來給你秦大哥看看。」

秦曼見唐遠這麼關心她，急忙說道：「唐叔，不急，沒什麼事，可能是剛才酒喝得多了，不用去請大夫，沒事的。」

唐遠聽她說沒事，便放下心吃飯，還交代道：「你一個讀書人這幾天跟著做活，確實辛苦。如果晚上還是不舒服，一定要跟叔說，叫唐三給你請個大夫。」

秦曼點頭答應後，唐遠才沒有再叫唐三去請大夫。

秦曼壓住腹中的不適，吃了半碗飯和半碗湯，然後洗漱後進房。她坐在床上，仔細回想，才發現這個月的月事已推遲了好幾天沒有來。

這一個月來，她一直不願去想太多，努力適應這個陌生的地方，努力快樂的生活著。今天的反胃感讓秦曼回到現實，今天這個狀況，加上月事遲到，讓她清醒的意識到，她懷孕了！

怎麼辦？懷孕是肯定的，生還是不生？女人懷孕生子，放在現代那是產蛋一樣安全，可在古代，女人生一回孩子就像到閻王那兒走一回！

一個晚上秦曼都在鬱悶中度過，早上起來時，因睡不好而眼下烏青。唐三見狀便取笑她說，是不是在想昨天送青茶來院子裡的那個姑娘了？

唐遠在唐三的頭上重重的敲了一下，狠狠的說：「子明可不是像你那麼輕浮的人，他將來是要考功名的，不是什麼姑娘都配得上的。」

秦曼微笑看著相處氣氛溫馨的父子，突然想到，生個孩子，那在這個世界也不會孤單了，接著又想起弘瑞，她的心瞬間柔成一片。

下午趁著去越州訂茶葉包裝的機會，秦曼在一家成衣店換了一身衣服，要水把臉洗了一下，梳了一個婦人的髮髻，恢復女子的打扮。

秦曼問過店家，打聽到城裡最好的醫館是同春館。然後她找了一位年老的大夫把脈，確定是懷孕快四十天。

秦曼又問了胎象，老大夫說胎象很穩，不用吃任何藥。

回程的路上，秦曼一直撫著肚子，那種心連心的感覺，讓她覺得很奇妙；可是一想到這個孩子有一半是姜承宣的，她心裡便好一陣不舒服。

不過她知道，以後這孩子就只是她秦曼的孩子，與任何人無關。

回到茶廠的秦曼開始有了新的打算，明天唐叔的大兒子就會抵達，她準備帶他幾天，讓他掌握要領後就離開。

晚上吃飯的時候，秦曼跟唐遠說：「唐叔，這炒茶的技術，幾位師傅也掌握得差不多了，我想等你回並州，並且我跟唐大哥交接好後，再出去見識一下，畢竟還得準備一下秋闈的事。」

唐遠不捨的問：「子明還想到哪兒去看看？」

秦曼說：「目前還沒有目標，想到處走走，也許走到哪兒是哪兒，等秋天的時候再回並州。」

唐遠點頭說：「子明是要考功名的，唐叔不能拖著你。要是你回並州，記得來唐家找我，到門房處一說我的名字，就會有人來報的。」

秦曼點頭說：「嗯，到時小姪一定會去拜訪您。」

四月二十一那天，所有的貨物都已裝上船，這次回去因貨多，唐遠走了水路，大約要十幾天才能趕回並州城，這批茶葉得趕在節前回去。他交代大兒子一切事情，然後與秦曼道別後才出發。

唐叔的大兒子唐琦是個很聰明的男子，人也很穩重，秦曼很放心，每天帶著他炒茶，每一個細節都讓他再三試過。

端午節這天，二茶已快採摘完，茶廠也休息了一天，午飯時刻，秦曼和唐琦準備了豐富菜色，請在茶廠工作的眾人一同享用。秦曼見大家都坐定，舉起手中的茶杯道：「感謝大家近來的辛苦，特別是吳師傅，秦某與唐大哥在此以茶代酒與大家共飲一杯，今後還請大家多多幫忙。」

唐琦也端起酒杯道：「今天是端午節，大家好好吃，今後我們的日子會越過越好。一會兒吃完飯，來我這裡領月錢，吳師傅月錢二兩，其他人每月一兩。做得好，年終根據每人的表現再給大家分紅！」

聞言，大家情緒激動得都無法說出話了。賣身的這幫人均是窮苦人家出身，以前多半過的是吃不飽的日子，在茶廠這一個月來，不但吃得飽，而且還能兩天吃到一次肉類，已讓他們覺得真是老天恩待他們，現在竟然還有一兩的工錢可以領？那原是在京城皇親貴戚家做事才有的待遇！碰上這麼好的主子可得拚了命做事才行。

吳師傅也是一愣，因為得罪家鄉的貴人，作為罪奴被賣，換了幾個東家，也都因年紀大、沒什麼作用而再被轉賣，直到被唐掌事買下後，才過上安定溫飽的日子，現在還有每月二兩的月錢。吳師傅淚流滿面，他在心裡發誓，這輩子就在唐家做到老、做到死！

秦曼不知道這創新舉動，立刻就為唐家收買了十幾條人心，也替以後的她掙了不少銀子。

五月初七，秦曼帶著在農家收的一些零碎的蠶絲，告別大家，走水路往西北方向前去。

就在四月底，姜承宣也運著第一批禮品酒趕到京城，一進城門，蘭令修就帶著賀青迎接他們。

一見面，賀青沒見到秦曼，他立即就開口問：「大哥，秦姊姊沒來嗎？上次見她的時候，她還說等京城鋪子開業時她一定來，還叫我帶她逛京城呢，這段時間我跑遍京城，連她說想看的天橋雜耍，我也找到了。」

蘭令修也一臉疑問的看著他。姜承宣含糊其辭的說：「現在先把東西都帶回去吧。馬上就要開業了，品酒會安排在什麼時候？」

聽姜承宣問起酒鋪的事，蘭令修馬上道：「大哥，酒鋪按你的要求請了靖國公府入乾股，國公府的大公子身為股東，會邀請京城的貴人作為來賓，將於五月初三這天來品酒，並按秦姑娘說的，在五月初五那天請他來剪綵。目前前期工作已準備好，只等酒到了。」

「喔，那就好，達官貴人滿京城都是，如果這酒鋪能開得好的話，你大哥也給半成乾股吧。」姜承宣想了想說道。

聽說要給蘭令宇半成股份，蘭令修立即推辭。他說：「大哥，我會從我的股份中分一些京城的利潤給他，不用另外給。」

姜承宣不同意蘭令修的決定，他認為在京城打開銷路，蘭令宇出了很大的力。加上以後在京城的生意若越做越大，他和蘭令修都不可能長期待在京城，那麼委託給蘭令宇看管可是一個好法子，因此他堅持維持原先的提議。

品酒會和開業會都相當成功，特別是送出的禮品酒樣品，更是令許多達官貴人收起來珍藏。當月酒鋪的生意好得不得了。

五月初六晚上，姜承宣和蘭令修宴請了酒鋪的掌事和所有夥計，並給每人發了五兩、三兩、二兩不等的紅包，為這一段時間來大家的忙碌表示感謝。

晚飯後，姜承宣與蘭令修坐在臥室前的起居室裡，喝起賀青給他們泡的綠茶。泡完茶後，賀青離開去幫掌櫃的清理貨物，屋裡只留下姜承宣與蘭令修。

蘭令修見姜承宣沈默不語，於是故意問道：「大哥，最近秦姑娘沒有炒製新茶嗎？要不怎麼不見你帶來。」

姜承宣思索半晌，一臉懊悔的對著蘭令修說：「六弟，對不起！哥哥騙了你和賀青，秦姑娘離開了。」

蘭令修聞言一驚，激動得站了起來。「離開了？她到哪兒去了？為什麼會離開？」

姜承宣苦笑著說：「是我讓她離開的。至於她去了哪裡，我已經託人找了半個多月，還沒找到。」

「大哥，你說什麼？為什麼會這樣？為什麼一定要讓她離開？她無依無靠的一個弱女子，你讓她到哪兒去？」蘭令修的問題如連珠炮般不斷從口中吐出。

見蘭令修反應這麼大，姜承宣知道不能再瞞著他了，因此從頭開始說起。「得從三月初七說起，那天……」

第四十一章

蘭令修邊聽，雙拳越握越緊，最後差點給了姜承宣一拳，但他還是忍住了，畢竟這是他一起出生入死的兄弟。

聽完以後，蘭令修撫了撫心臟的位置說：「大哥，六弟我這裡好痛。她不知道是否平安，一個女子孤身出門在外，她要怎麼辦？」

姜承宣紅著雙眼說：「我知道，我也痛。要是能找到她，拿什麼來換我都願意。老六，若當時你帶她走，該有多好。」

蘭令修似哭似笑的問：「大哥，你以為是我不想帶她走？」

姜承宣不解的問：「不然是怎麼回事？」

蘭令修苦笑著說：「我祖母在沒有問過我的情況下，作主決定我的婚事，我苦苦哀求不得解決。因此我問她，如果我願意與她遠走天涯，此生只寵她一個、愛她一個，她願不願意跟我走。」

姜承宣說：「她為什麼不答應？是不是她想要的還是你們蘭府主母之位？」

蘭令修說：「大哥，你太不了解曼兒了。她說一不會做妾，二不嫁一個得不到長輩祝福的家庭，三不嫁她不愛和不愛她的男人！」

「那她想要什麼樣的人？」姜承宣越問越心驚。

蘭令修悲愴的說：「大哥，曼兒說她要得很簡單，不認貧窮富貴，要的只是唯一的愛和寵，她說她要跟一個喜歡的男人，生幾個可愛的孩子，過一生平平淡淡、快快樂樂的日子。」

聽了蘭令修的敘述，姜承宣摸著越來越痛的心，兩滴清淚順著臉頰而下，他開口說：「六弟，我錯了，我真的錯怪她了！是我瞎了眼、蒙了心，曼兒這輩子是真的不會原諒我了！」

蘭令修見姜承宣很痛苦，嘆口氣安慰他道：「如果有緣，大哥，我們會與曼兒再見面的。我在想要是她銀子用完了，會不會來找我們要分紅？」

姜承宣一臉心膽俱裂的神情。「她會來找我們嗎？我真不敢想，她那樣的女子會為了銀子來找我們。」

姜承宣還不敢說出秦曼已將股份轉讓給他的事，要不然蘭令修不會這麼輕易的原諒他。

他下定決心，不管她去了哪裡，就算天涯海角也要找到她。

來京城前的每個夜晚，姜承宣都要拿秦曼給弘瑞的兩本連環畫來看，秦曼講的那些故事，成了他每晚入睡的催眠曲。他知道那個女子，已入了他的骨髓，就算她不愛他，只要能看到她，他也會滿足。

蘭令修怕姜承宣再誤解秦曼，接著又開口告訴他。「大哥，你不知道，我還許過她平妻的位置，也承諾一生只愛她一個；可是她說，她不想為難我的妻子，大家都是女人，何苦為難彼此。」

姜承宣心中不由自主的更加慌亂，他從沒有去想過秦曼的心情。回家後知道實情，他後悔不已，但也認為女人在意的終究是地位，只要以妻位對待、好好的愛她，她就會不計較一切。

可是經蘭令修這麼一說，姜承宣頓時完全沒有自信。蘭令修越說，他越覺得秦曼離他越遠，彷彿在告訴他，他是再也無法見到她了。

姜承宣失神的模樣，讓蘭令修明白，大哥是真心愛上了秦曼。如果曼兒真的能幸福，他願意放下一切，只在心裡想著她。

雖然蘭令修不捨得，可是他給不了曼兒想要的，大哥又是他最尊敬的人，也許他們在一起以後會很幸福，只要能看到她幸福，他也滿足了。

蘭令修提醒姜承宣。「大哥，曼兒一個弱女子走不了多遠。派人先到各個州府打聽，沒找到的話，再到各縣鎮打聽。如果她在一個地方穩定後，就一定會到府衙去登記戶籍，我跟我家大哥說一下，看這幾州府內有沒有熟悉的人可以幫忙留意，總之人多力量大，一定會找得到的。至於以後你如何待她，就等找到以後再說吧。你看怎麼樣？」

姜承宣心裡亂七八糟，已是沒了主意，眼前浮現的一直是秦曼那絕望的眼神。他要趕快找到她，緊緊的抱著她，不管得要如何哀求，即便被懲罰都無所謂，只要她能回到他身邊。

五月初七，姜承宣與蘭令修商量完一切事情，去了蘭令宇府中，拿到蘭令宇給他的，在各個州府衙門中熟人的委託信後，他連夜出城趕去第一個州府，開始尋找秦曼的日子。

秦曼從越州坐船出發，先往南下，接著又找了一家商隊轉道北上。她想古代的醫療技術都比較落後，醫術比較好的大夫都集中在京城和比較大的城市，古代女人生孩子是在鬼門關走一回，到時候得找技術可靠的大夫和穩婆，她才放心。

秦曼想京城是達官貴人的天下，一不小心若惹上了皇親國戚，小命危險。因此她選擇了離京城不算太遠，又不是長年多戰且是西北最大的城鎮——永州。

永州離京城快馬只一天的路程，是西邊諸州府進京城的唯一通道，所以比較繁華。因為懷孕的原因，秦曼找了一家護送家眷去永州城的車隊，她打扮成一個小媳婦，聲稱夫家出事，想去永州投親。

將近一個月後秦曼才進城，進城時已是傍晚。在路上秦曼就跟趕車的大叔打聽了城裡的客棧，多給他五百銅錢後，她被送到處於城郊的福滿客棧。

客棧中等大小，收拾得倒也乾淨整齊，小二見有客人進門，立即用帶著西北口音的官腔問道：「夫人是住店還是吃飯？」

秦曼客氣的回答。「小二哥，可有上等客房？」

小二馬上熱情的招呼。「有，請夫人跟小的來。」

幫忙接過秦曼身後的一大包袱，引著她就往裡走。到了櫃檯跟掌櫃的要一間上房的鑰匙，帶著秦曼上了二樓最靠裡的一間上房。

小二把東西放在房內炕上，轉身問秦曼。「夫人，您有什麼吩咐？」

秦曼一路過來，滿身都是塵土。將小包袱放在桌上，她坐在炕上問：「小二哥，可以送浴桶和水上來嗎？小婦人想洗漱一下。然後請你申時末送一葷、一素的菜和一飯上來。」

「客官，您請稍等。」小二轉身下樓，不一會兒就送上秦曼要的桶和水。

秦曼泡在桶內，雙手撫摸著肚子，肚子現在才三個月，穿著衣服看不出來，她來回的摸著，覺得真的很神奇，還有不到七個月的時間，就會有一個可愛的寶寶從這裡出來。

秦曼以前也是一個人在外生活多年，她是一個比較成熟的女孩子，她坐在桶裡思考了一下今後的生活；先租一間小房子，然後打聽這城裡的繡樓，去那裡找一份事做，憑著專業，她知道要掙點錢不會太難。

秦曼知道不用急，她手頭上的銀子已有一百來兩，還是大手大腳的用才用得掉。

她想不能太辛苦，但也不能天天坐著不動。如果有可能的話，找牙行買一個有照顧孕婦經驗的婆子，這樣會方便很多。

第二天秦曼睡到自然醒，為了不引人注意，她化成一個裝扮樸素、五官平凡的婦人。

起床洗漱後秦曼下樓來，小二熱情的問道：「夫人，有什麼需要的？」

秦曼客氣的笑了笑道：「小二哥，請你先給我上點早餐。」

小二很快的答道：「好的，夫人。本店的早餐是一式免費供應的，您請稍等。」

不一會兒小二就端來了一碗稀飯、一盤饃饃、兩個烙餅，還有兩碟小菜。

等小二放下早飯後，秦曼開口道：「小二哥，小婦人想請您幫我打聽一下，城裡哪裡有孤寡的婦人家有房子出租的，另外還想請您幫忙詢問一下這城裡的幾個繡樓的情況，這一兩銀子是請您跑腿的費用。」說著拿出一兩銀子在手。

小二見秦曼出手大方，心中千萬個願意。他一個月的月錢才八百銅錢，這婦人一出手就是一兩，看來是想人給她辦實事。

小二馬上熱情的對秦曼說：「夫人，小的要午時三刻後才有空，您急不急？明早小的回您的信是否可行？銀子您先收回，等小的打聽到對您有用的消息後再付銀子。」

秦曼見小二很樸實，便直接給他銀子，並說道：「小二哥，你也是這家客棧的老夥計吧？也不會就貪了這點銀子。你拿著，明天早上我等你的消息。」

吃過早飯，秦曼去了客棧附近走走，又問了其他夥計，如果要租馬車的話，哪裡可以租。

傍晚時分小二哥在房門口叫著。「夫人、夫人。」

秦曼立即打開門，走出來問：「小二哥，是不是有消息了？」

小二難為情的說：「今天我打聽了好幾家牙行，都沒有打聽到夫人想要租的屋子，不知夫人是否還能寬限兩天？」

秦曼看這小二的表情不像是作假，也只得同意說：「那小二哥就再辛苦幫我跑跑吧。」

小二看看這個年紀不大，最多十七、八歲的小婦人，可她老到的處事方式，卻不像個年紀輕輕的人，頓時同情起來。「夫人，您只管放心，小的一定盡力幫您找到稱心的住處！」

到達永州城的第三天下午，秦曼在小二哥的陪同下，前往介紹房屋租賃的牙行，接待他們的是一個年紀約四十來歲的男人，自稱姓劉，讓他們叫他劉掌事。

見他們進來，劉掌事熱情的說：「夫人，您運氣真不錯，前幾天八寶胡同的宋夫人託我找一位房客，要求的正是找女房客。小人帶您去看看？」

秦曼聽說房東要找的是女房客，正合己意，便點頭同意去看房子。

他帶著兩人坐馬車來到一個胡同口上，這是一個平民家宅區，一式的院子都差不多，胡同裡路不大，馬車無法到門口，因此大家都下了車。

幾人下車往前走，來到一個小院門前，劉掌事敲了敲門，大聲喊道：「宋夫人，您在不在？」

一道有點年紀的女聲傳來。「是劉掌事嗎？」

劉掌事回道：「是的，有人來您家看房子，您開開門。」

「吱呀」一聲，院門開了，一個四十多歲、長相清秀的中年婦人走出來。「劉掌事，是誰想來租房？」

秦曼聽宋夫人問，馬上回答道：「宋夫人，是小婦人想租房。不知您這兒能讓我先看看嗎？」

宋夫人看了秦曼一眼，見她雙眼很是清亮，面目清秀，說話也很有禮貌，便點頭同意讓他們進了院門。

這是一個凹形結構的小院子，正面三間排開，左右各有兩間廂房。院子很乾淨整齊，秦曼一看就喜歡。

秦曼看過房間後就更喜歡了，兩廂的房間都有炕，青石砌的牆基，青磚壘的牆壁，原木釘的天花板，讓人覺得很舒服。

見秦曼雙眼發亮，劉掌事知道這生意成了，於是問道：「夫人中意嗎？」

秦曼高興的點頭。「滿意極了！宋夫人，我們是否可以簽合約？您這租錢怎麼算都行，我真的很喜歡您這兒。」

宋夫人見秦曼欣喜的樣子，心中也不由得喜歡上這個性格直爽的小女子，於是說：「如果夫人真的喜歡我這裡，那我也就不多說什麼，兩間廂房外加一間廚房，廚房帶洗漱間，每月一兩銀子，如果按年算就十兩一年。同意的話，就可以簽合約。」

秦曼一聽十兩銀子一年，租金可不便宜，但她也知道，要找一個這麼合適的地方很難。剛才已打聽過，這裡是城內，離城裡兩家大繡房也不遠。

秦曼想就這裡吧，反正現在也不缺銀子，再說以後還可以掙錢，就點頭決定下來。簽好合約付好了半年的租金，又給了劉掌事仲介費。

劉掌事高興極了，今天這事做得可真利索，抽成也不少，因此跟秦曼說：「聽夫人說想買個下人？老夫有一個相熟的人做這一行，要不要老夫幫您介紹？」

秦曼聽劉掌事說有熟人做人販子，立即點頭。「如果劉掌事能幫這個忙，小婦人就太感謝了。您等一會兒，我再回您。」

秦曼立即轉身問宋夫人。「宋夫人，小婦人姓秦，明天上午小婦人想搬進來住，您看成嗎？」

宋夫人親切的說：「秦夫人，什麼時候搬都沒關係，明天上午我在家等妳。」

秦曼聽說明天一早就可以搬進來，就請劉掌事明天下午叫相熟的牙婆帶人來這兒。

秦曼隨劉掌事和小二哥一起剛離開小院，另一個年紀與宋夫人差不多，作傭人打扮的婦人回了院子，她見幾個人從院子裡離開，立即關好院門走進正廂。宋夫人正在廊簷下拿起一把菜，婦人一見，立即說：「夫人，不是說了這些粗活讓奴婢來嗎？」

宋夫人笑著說：「麗紅，我哪還是什麼夫人，十多年了，我只是一個平凡的婦人罷了，只有妳才一直當我是主子。現在不用擔心了，房子租出去了，明天去買點葷菜吧。」

麗紅擦了擦眼淚。「夫人，當年要不是為了救奴婢那短命當家，也不會花光您所有的積蓄。」

宋夫人輕輕的說：「麗紅，當年若不是妳兩口子冒死從水中救起我，我哪還會有命在！只是我的宣兒現在也不知怎樣了，應該早就成家了吧，我的孫子也很大了吧？」

麗紅見夫人問起少爺，遲疑的問道：「夫人，要不奴婢託人去打聽？」

宋夫人搖了搖頭。「不了，如果讓人發現的話，我的宣兒又會有難事。當年雖說我是被人陷害，可是我們也沒辦法找到證據；再說那個可惡的老太太和那個可恨的男人，我是再也不想聽到他們的消息了。宣兒有老太爺護著，凌子和麗香也在他身邊，他會沒事的，我們還是不要去見他，如果讓他知道我還活著，怕是又要鬧開，有這樣一個娘總不是很有面子。」

麗紅眼淚不停的往下流。可憐的小姐，以前是一個多麼幸福的女孩，可惜她遇人不淑、識人不清才遭此橫禍，讓她有家歸不得、有兒不能養！

第四十二章

秦曼回到客棧，在小二的指點下，去店裡購置必要的生活用品，第二天一早就把東西放上馬車，去宋家小院。

巷子小馬車進不去，秦曼請駕車的車夫幫她搬東西到院子門口。見院子門關著，她拍了拍門叫道：「宋夫人在嗎？我是昨天跟您簽約的房客。請您開一下門。」

一陣腳步聲傳來，「吱呀」一聲門開了，出來的不是宋夫人。秦曼左看右看，心想難道走錯了？不過是昨天那個院子沒錯呀。

麗紅見秦曼的樣子，問道：「是秦夫人吧？老奴麗紅，我家夫人在房裡，您請進來。東西我來幫您拿，您小心。」

聽到秦曼的叫聲，宋夫人亦出來了，見到她立即笑著說：「秦夫人來了？房間已給您整理好了，叫麗紅幫您拿東西去房間，您再慢慢歸置。」

秦曼被一個年紀長她很多的人客氣的叫著夫人，聽著有說不出的彆扭，因此邊走邊說：「夫人，小女子就不客氣了。您年紀比我大很多，您叫我夫人，我覺得很彆扭，以後您倆都叫我曼兒吧。我也叫妳們宋姨和紅姨好嗎？今後我可能要和您住一段時間，太客氣的話會處得很陌生。」

宋夫人見秦曼年紀雖小但人卻是很大方，不像鄉下沒見過世面的小媳婦，可能是大戶人家的落難媳婦之類的人。

聽了這話，宋夫人想想也對，以後幾個人要在一起相處很久，親切一點相處也不會感到拘束，於是便點頭道：「那宋姨就托大了，曼兒，我們一起去房間看看，如果還缺什麼，叫麗紅陪妳去置辦。」

秦曼立即從善如流的叫了聲。「宋姨、紅姨，那曼兒就不客氣了，請紅姨帶路。」三人一起往西廂房走去。

走進門，秦曼發現兩間房都打掃得很乾淨，她選了靠近正廂的那間。她把手上的包袱放在桌子上，接過麗紅手上的被子鋪在炕上，然後又與麗紅一同將院子裡的東西都拿了進來。

秦曼不敢用力，畢竟她有著三個來月的身孕，胎象再穩她也得悠著點，要不然出了事可不是小事。

收拾好之後已近午時，麗紅已燒好午飯，宋夫人來到秦曼房間，見她擺放得整整齊齊，很是欣賞。她走到門口叫道：「曼兒，今天中午妳也來不及燒飯了，和我們一起吃吧。」

進來第一天就和主家一起吃飯，秦曼覺得不是很好，她並不是個自來熟的性格，便推辭說：「宋姨，曼兒還不餓，一會兒再去買些柴米油鹽回來，不麻煩您了。」

宋夫人故作生氣的樣子。「曼兒，這個家也就只有我和麗紅，再說也沒什麼好東西給妳吃，就是個粗茶淡飯，如果妳嫌棄的話，我也就不說了。」

見宋夫人一臉的真心，秦曼便再三道謝。「宋姨，那曼兒就給您添麻煩了。」說完就跟著宋夫人一起去了正廂的飯廳。

一張八仙桌擺在廳中間，四張椅子放在四個方向，桌上擺著四菜一湯，雖然都是素菜，但做得很精緻，秦曼一試味道還真不錯。

畢竟是有孕的人，秦曼早上吃得不多，又運動了一上午，肚子裡的寶寶抗議了，再加上素菜的味道很好，這一吃就吃多了，樣子也不夠優雅。

宋夫人見秦曼吃得香，非常高興，秦曼的表現也是落落大方的樣子，宋夫人對她更喜歡了。

見宋夫人和麗紅都笑著看她吃飯，秦曼立即臉紅了。這可是人家第一次請妳吃飯，可自己倒好，像從牢裡餓了三年剛放出來似的。

見秦曼不好意思，宋夫人知道她誤會，立即道：「曼兒別覺得不妥，我們倆是平時不大動的人，吃得也少，看到妳能吃得這麼香，我很高興。」

秦曼見宋夫人對她這麼親切，便難為情的開口對宋夫人說：「宋姨，曼兒有件事要跟您說，請您不要見怪。」

宋夫人笑著問：「曼兒有什麼事？只管說好了，沒關係的。」

秦曼道：「宋姨、紅姨，曼兒有事隱瞞妳們，如果妳們覺得無法接受，那我再去找過房子。之所以現在才跟妳們說，是因為我實在難找到這麼好的地方。」

宋夫人一驚。「曼兒妳不要嚇我和麗紅。」

秦曼遲疑了一下，還是直接說出來了。「宋姨，我已有三個月的身孕，所以吃得多、消化得也快。」

聽秦曼說有孕，宋夫人和麗紅都很驚訝，不過，宋夫人雖然是一個古代女子，接受的是三從四德教育，可因為她本身就是一個江湖女兒，所以對這些教規並不大在意。

聽了是這件事，她也鬆了一口氣，便說：「我還以為是什麼大事，沒事，曼兒。只是宋姨能問孩子的爹是誰嗎？」

秦曼非常驚訝眼前兩位女子的開明，但聽到宋夫人這麼一問，答也不是，不答也不是，總不能說被人強來懷上的吧？

她苦笑一下。「孩子沒有爹，因為他的到來是個意外。可是不管他是怎麼來的，都是我的寶貝。」

宋夫人一臉的若有所思，秦曼怕她們想歪了，於是趕緊說：「宋姨，您別擔心，曼兒絕不是個亂來的女人，只是有不得已的原因，才不能告訴您和紅姨前因後果。如果您實在覺得不方便，那過幾天我再去找間房子。」

宋夫人是個受過苦的人，也是個心軟的人，知道一個女子獨自在外生活不容易。她也是有難言之隱的人，如果不是無奈，哪個女子願意一人撫養孩子？

見到秦曼不安的樣子，宋夫人關切的說：「曼兒，宋姨不問，我相信妳。有身孕也沒什麼，我和麗紅住在這個院子裡十幾年，都沒有聽到過孩子的笑和哭，今後我們這兒就有生氣了，麗紅妳說是不？」

麗紅知道夫人想到自己的孩子，帶著淚的點了點頭。「是的，曼兒，妳就好好的住著，真是個可憐的孩子，年紀輕輕就受此苦難。」

想起孩子，宋夫人考慮到實際情況，她看著秦曼問：「曼兒，既然我們這麼投緣，那麼有些事我也就跟妳說說。妳現在戶籍帶著嗎？」

見宋夫人一臉真誠，秦曼說出實情。「宋姨，戶籍我都帶著，一直以來都在東奔西走，也就沒有去落戶，加上我也不知道如何去落戶籍，您能指點我一下嗎？」

宋夫人想了想。「按理說妳不在這個地方置辦產業，就算不去官府落戶籍也沒事，反正手上有戶籍證明。只是孩子生下後，如果妳不落就不行了。」

秦曼問：「宋姨，您在府衙有沒有熟人，能不能給我辦一個女戶？」

宋夫人聽秦曼說要辦女戶，就跟她說：「辦女戶可不容易，得有一定數量的田、鋪、房產才能辦女戶，而且也得有人擔保才能辦。」

秦曼一聽手續很麻煩，加上手邊也沒多少銀子，要立女戶看來太難，因此又向宋夫人請教。「宋姨，那還有什麼辦法嗎？」

宋夫人想了想，對秦曼道：「曼兒，有一個法子妳看是否同意。那就是去找一下這條街上的街長，跟他說妳是我的女兒或者媳婦，因為邊城亂，所以妳們來永州投親，但路上出事，男人失蹤了，然後把妳的戶籍落在我們的戶籍上。」

秦曼高興的問：「這樣也行嗎？」

宋夫人鄭重的跟她說：「我要跟妳說的是，我們的戶籍是以麗紅名字落的，也是找了人花了很多銀子才能辦下來。只是一落在我們的戶籍上，有一個壞處，就是妳不能自置產業，一旦妳要置產，那所置的產業就歸這個戶籍上的所有人持有。妳看怎麼樣？」

秦曼聽說可以解決落戶問題，就更不去計較什麼置產問題。她想，如果以後有那麼多的銀子，可以換成金子，這個世界只有金銀才通用。因此聽了宋夫人的建議後，她馬上同意。

秦曼又問宋夫人。「宋姨，以後我認您做乾娘吧，就說我是您的女兒，女婿失蹤了，鄰里有人問也好說。只是不知宋姨是否嫌棄我是個無名無分就未婚懷孕的女子？」

宋夫人拍拍她的手說：「曼兒，我也沒有多高貴的出身，只是一間小鏢局主人的女兒，書讀不多，女紅不熟，哪能嫌棄妳？有妳這麼一個知書達禮的女兒，是我的福氣。麗紅妳說對不對？」

麗紅不停的點著頭。「夫人如果能認曼兒這麼一個乾女兒，那真是天大的喜事。今天晚上老奴去買點好吃的，給大小姐補補。」

秦曼重新給宋夫人見了禮。「乾娘在上，請受曼兒一禮。等曼兒身子輕了以後，再重新給您磕頭。」宋夫人立即扶住秦曼，拉著她的手坐在凳子上。

合議了辦戶籍的事，秦曼知道宋夫人過得不大好，從家中的擺設和中午的飯菜都可以看出來。要辦事就得花錢，秦曼心想不能給宋夫人增加負擔，於是拿了一百兩銀票放在宋夫人手中，請她拿去找人辦事。

宋夫人眼睛一瞪。「曼兒是瞧不起乾娘了。乾娘雖過得不好，但為女兒辦點事，這點銀子還是能籌得到的；妳的錢留著，以後用得著的地方還多得很。」

秦曼也知道宋夫人的真心，這麼一個利索但溫和的婦人，不是能裝出來的，因此對她說：「乾娘，您先聽曼兒說。女兒我有一手不錯的繡功，還能畫出很多衣服樣式和新花樣，以後我們的生活不會有困難。」

宋夫人驚喜的問：「原來我收了一個這麼有能耐的女兒，曼兒以後有什麼打算？」

秦曼說：「乾娘，雖然我們才認識不到一天，可是我覺得您就跟我的親娘一樣親切，我也不瞞您，我想找一家繡樓合作，做一些繡品來賣，那樣我們的生活就不會有問題。」

宋夫人欣喜的笑著說：「原來老天讓我撿了個福星回來。不過，銀子不用擔心，麗紅也會去掙些零用，我們幾個人也花不了多少銀子。可惜我身子一直沒有完全恢復，要不然也不會過成這樣。」

秦曼安慰宋夫人說：「我手上還有點銀子，乾娘只管放心，要是我找好差事，以後我們的生活會好起來的。您就好好的保重身體，以後小外孫還得靠您照顧。」

宋夫人含淚笑著接過銀票。「好，我也不再做樣子了，能用女兒的銀子是我上輩子積來的福氣，以後我就專心帶我的小外孫。」

宋夫人真沒想到，就這麼短短半天的工夫，有了女兒和外孫。把銀票給麗紅，叫她去換些銀子回來，並吩咐她。「麗紅，曼兒有身孕可得好好補補，說是三個多月，這肚子怎麼就不見大。」

秦曼聽宋夫人說她的肚子太小，立即說是因為一直以來胃口很不好所致，之後會慢慢好起來的。

說句實話，秦曼可不敢補過分，這個時代沒能剖腹生產，孩子太大生起來就危險了。

十天後秦曼的戶籍問題順利解決，附近的鄰居都知道宋夫人家的女兒回來了，戶籍上落的是秦氏曼娘，後來大家都叫她曼娘。

秦曼當初要買下人的時候，宋夫人不同意，她說她和麗紅會做好家裡的一切，可秦曼見宋夫人也不像個窮人家的婦女，因此還是堅持買了一個無兒無女、四十來歲叫趙嬸的婦人。趙嬸來了後，家裡的一切家事都讓她包了。

由於宋夫人的堅持，秦曼沒有開伙，真正的與宋夫人、麗紅、趙嬸過起了一家人的生活。

秦曼見家裡穩定，肚子也大了一點，徵求宋夫人的意見後，請麗紅詳細的打聽家裡附近兩家繡樓的情況。

秦曼了解到，錦繡莊是刺史夫人的嫁妝鋪子，處於永州府最熱鬧的宣武大街。

永州為龍慶國第二大州府，是連著四方交通要道的樞紐之地。永州刺史姓錢，是正四品的官位，聽說錢刺史今年只有三十二歲，十年前是狀元。

刺史夫人是一位高官的嫡女，下嫁給當時雖是窮學子，但因為朝內有人倚仗，且本身亦是年輕有為的錢刺史。而錦繡莊也因著錢刺史的關係，近幾年一躍成為永州城裡生意最好的繡樓。

另一家叫珍繡樓，它並不在最繁華的大街，而是在宣同大街最東頭。是永州商戶盧永涯的產業。

聽說珍繡樓十年前很出名，在錦繡莊的主子沒有成為刺史夫人前，珍繡樓的生意在城裡占第一。

珍繡樓開業已二十年，繡樓的主人是宮裡放出來，掌宮中針線的管事姑姑，因為所出的衣服樣式、花色都與宮中貴人相似，故生意興隆了很多年。

秦曼先去錦繡莊，錦繡莊掌事聽她要錦繡莊以後兩成利潤的乾股，就冷笑著說：「看來夫人的胃口很大呀，妳可知道這兩成乾股一年是多少銀子？」

秦曼一愣，這掌事看來是看不上她，於是裝成無知的問：「掌事，小婦人還真的不知道這些事。這能有多少銀子？」

錦繡莊掌事輕蔑的看著她說：「多少銀子？妳這一輩子都怕掙不到這麼多！」

秦曼知道生意談不成了，不過她也不想得罪這掌事，她可不要生意還沒有個影，就結了一個仇人。「看來是小婦人見識短，打擾掌事了，小婦人告辭。」

在秦曼走出很遠之後，錦繡莊掌事依舊嘲笑她的不知天高地厚。

第二天秦曼與宋夫人來了珍繡樓。這家繡樓她打聽得很清楚，聽說珍繡樓如今的掌事嬤嬤琴姑姑，是當年盧姑姑一手帶起來最得意的弟子，為人處事都有師傅隱忍冷靜的風格。

琴姑姑年約三十五、六歲的樣子，精明幹練，沒有因為聽了秦曼提出要見東家談繡樓的經營，而且要繡樓以後利潤兩成的乾股而生氣。

琴姑姑客氣的請她們坐下說：「兩位夫人請稍坐，我已派人去請東家，妳們可以跟他當面談。」

秦曼見琴姑姑客氣，也禮貌的說：「謝謝琴掌事，小婦人不知天高地厚，惹您笑話了。」

琴姑姑笑笑說：「小夫人既然敢談條件，那一定有您的過人之處，我可不敢輕易亂說。」

宋夫人也笑著說：「真不愧是宮裡的姑姑帶出來的弟子。」

盧永涯正在對面自家的酒樓裡查這一個月的帳，小廝盧全在門口叫道：「爺，繡樓的琴姑姑叫人來問您，是否有空過去一趟？」並將琴姑姑交代，秦曼在繡樓的事上報給他。

盧永涯聽完盧全的彙報後，放下手中帳本，一手支著下巴，懶懶的笑了。他們家做了二十年的生意，還是頭一次碰到這麼一個有趣的合作夥伴，而且還是一個女人。

他今天正好有空才來味豐樓，竟然碰上女人找他談生意，這可是從來沒見著的事，什麼時候女人也開始拋頭露面了？

一走進繡樓，琴姑姑就迎了出來，然後領著盧永涯走進繡樓的起居室。

秦曼與宋夫人喝著茶，同時不斷的打量四周，一陣腳步聲傳來，先進來的是繡樓掌事琴姑姑，隨後走進來一個年紀約二十七、八歲的男人。

只見這人一頭烏黑茂密的頭髮高高束起，兩道濃濃的劍眉下是一雙烏黑深邃的眼睛，略帶古銅色的臉上襯著削薄輕抿的唇，稜角分明的輪廓透著冷俊，修長高大卻不粗獷的身材，配上一身冰藍色的上好絲綢，繡著雅致竹葉花紋的雪白滾邊襯得他冷俊且英挺。

秦曼不斷讚嘆，真是個帥哥，跟現代高級白領有得一拚，還多了一分精明。

在秦曼打量盧永涯的同時，他也在打量著秦曼。纖弱小巧的身材，玲瓏精緻的五官，膚白勝雪，小臉卻是珠圓玉潤，一副秀外慧中的婦人模樣，含笑坐在那裡。

再往下一瞧，才發現那小臉珠圓玉潤是因懷有身孕的關係，他雙眼一眯，嘴角浮現出一個意義不明的笑容。

第四十三章

琴姑姑等盧永涯坐下後，對秦曼介紹說：「兩位夫人，這是我家老爺。老爺，這是宋夫人和秦夫人。」

秦曼起身對盧永涯行了禮。「盧老闆，小女子是秦氏曼娘，這位是我娘親宋夫人。今天有事想與盧老闆相談，不知盧老闆是否願意聽小女子一番言語？」

盧永涯雙手抱拳還了一禮。「秦夫人請坐，聽琴姑姑說您要入股珍繡樓，不知秦夫人股金有多少？」

好奸滑的生意人，剛才她明明說的是要兩成乾股，現在他竟說是要入兩成股金。

秦曼輕輕一笑。「盧老闆客氣了，小女子身無分文是無法入股的，我只是想要您繡樓的乾股。」

盧永涯雙眉一挑，嘴角笑意更濃。「哦，那秦夫人怎會認為，盧某願意送兩成乾股給您？」

秦曼站起來，把手邊的包袱放在桌上並打開，拿起其中的幾張紙分別給他和琴姑姑。「就憑這個，請您看看是否值得分您兩成乾股。」

聞所未聞的款式，見所未見的花樣，讓琴姑姑雙眼發亮，馬上道：「老爺，秦夫人這些樣子和花式配色，如果能做出成品，恐怕會讓大戶閨秀和夫人喜愛得緊，這些設計真是太漂亮了！」

見琴姑姑一臉的驚喜和認同，秦曼從包袱裡拿出第二個作品──絲棉改裝棉褲。

琴姑姑接到手上一看又一摸，驚訝的叫了起來。「夫人，這是棉褲？」

秦曼點頭。「這是絲棉做的棉褲，冬天冷的時候，如果在外褲裡面穿上它就不會冷了。不過成本有點高，這絲棉是南方用於做絲綢的原料，如果賣給官府、大商人家的老太太或老太爺，應該是一個不錯的去處。」

琴姑姑又問：「這是釦子？」

秦曼再次點頭。「是的，現今的褲裝大多寬大，到冬天時穿多了，腰上就會裹得太多層，很不方便，如果是穿絲棉褲加上這種釦子的話，就會好很多。」

琴姑姑讚嘆道：「秦夫人好想法！這衣服一定會人人喜愛。」

秦曼見琴姑姑認同後又問了一個問題。「琴姑姑，每次做好繡品時，您是用什麼方法整平它？還有，能整得很整齊嗎？」

琴姑姑聽見秦曼問起這事，覺得很奇怪。「秦夫人對衣服繡品這麼了解，怎會不知怎麼整平繡品？所有繡品不都是用碗瓷注入熱水，壓在上面整平的嗎？」

秦曼又拿出她的熨斗並扭開後蓋，跟眼前幾個人解釋道：「這個東西叫火燙，把燃燒好的木炭放在裡面再關上，用它來給繡品整燙，會有很好的效果。」

怕他們不相信，秦曼請琴姑姑幫忙準備一下，透過示範，幾個人都驚訝得睜大了雙眼。

盧永涯看著眼前這雙眸靈動的女子，她侃侃而談的自信模樣，讓他大開眼界。他想也許他真撿了個寶。

珍繡樓並不是他唯一的產業，味豐樓、百雜店、百味乾菜鋪都是掙錢的產業，特別是去年底開業的瑞豐酒行，更讓他掙得不少。還有就是月初剛從越州談的青茶生意，如果能做成，將會成為永州第一茶。

因為珍繡樓是姑姑一生的心血，所以盧永涯心想不能讓它垮了，如果有了秦夫人的加入，也許會讓它起死回生。

打定主意的盧永涯，站起身來對琴姑姑說：「琴姑姑，請兩位夫人到樓裡的議事房。盧全去準備紙筆，叫人重新泡上我剛帶來的青茶。」

盧全馬上說了一聲。「是，小人立即去辦。」即轉身下樓。

琴姑姑恭敬的道：「兩位夫人請跟老奴來。」

轉過角樓，是一條寬敞的走廊，這裡是繡樓的二樓，木質的樓梯顏色油亮，顯出了主家的氣勢。

迎面走進正面的一個雙開間，這裡可能是接待貴賓的地方，比剛才議事的那間華麗富貴許多。

眾人坐在外間，小廝盧全與一個小丫鬟正在準備茶水，見小丫鬟正要往茶杯裡倒水泡茶，秦曼制止了她，並笑著問盧永涯。「盧老闆準備的可是今年新產的青茶？」

盧永涯更加吃驚，暗想這個女人見識不淺，便開口問道：「秦夫人喝過青茶？」

秦曼含笑點頭回答。「曾有一友送了我兩斤，現在家中就有。因有孕喝得少了點，朋友還教了我沖泡此茶的法子，盧老闆可有興趣喝一杯小女子泡的茶？」

盧永涯說道：「這種青茶可是盧某從千里之外購得，想在城裡開一家青茶館，如果有秦夫人指點此茶沖泡方法，更是三生有幸，就有勞夫人了。請問夫人還有什麼要準備的？」

秦曼一看茶壺正在爐上熱著，白色的茶杯裡放了一些茶葉，旁邊的桌子上放著與茶杯配套的小茶壺，她請人幫她拿一個茶盤過來後，到桌邊坐下，泡起了茶。

她先洗杯，然後洗茶，最後開始泡茶，碧色晶瑩的茶水，優雅輕鬆的動作，讓人看得賞心悅目。秦曼把茶倒在洗好的白瓷杯，給每人都送上一杯。

喝過茶，秦曼放下茶杯問：「盧老闆、琴姑姑，您二位覺得曼娘這股金是否足夠入兩股？」

盧永涯讚許的說：「秦夫人做生意可比我這做了十幾年生意的人還精明。」

秦曼搖搖頭。「盧老闆，曼娘從來沒有做過生意，所想的一切都是從生活周遭所發掘，如今出來謀生活，也是因為迫不得已。」

盧永涯從話中聽出這女子的不易，再加上她的東西確實是稀奇，便毫不猶豫的與秦曼簽訂協議。

千年後的專業知識和奇形工具，讓秦曼在古代的服裝業中，邁出第一步。

契約簽訂後，盧永涯又問：「秦夫人對於繡樓，還有什麼建議？」

秦曼確實沒有做過生意，上世還來不及做就穿越了，這世則還沒有機會。她謙虛的說：「盧老闆，曼娘從沒做過生意的話可不是謊言，對於這些我不是很在行，不過以後要是有什麼好點子，一定會告訴琴姑姑。」

盧永涯看了看她的樣子，很有深意的說：「那秦夫人以後可得多想出些好點子，妳這新奇東西，可不是每人都能想得到的。」

秦曼不知道這盧老闆說這話是什麼意思，難道他懷疑這些新東西不是她想的，而是從別處得來的？

秦曼不想解釋什麼，說得越多越說不清楚，以後等有了結果再說。回程的路上宋夫人問秦曼。「曼兒，妳敢要兩成的乾股，就不怕別人不跟妳談這生意？」

秦曼笑笑說：「乾娘，我手中的東西，內行人可稀罕著；要是碰到沒有見識的老闆，那就沒辦法了。這家不成，總會有一家成的。」

宋夫人感嘆的說：「還是曼兒有見識。」

秦曼笑著說：「您知道我為什麼第一天要去錦繡莊嗎？」

宋夫人驚訝的問：「難道這也有講究？」

秦曼說：「我知道這錦繡莊生意會談不成，畢竟那是地頭蛇的地盤。」

宋夫人說：「那妳還去？」

秦曼解釋說：「我其實也是為了打探而去。當然我也沒有完全算到這生意一定不能成，要是能與錦繡莊合作，怕一年下來真的如那掌事的所說，銀子不少。」

宋夫人又問：「這珍繡樓真的差很多嗎？」

秦曼搖搖頭說：「差多少我不知道，但差別絕對不小。我找錦繡莊的另一個原因是，就算以後生意做大，也沒人敢搗亂，而這珍繡樓，怕還得找個靠山。」

宋夫人點點頭。「還是曼兒想得周到。不過這事還是讓盧老闆去煩惱吧。」

由於樣子新穎，一個月後，珍繡樓業績果然大漲，為了不讓擔憂的事出現，秦曼問琴姑姑。「琴姑姑，我們這樓裡有沒有什麼貴客？」

琴姑姑不解的問：「貴客？曼娘為什麼這麼問？」

秦曼解釋說：「我們繡樓競爭的對手是錦繡莊，我們生意好了，他們勢必受影響，我怕……」

琴姑姑恍然大悟。「這幾年來我們繡樓從沒有強過錦繡莊，所以他們也從來沒有找過事；如今我們的生意這麼好，恐怕會引起他們的嫉妒。」

秦曼說：「我就是害怕這事。所謂民不與官鬥，如果他們要找事，我們就會出麻煩，所以我才問姑姑，我們樓裡有沒有貴客？」

琴姑姑想了一會兒，又問：「曼娘有什麼打算？」

秦曼謙虛的說：「我哪有什麼好打算，就是想問問，要是我們有貴客的勢力能與這錦繡莊抗衡，那我們如果讓貴客成為股東的話，您說貴客會不會管這繡樓的事？」

琴姑姑大腿一拍。「好主意！一會兒東家來，我跟他提提。」

盧永涯到繡樓，一見秦曼就道：「秦夫人讓琴姑姑跟我打聽的事，今天我跟妳說說。咱們這永州除了錢刺史為地方最大行政官外，還有掌管地方軍隊的都督與他勢力相當。」

秦曼驚喜的問：「都督府有女眷是我們樓裡的貴客？」

盧永涯微笑著點頭，看著眼前小臉發亮的女子笑著說：「秦夫人可真小心，不過妳想的真不錯，咱們繡樓的生意確實是與刺史家的生意相碰，妳能考慮到這一點，說明秦夫人真是個做生意的料。」

秦曼搖搖頭說：「我只不過是害怕罷了。我們都是小老百姓，不得不多想一些，人無遠慮必有近憂。不過，要怎樣找個機會跟都督府拉上關係？」

盧永涯對她說的話佩服得緊，見她在考慮下一步，立即提供一個新消息。「聽說一個月後是都督府老夫人六十大壽，永州及各周邊城市，甚至是京城都有不少的貴夫人和大家小姐會來賀壽，秦夫人有什麼妙招？」

秦曼眼珠一轉。「琴姑姑，都督府的老夫人、夫人及媳婦、小姐們一共有多少人？」

琴姑姑想了想才說：「一共有八人。」

秦曼一拍手。「盧老闆、琴姑姑，要是我們為每位女眷免費設計一套新衣，每件樣式都不一樣，您說會怎樣？」

盧永涯一拍掌。「好主意！既討女主子們的歡心，又讓大家知道珍繡樓，一舉兩得。」

當天琴姑姑就帶著她去都督府，讓她見過幾位女主子，還將這個提議告訴老夫人，老夫人驚喜的問：「妳們真能保證我們每人的樣式都不一樣？」

秦曼點頭說：「老夫人大壽，您是我們樓裡的老主顧，送您金銀是污了老夫人的清雅，您能穿我們為您做的衣服，那是我們的榮幸！」

老夫人哈哈大笑。「秦師傅倒是會說話。那就這樣，妳們先送上樣式，選定之後再來量衣。」

一個月後的壽宴上，都督府的女主人身上罕見的款式和花樣、配色，果然引起許多女人的興趣。

秦曼又推出同一款、同一色彩、同一布料只做一套的承諾，並可以提前預訂，只需付九成價格，一天的接單生意就已排到三個月後。

最後又給老夫人送上一成乾股，確保珍繡樓在永州定有靠山。

珍繡樓生意穩定了，盧永涯在永州的第一家青茶館也準備開張。

盧永涯對秦曼更加佩服，經過幾個月的相處，他真心喜歡上了這個聰明的女子。

他在心裡嘆息，為什麼與她相逢時使君自有婦，羅敷自有夫？她不僅有才而且也守規矩，從不單獨一人與他相處。只是不知道她的相公是個怎樣的男人，才配擁有這樣一個出色的女人。

宋夫人見秦曼每天總在外忙碌著，她擔心的說：「曼兒，妳出門帶上麗紅吧。」

秦曼一愣。「乾娘，妳擔心什麼？」

宋夫人說：「妳一個年輕女子在外行走，我怕妳有危險。」

秦曼說：「紅姨也是個女子，就是有危險，我也不能跑了，將危險留給她。」

宋夫人笑著說：「妳紅姨可不是個弱女子。」

秦曼感興趣的問：「乾娘，難道紅姨有功夫？」

宋夫人說：「麗紅從小跟著我長大，雖然談不上是高手，可兩、三個尋常男子她還是應付得了。」

秦曼大吃一驚。「天呀，我可看不出紅姨這小身板，有這麼大的力氣。」

麗紅從廚房出來笑著說：「我這算什麼，以夫人的身手，三、五個都不在話下。」

秦曼感動震驚。「天呀，我認了兩個武林高手做親人，我太有福氣了！」

宋夫人看著秦曼一副驚訝樣，笑著說：「哪有妳說的那麼神奇，我們也就是力氣比平常人大點、手腳靈活點。現在妳是懷有孩子，等孩子生下來，我也教妳幾招。」

秦曼激動的問：「乾娘，要不現在教我兩招？」

宋夫人瞪了她一眼。「妳看看妳現在合不合適練？」

麗紅倒是在一邊提醒。「夫人，教曼兒兩招不用內力，只防身的招式也不是不行。」

宋夫人一想才說：「那倒是。明天開始，曼兒早上早起半個時辰，有幾招倒是很適用，明天我就可以教妳。」

秦曼興奮的想，也許有一天自己也能成了半個高手，帶著小包子闖蕩江湖。

盧永涯的茶館在八月中秋開了業，這是最後一批秋茶上市。為了保存茶葉的味道和香氣，秦曼建議他做了一批大的木桶，全部油漆刷好後存在地窖中，在桶中先墊上石灰，茶葉則用火紙一斤一斤分開包裝，存放桶中。

茶鋪的生意異常的好，因為盧永涯做出的茶具非常精緻，除了一般茶禮品包裝外，他還弄出許多的花樣，讓客人在人情往來時選中它作為贈送用品。

為了謝秦曼，盧永涯給她茶鋪一成的乾股份，她原本堅持推辭，因為不想拿人手短，吃人嘴軟。

可是盧永涯說：「這一成是給妳的點子付的成本，以後每有新點子，妳一定要說出來，要是妳覺得盧大哥不值得相信，那妳就不要接受。」

其實秦曼是不想扯入盧永涯的生活和家庭中，這幾個月的接觸，盧永涯眼神透露的資訊，她看得一清二楚。但盧永涯有家、有妻、有兒、有女、有兄弟，不是她的歸屬。

銀子要拿，身分要撇得清，這才是秦曼要的。她從不認為，男女之間不能成知己就得成仇人。

接過盧永涯遞給她的契書，她道：「盧大哥，你這麼說妹子就不客氣了，你的兄妹情義，妹子銘記在心。」

盧永涯聽她的話，明白她的意思。好一個聰慧的女子，盧永涯在心裡再一次深深的嘆息。

第四十四章

姜承宣等京城的鋪子開業後，就帶著洪平開始到處尋找秦曼，只是每找過一個州，信心就減去一成，當他找遍龍慶國幾個大州後，他的信心已全歸於零。

拖著沈重的腳步，姜承宣進了蘭家大院，此時蘭令修坐在書房裡發呆。見到一臉疲憊的姜承宣，蘭令修命蘭季打水上來讓他清洗，又給他泡了杯茶，兩人黯然的坐在房間裡，半晌都沒開口。

姜承宣問：「六弟，你祖母真的不行了嗎？難道她還不肯吃飯？」

蘭令修苦笑著說：「大哥，為什麼長輩會這樣來逼迫我們？難道家族榮譽真的大過於我們子女的幸福？」

姜承宣說：「我哪裡會知道？不過我的家人比你的家人還更狠心。」

蘭令修說：「大哥，說實話，曼兒音信全無，我真的沒有成親的心思。」

姜承宣苦澀的問：「六弟你還在等她嗎？」

蘭令修搖搖頭說：「自從知道大哥也愛著她，我就沒有這個打算了。我只想知道她的消息，遠遠的看著她，只要她幸福就好。」

姜承宣苦澀的笑笑。「怕是給她一生的愛，她也不會要。我現在只希望她還好好的活著，不要出任何意外，我就感謝天、感謝地了。」

蘭令修真心的說：「大哥，你不要灰心，曼兒這麼好的女子，老天不會為難她的。」

深知他自身的事也是一團亂，姜承宣擔心的問：「你準備怎麼辦？」

蘭令修苦笑著說：「我還能怎麼辦？老人家都絕食三天了，總不能真的讓老人家因我而死。既然抗爭不了，那就隨了他們的心意吧。娶不了愛的人，其實娶誰都一樣。」

姜承宣也苦笑著說：「哥哥我也是個不知惜福的人，老天將這麼一個好女子送到我面前，竟然讓我給弄丟了。」

其實蘭令修內心更苦澀，姜承宣還有權利去愛著秦曼，可自己已沒了資格，於是安慰的說：「大哥，我們會找到她的，不過你要答應，如果有一天她回來了，把我和你的愛，都給她。」

姜承宣認真的盯著蘭令修的眼睛，鄭重的說：「老六，我答應你，就是用我的命來換得她的原諒，我也毫不猶豫。我不會影響生意，但我更不會停下繼續尋找她，只要沒有她的確切消息，窮此一生，我不再娶。」

九月初，在秦曼的要求下，盧永涯派人到江南收購幾大車絲棉。十月的時候，永州已進入冬天。

秦曼先讓琴姑姑做了一套絲棉衣褲讓盧永涯送給他姑姑，當盧老太太穿上時，連叫了幾聲好，並要盧永涯帶秦曼到家中，想看看她。
第二套絲棉衣褲讓盧永涯送給都督府的老夫人，並帶回來府裡每天一套的大單，還要幾套布料品質好的送去京城做禮物。後來這種棉褲樣式成了永州城褲子樣式的主流。
天上飄散著雪花的時候，秦曼的肚子已七個多月了，幾天前她已先將繡樓的差事交代給琴姑姑，天氣不好的日子她就不打算去了。
這天一早，秦曼捧著做好的兩套絲棉衣褲來到宋夫人的房間，宋夫人正要起床，見到秦曼一個人走進來便責備她。「曼兒，妳小心點，怎麼一個人走過來，滑倒怎麼辦？」
秦曼不好意思的笑了笑。「乾娘，曼兒以後會注意，這個小傢伙一直都很乖。再說您教的那幾招，我練著還覺得身手靈活不少，我這幾個月都不覺得自己是個大肚婆，比起未滿三個月的時候，可是好太多了。乾娘，您現在準備起床了嗎？」
宋夫人故意不高興的說：「妳這個馬虎的娘！我要起來了，剛才麗紅說飯做好了，今天妳不是要去盧府嗎？我陪妳去。妳手上拿的是什麼？」
秦曼走近床前放下東西。「乾娘，這是我幫您做的絲棉衣褲，還有一套是給紅姨的。您穿穿看，是不是合適。」
宋夫人拿起絲棉衣褲摸了摸，她感嘆說道：「我這是哪來的福分，從天上掉下來個孝順女兒。」說著抹起眼淚。
秦曼急忙拿出手帕給她擦眼淚。「乾娘，說什麼呢？這幾個月來若不是您和紅姨照顧我，小寶寶哪能長得這麼快？天冷了，您的腿腳也不是很好，我給您做的這條褲子可以幫您擋擋風，以後您出門也就不會這麼冷了。我還給紅姨做了一套，她每天都出去，這衣服穿起來會很暖和。」

宋夫人穿上新棉衣褲後頓時覺得全身暖和得很，立即朝門外叫道：「麗紅，妳快進來，快來換上曼兒給妳做的棉衣。」

聽到宋夫人開心的叫聲，麗紅三步併作兩步進了房門，見秦曼也在，就開口問：「曼兒，誰扶妳來夫人這兒的？」

秦曼小臉一紅，不好意思的低下頭。

宋夫人瞪了她一眼，似乎也在說，看吧，不是我一個人認為妳這樣不應該。見秦曼不說話，麗紅也板起臉。「曼兒，妳也太大意了。下次不可這樣了。」

秦曼點點頭。「不會了，下次我就是去如廁都拉著紅姨跟乾娘。」

宋夫人狠狠的敲了秦曼的頭一下。「這個丫頭，妳像個要當娘的人嗎？麗紅，以後我們幾個得輪流看著她。來，快來換上曼兒幫妳做的新衣服，我也穿上了，真舒服。」宋夫人一邊說，一邊將秦曼幫麗紅做的棉衣褲放在她手上，一個勁兒的要她去試。

麗紅拿著衣服回到房間裡，換好衣服就馬上出來了，高興的對著兩人說：「真是舒服，曼兒怎麼有這麼軟的棉花？」

秦曼問她。「紅姨您還記得我搬來時那兩大袋輕輕的東西嗎？那是南方產的蠶絲。我攤開它們，代替棉花做了衣服。不錯吧？」

秦曼見兩人都喜歡，也很開心，她還有其他打算，因此開口說：「乾娘、紅姨，我帶來的絲棉還有二十幾斤，我想給孩子留下些做幾套衣褲，還想做兩床絲棉被。不夠的絲棉已請琴姑姑幫我留下，過兩日就會送來。絲被我一個人做不了，要您兩老幫忙喔。」

兩人一聽還要做絲棉被，這絲棉穿在身上這麼軟，那如果蓋在身上的話，該有多舒服呀。兩人再三問秦曼，還缺什麼，要不要去外面買。

直到趙嬸送上早餐，才打斷三人的話題。

吃過飯後，麗紅堅持給秦曼重新梳過妝，讓她換了一件淡紫繡花外袍，再給她披上了一件棗紅描金披風。

直到秦曼笑說她不是去作客，她是去相親，氣得麗紅又敲了她一下才閉嘴。

自秦曼在珍繡樓上工後，琴姑姑經常帶著她去大戶人家走動，見她老是一身棉布衣衫，也自作主張給她做了幾套外衫，說是現在沒錢記帳，以後從她的股份裡扣。

幾個月下來，秦曼可成了個小富婆，兩個鋪子分的銀子，除了這個家中的開支外，還餘了一大筆。

秦曼給趙嬸的月錢也從一兩銀子漲到了二兩，每個月給麗紅和宋夫人各發五兩零花錢，讓兩個女人感動得直嘆好命。

剛換好衣服，趙嬸就從外面進來稟報。「夫人、小姐，盧老闆的馬車來了，人已到院子門口。」

宋夫人應了一聲。「就說馬上就出來了。曼兒妳慢慢來。」

麗紅又給宋夫人披上披風，然後扶著秦曼，三人出了門。

接她們的是輛很華麗的馬車，是盧永涯平時的專車。趕車的是盧全，見三人出來後，立即回到馬車旁放好平凳，讓三人上車。

宋家小院離盧府也就兩刻鐘的車程，不一會兒馬車就停在一幢屋子前，氣勢磅礴的黑漆大門閃亮發光，兩旁霸氣的兩隻石獅彰顯富貴。馬車沒有走大門，而是從側門直接進內院。

下得車來，秦曼扶著宋夫人的手走進走廊，走廊的另一頭兩個婦人快步走來，左邊一個年約二十三、四歲，右邊一個年約二十來歲，都是一身富貴華麗的打扮。

兩人見秦曼走過來，年紀大的那個開口笑道：「是秦夫人嗎？唉呀，嫂子迎接來遲，恕罪恕罪！姑老夫人可是一早就在問，那個心靈手巧的秦夫人來了沒？快與嫂子一起進去，姑老太太可等得急了。」

好一張王熙鳳的巧嘴！秦曼仔細瞧，只見她身材高眺，體格豐腴；一雙丹鳳眼，兩彎柳葉眉，好個粉面含春威不露，丹唇未啟笑先聞。秦曼突然想笑，莫不是王熙鳳也穿過來了？

兩個女人見秦曼小臉精緻圓滑，但一看那高高挺起的腹部，便不動聲色的互相看一眼，暗自鬆口氣。

秦曼立即走近與她們見過禮。「秦氏見過嫂嫂，這位是？」好一個標致的小媳婦，唯一不足的就是身材有點過胖。

方才開口的是盧永涯的髮妻金氏，聽秦曼問她旁邊的弟媳婦，立刻介紹道：「這是相公二弟的妻子王氏，妳叫她二嫂好了。」

秦曼依言道：「秦氏見過二嫂。」

王氏立即回禮。「秦夫人不必客氣。」見秦曼依著宋夫人，便問道：「這是老夫人嗎？」

宋夫人立即說道：「兩位夫人不用客氣，小婦人宋氏，前來叨擾。感謝盧府姑老太太的邀請。」

兩人立即請她們母女進內院，讓一個婆子先帶她們進去。「兩位夫人先請，妾身隨後就來。」

宋夫人立即說：「盧夫人客氣，您只管先忙。」

見母女兩人的身影進了二門，兩妯娌相互對視了一眼，王氏說：「大嫂，這秦夫人可真不錯。」

金氏笑笑。「是呀，好一個俏麗的小夫人。有氣質、有風華，真不知道她的相公是個怎樣的男子？」

王氏輕輕的問：「大嫂，不是說沒有人見過她相公嗎？」

金氏說：「也許是出門去了也不一定，明天我再問問琴姑姑。」

王氏輕笑。「看來她孩子也快生了，咱們也不是那種會給別人養孩子的人家。」

金氏會意。「是呀，咱們家可不是小戶人家，要娶姨娘也不會娶個婦人，要不然會被人笑話的。」

聽說姑太太要請秦氏來盧府，金氏便一直在防著她。盧永涯口中的秦氏，可不是一般的女子，她不能掉以輕心，所以一早就攔在門口先看看人。

秦曼一進三院門，又迎來兩個婆子，一群人慢慢的走進內院廂房。正前炕上坐著一個年約五十出頭的婦人，也許是在宮中的時間長，沾染富貴氣息，雖然長得很一般，但滿臉慈祥讓人看了很舒服。

隨後趕上來的金氏上前一步稟道：「姑老太太，姪媳給您領來宋夫人和秦夫人了，怪不得您和相公經常念叨著，這秦夫人可真是神仙似的美人兒。」

盧老太太立即說：「快看茶，把好吃的點心都端上來。秦夫人做的絲棉衣褲可真是又好穿又方便，還有那絲棉被也很貼身，妳快上來讓我看看，是個什麼樣的妙人兒能做出如此稱心的事物來。」

盧老太太眼力因長期做針線活，變得很差，等秦曼走到面前才發現她的肚子已經很大，急忙拉著秦曼的手關心的問：「好孩子，還有多久就要生了？身子現在可好？」

秦曼回答道：「回老太太，還有兩個多月就要生了。現在身體很好，謝老太太關心。」

聽說身子還好，老太太吁了一口氣，拍了拍秦曼的手道：「真是個生得極好的孩子，這額頭、耳垂，都說明妳是個有福氣的孩子。妳這小腦袋怎麼這麼聰明，能想出這麼別致的事物！真的謝謝妳幫我一大忙，我原本還真怕這兩年珍繡樓就得關門。」

秦曼客氣的回答說：「是老太太的底子打得好，哪裡是曼兒的功勞。有琴姑姑和盧老闆在，老太太您就放心好好享福吧。」

老太太一聽，哈哈大笑起來，高興的說：「真是個謙虛的孩子，妳說得好，我就等著享福。來來來，宋夫人，妳和孩子一起陪老婆子坐坐，妳真有福氣，有一個這麼聰明的女兒。」

見老太太開心，幾個媳婦都圍了上來，與她們一起談論從衣服到首飾的話題，直到午飯方歇。

午飯過後，喝過茶，見老太太有點累，秦曼和宋夫人便一起告辭回宋家小院。

去盧府作客後，秦曼除了天氣很好之外就再也沒有出過門，每天和宋夫人、麗紅一起做大被子、小被子和小孩衣褲。

這天三個人正開心的聊著孩子，琴姑姑邊跟著趙嬸走進來，邊道：「哎呀，妳們這小日子過得可真舒服。」

秦曼見是琴姑姑來了，立即要站起來，急得琴姑姑說：「曼娘妳就好好坐著，我又不是外人，用得著妳起來？」

秦曼拉著琴姑姑坐在身邊，讓趙嬸上了茶後才問：「姑姑今天來有什麼事嗎？」

琴姑姑嘆了一口氣說：「原本也不應該來讓曼娘操心，只是有一事很為難，才來找妳。都督府的老夫人娘家是京城侯府，老夫人的姪孫女要進宮候選，想要做些出挑的衣物，好增加候選成功的機會。只是我們送了好多樣子去，她都不滿意。」

秦曼皺眉問：「為什麼？我們樓的衣服樣式可是全龍慶國都難找的。」

琴姑姑說：「這小姐說，她要的衣服不能跟別人一樣，要讓人看到她，就覺得眼睛一亮的衣物。」

秦曼問：「候選是什麼時候？」

琴姑姑說：「正月十五開始。」

秦曼想了想說：「小姐人在京城，我們就是弄好樣子再送給她看也來不及。」

琴姑姑說：「老夫人已接她到永州，城裡所有的繡樓都接了生意，說是怕難挑出什麼好樣子來。」

秦曼說：「那這樣，我用兩天時間，儘量設計幾套新式衣物，到時送到都督府上去如何？」

琴姑姑說：「那得辛苦曼娘了。不過老夫人說，曼娘是不是也能去一趟都督府，她老人家派馬車來接。」

第四十五章

秦曼本不想去，但她知道這不是生意問題，而是以後的後臺靠不靠得住的問題，所以三天後她還是親自去都督府見老夫人。

老夫人住的青松堂前廳，一群女子圍坐在爐膛前，秦曼見老夫人身邊有一個不認識的女子，她想，這一定就是那位候選的女子。

老夫人一見大肚子的秦曼，立即熱情的拉著她坐在身邊。「老身真是罪過，讓曼娘大冷天的挺著個肚子進府。」

秦曼知道她是客氣，於是微笑著說：「能為老夫人辦事，那是曼娘的福氣。」

老夫人高興的拉過站在一旁的女子說：「欣兒，來，這就是姑奶奶跟妳說的曼娘，今天特地來幫妳做衣服。」

李麗欣不情不願的道：「妳好。」她看大肚子的秦曼，穿著很普通的棉衣，她不願意相信，這個人能設計出什麼出挑的衣物來。

秦曼從這大小姐的臉上看見她的輕視，她耐住性子輕笑著說：「大小姐好，曼娘帶了三套成衣樣品過來，要不要試試？」

李麗欣不感興趣的說：「那就試試吧。」

秦曼叫過跟隨她來的繡娘。「蘋兒抱著衣服跟我一塊兒過去，姑姑，您也得來一趟，大小姐試穿的這幾身衣服，可能還得配一下髮型。」

琴姑姑聽了秦曼的話，立即跟老夫人告罪。「老奴先行失陪了。」

一刻鐘後，李麗欣一臉冷淡的表情走出來，老夫人雙眼圓睜。「天呀，曼娘，妳做的衣服真的太漂亮了！」

李麗欣嘟囔著不滿說：「姑奶奶，這麼素的衣服能有什麼好的？哪值得您這麼稱讚。」

都督夫人馬氏站起來，她走到李麗欣面前說：「欣兒，妳轉個身子讓大伯母看看？」

李麗欣不情願的高抬雙手，優雅的轉了個身，眾人一聲驚呼。「這衣服將大小姐的身段全展露出來了。」

馬氏問秦曼。「曼娘，我怎麼覺得欣兒穿了這身衣服，身段特別的好？」

秦曼知道她的疑問是什麼，於是從包袱中拿出一個文胸說：「就是它起的作用。」

馬氏問：「這是作什麼用的？」

秦曼見在座都是女人，於是直接的說：「跟肚兜的作用一樣。」

就算全是女人，聽了秦曼的話也都臉紅了。畢竟這個時代的女子，沒有哪個敢把胸前的豐滿當作閒談。

馬氏臉一紅。「這東西有這麼好？」

秦曼笑著說：「夫人您已看過大小姐的樣子，她穿上了這文胸後，整個胸脯完全被托了起來，這樣就顯出腰身的長處來。」

一旁的柳夫人是都督家的親戚，她也好奇的問：「曼娘能不能讓我們也試一下這東西？」

秦曼立即說：「當然可以，只要夫人不嫌我做得不好。」

馬氏說：「曼娘不要謙虛，妳們樓裡的衣服在咱們這永州城，可不是哪個女子都能穿得到的。」

秦曼說：「這全靠老夫人和夫人賞識。蘋兒，妳帶柳夫人去試試，找個中型的給夫人穿上。」

蘋兒應了一聲。「是，師傅。夫人這邊請。」

李麗欣不相信身上這簡單的衣服，有這麼好的效果，於是她走到老夫人的寢室，站在高大的銅鏡前，看著鏡子裡那個清雅飄逸、秀麗中又不失嫵媚的樣子，這才滿臉欣喜的去換上了另外兩套衣服。

柳夫人的衣服還是那身衣服，可是眾人看她，感覺整個人有說不出的妙處，原本毫無身段的她，這一穿就穿出了好身段來。

因為這李大小姐是要進宮的，所以秦曼用盡心力給她設計了十套精緻的衣服，雖然辛苦，但是這文胸的走俏，讓她有了意外的收穫。

臘月二十四，小年夜那天，在外面找了秦曼半年多的姜承宣，終於回到林家村。

凌嬸正準備把祭灶天的食物放到大院門口的祭桌上，想著少爺也不知道什麼時候回來。這一出去大半年，也就十月初蘭少爺大喜之日才見到他，後來又出去了也沒一封信來，問了幾次蘭少爺，少爺到底去做什麼了？蘭少爺也不說。

凌嬸深深的嘆口氣，提著食盒邊念叨邊往外走，剛要邁出大門，一陣馬蹄聲傳進院門，一個高大的身影走進來。

「少爺！」凌嬸驚喜的叫了聲。「您回來了！」

姜承宣看著一臉擔憂的凌嬸，愧疚的說：「奶娘，我回來了。」

凌嬸立即放下手中的食盒，轉身往廚房叫道：「老頭子，少爺回來了！」

聽到凌嬸的叫喊，凌叔、王嬤、張嫂從廚房跑出來，都一臉激動的看著姜承宣，驚喜的見禮。「老奴見過少爺。」

凌叔忍住激動，看著形容消瘦的少爺，只是輕輕說了聲。「回來了就好，老太婆，打水送到宣園讓少爺沐浴，王嬤給少爺沏一杯鐵觀音。」說著接過姜承宣手中的東西，向宣園走去。

第二天一早，姜承宣叫凌叔到書房問道：「凌叔，近來辛苦你了。琳兒的事進行得怎麼樣？」

蘭令修大婚前為李琳找了一門親事，男方是蘭令修二叔的次子，十八歲的舉人，雖說家境並不是很殷實，也算是個有出息的年輕人。

姜承宣和蘭令修，都準備給李琳自己手中酒廠股份的半成，作為嫁妝。

聽他問起李琳的事，凌叔遲疑的回答說：「已經訂下日子，成親的日子訂在三月初六，是蘭少爺叫人看過的。嫁妝大部分也準備妥當，剩下些精細的首飾蘭少爺年後會送來。」

姜承宣點點頭又問：「琳兒有什麼事嗎？」

凌叔回答說：「當琳姑娘聽說給她訂親時，鬧得比較厲害，後來蘭少爺找她談了一晚上才消停。蘭少爺接她去蘭府，說是依您說的要在姜府的別院出嫁。」

姜承宣點了點頭，表示他知道了，便坐在椅子上沈思起來。

凌叔見少爺神情疲憊，遲疑的開口。「少爺，老奴大膽的問您一句，還沒找到秦姑娘嗎？」

姜承宣知道凌叔是真的關心著他，多年來都只為他謀劃，於是大致說了一下尋找的狀況。

說完後姜承宣手在臉上來回抹了一陣，神情低落的說：「凌叔，您說怎麼辦？我找不到她了，我找遍了各州府村鎮，還是沒找到。蘭大少爺也幫我在所有州府都關照過，只要曼兒去官府落戶，他們就會來告訴我，可是也沒有消息。凌叔，她是不是出了什麼事？會不會永遠都找不到她了？」

凌叔從沒有見過姜承宣這個樣子，這個在他娘親遇害下落不明、自己遭人陷害的情況下都沒有失態的男子，因為秦曼，露出他脆弱的一面。

凌叔只能安慰著說：「少爺，您放心，秦姑娘會回來的，這裡是她的家，這裡的人是她這個世上最重要的人。」

凌叔告退後，姜承宣繼續呆呆的坐在書房，他還沒有去見蘭令修。十月初蘭令修在蘭老夫人的絕食又哭求下，與袁之穎成親。

姜承宣很清楚記得蘭令修成親那晚的樣子，喝得大醉的蘭二少摟著他，眼中流出淚水，輕輕的對他說：「大哥，以後曼兒就交給你了，生意上所有的事都由我來做，你就專心去找她，一定要找到她！從今以後她就是我的親妹子，找到後一定要好好對她，她說過這輩子只找一個一生一世的人，過平凡的一生，代我好好照顧她。」

可是他找不到她了，半年來他沒有停歇一下，不停的找，可她就像掉進大海裡的針一樣，無風無波沒了身影。

那天洪平回來後，凌叔和凌嬸叫他過去，詳細的問了這半年來少爺找秦姑娘的經過，聽完凌嬸擦著眼淚問：「這孩子為什麼不回她的娘家？」

凌叔又問：「秦姑娘真的沒有回過娘家？」

洪平說：「是的，我與少爺從京城出來，第一個去的地方就是秦姑娘的娘家，可一打聽，說秦姑娘根本就沒回去。少爺給秦姑娘的弟弟留了一百兩銀子和林家村姜府的地址，要他在秦姑娘回家後就通知少爺。半年來沒有人來找少爺吧？」

凌叔搖頭表示沒有，凌嬸的眼淚嘩嘩的流了下來。「唉，這孩子到哪兒去了呢？當初她走的時候還發著高燒。」

洪平也很難過。「半年來小的一直跟著爺找秦姑娘，爺是越找越急，越找越氣餒，沒有一天能睡得好覺，您看爺都瘦一圈了。」

凌叔嘆口氣，他如果知道少爺不是真心要秦姑娘走的話，就是拚著老命也會留下她。看著如今受罪的少爺，凌叔心裡後悔得要命。

最後凌叔再三交代洪平。「你要記著，秦姑娘找不到的事，一定要瞞著小少爺，要是讓他知道秦姑娘不見了，怕是要出事的。」

洪平鄭重的說：「凌叔請放心，小的知道了。」

回來休息一天，姜承宣到了酒廠。酒廠規模越來越大，工人也有兩百多人，馬上要過年了，得安排好之後才能放假。

生產的日子就要到了，過年前幾天，秦曼就請盧永涯幫忙找了一個老大夫和一個聲譽好的穩婆，跟他們說好，一有生產跡象就讓他們上門來。

秦曼每天都挺著個大肚子跟進跟出，不是跟著趙嬸炸年糕、炸湯圓、炸米粑、炸油豆腐，就是纏著麗紅準備足夠的年貨。

正月初二，秦曼打發趙嬸去給盧老太太磕了頭，因為近兩個月來老太太隔三差五的打發人來看秦曼，送孩子衣物、送營養補品，真把秦曼當嫁出去的閨女。

初五那天，天氣很好，秦曼同樣睡到自然醒後才起來，肚子越來越大，走路困難，晚上翻身也困難，每天晚上趙嬸都陪在她身邊，生怕她有什麼不對勁。

吃過趙嬸送來的早餐，覺得有點積食，她感覺孩子似乎有點往下落。

趙嬸收拾好飯碗，送去廚房。秦曼想扶著牆到門外走走，剛一邁出門檻，另一隻腳還沒抬起，一陣劇疼襲上肚子，她「唉喲」一聲，扶著門彎下腰。

宋夫人聽到秦曼的叫聲，嚇得跑了出來，人還沒到，聲音已傳過來。「曼兒妳怎麼了？是不是要生了？麗紅、趙嬸，妳們快來。」

走到秦曼身邊，見她痛得直不起腰來，宋夫人趕緊扶住她，麗紅跟趙嬸也一起跑了過來。趙嬸一看，說秦曼可能要生了。

這幾個人都生過孩子，所以並不慌張。三人扶秦曼到床上，宋夫人留在身邊陪她，麗紅馬上去請穩婆和大夫，趙嬸則趕緊去燉老母雞湯，好用在生產時補力氣。

等穩婆過來時，秦曼已痛得很頻繁，但穩婆一摸說：「不急，只開二指宮口，要生也在兩個時辰後。小夫人是第一胎，生的時間會長些，現在能忍就忍住，還要起來走動走動，這樣有利於生產。」

聽了穩婆的話，宋夫人立即扶著秦曼下床，讓她扶著炕走動。秦曼忍著陣痛，她知道穩婆說的是事實，雖然沒有生過孩子，可聽過生過孩子的人都是這麼說，只有多走動，才有利於生產，她可不想讓寶寶成為一個孤兒。

陣痛越來越頻繁，穩婆讓人扶秦曼上床，大夫已等在正廂。盧永涯接到消息後也帶著琴姑姑趕來宋家小院。

在床柱旁靠了一會兒，肚子越來越痛，秦曼痛得全身都是汗，麗紅端了一碗參雞湯進來，拍了一下秦曼的手。「來，曼兒，別害怕，就快生了。喝幾口湯，等一會兒妳生小寶寶時就會很有力氣。」

秦曼忍著痛，順著麗紅遞過來的碗喝了半碗。這時她覺得胯間有熱液不停的往下流，是血嗎？她好害怕。

穩婆見秦曼臉色不對，伸手一摸，不好，羊水大量流出可不好；再一摸，還好，宮口全開了！

穩婆急忙讓麗紅把湯拿走，讓秦曼躺下，並指揮秦曼。「小夫人，不要擔心，羊水破了，小少爺馬上就要出來了。一會兒跟著老婆子說的用力，來，吸氣、呼氣、吸氣、呼氣，用力！」

秦曼跟著穩婆的節奏，不停的吸氣、呼氣、用力，可不知是不是她的靈魂與原主身體互相抵抗著，她的力氣總用不到對的點上。

生了大半個時辰，她一點力氣都沒有了，意識也越來越模糊，秦曼一直堅持著，可是這種痛讓她受不住，她無意識的喃喃罵道：「我好痛，好痛！該死的姜承宣，我要吃你的肉、喝你的血！你這個該下地獄的男人！我就是做鬼也饒不了你！啊！啊！我恨死你了！」

宋夫人見秦曼的嘴一張一合不知在嘟囔著什麼，但她的力氣卻越來越小，就把參片塞在她嘴裡，可是她總張著嘴說話無法含住，最後宋夫人用力的搧了她一巴掌。「曼兒，妳醒醒，妳怎麼這麼不堅強！快含著這參片，再用力試試，孩子的頭都已看到了，只差妳最後這把力了！」

秦曼在迷迷糊糊中被宋夫人打醒，她終於記起，她的小寶寶還在她的肚子裡，如果她不堅強，那麼自己就會殺了他！

秦曼尖叫一聲，啊，我不要！我不要讓你見不到這個世界！她用盡全身最後一把力氣，聽到「哇」的一聲，她知道她做到了，她的孩子生出來了！一陣黑暗襲來，她再也沒有了意識。

第四十六章

宋夫人見孩子落地，終於鬆了一口氣。轉頭一看，秦曼已無氣息，嚇得她大叫：「大夫，快救命！」

盧永涯聽到宋夫人叫救命，不顧大夫年邁，拉著他三步併作兩步進西廂。

老大夫好不容易到房前才站住腳，聞到滿房間的血味、見到滿床的血跡，他馬上拿起秦曼的右手把脈，微弱的氣息似有似無。嚇得老大夫馬上找出銀針在秦曼的幾大穴位上扎下去，半刻鐘後秦曼口裡哼出了「嗯」的一聲，老大夫才擦了擦額頭上的汗，收了針。

老大夫站起來說：「沒事了，命救回來了！今天如果不是夫人命大，就真出事了。」

宋夫人送大夫到外間，大家就急著問秦曼的情況，等聽說已無大礙後才緩了口氣。

盧永涯送老大夫走了，他一個外男，不好總待在這只有女人的院子裡。如果不是秦姑姑的命，就算他再擔心，他也不好意思來，畢竟男女有別，他不能讓別人有誣衊她的機會。

盧永涯走之前再三交代趙嬸，有什麼需要一定要找他，留下一大堆的中藥和補品才離開。

在秦曼生產的同時，姜承宣中午在趙強家吃新年飯，大家喝了不少的酒，在喝酒時大家都不約而同的提起秦曼，他越喝越苦，最後在凌叔和洪平的攙扶下回到宣園。

因為醉酒，姜承宣難得睡了一會兒，不過卻突然驚醒，他作了一個好可怕的夢，夢中的秦曼全身浸泡在鮮血中，雙眼緊閉，氣息全無的躺在床上。

驚醒後的姜承宣摸了摸胸口，心裡很痛。以前他總不明白，為什麼一碰到與秦曼有關的事，他總是堵得很；現在明白卻晚了，他的曼兒找不到了。

他打定主意，以後要在全國各個州府都開一家瑞豐酒禮品鋪，也許有那麼一天，秦曼想看看這個酒時會來店裡。他要把她的畫像掛在每一家店，要每一個夥計都記住她的樣子，一旦她來店裡他馬上就會知道。

洗三那天，秦曼終於在兒子的哭聲中醒來，趙嬸笑著說：「小公子是找娘親了。生下來娘親還沒有好好看他，他急了。」

宋夫人笑著拍著小傢伙的屁股。「小沒良心的，外祖母和紅奶奶可是不分日夜的照看你，也沒見你找我們。」

麗紅笑著說：「夫人，小少爺可認您了，這幾天除了餵奶時要人抱，其他的時間您不抱他就哭。」

宋夫人一臉的驕傲。「那是，他知道我是他的外祖母呢。」

秦曼聽著眾人對兒子的喜愛，輕輕笑了，這些不是親人卻勝似親人的人，誰說這個世界沒人情味？

見秦曼醒了，大家靠過去問她感覺怎麼樣。感受到大家一臉的關切，她開口道謝。「謝謝娘、謝謝紅姨，也謝謝趙嬸。我現在感覺很好，沒有哪裡不舒服。」

麗紅開玩笑的說：「妳更要感謝盧老闆。這個老大夫是他找來的，那些珍貴的藥更是他送來的。妳能度過這一關，身體好得那麼快，可得好好謝謝他。」

聽麗紅這麼一說，秦曼才記得她生產的那天，盧永涯帶著大夫守在這個院子，秦曼真的很感動。

這麼長時間來，她知道盧永涯看自己的眼神裡包含的意思，特別是得知她虛構的相公已失蹤半年後，他對她更多了一分關心。可是她不能回應他，他有妻，她有子，彼此都不是對方的良人，再者秦曼對他也沒有愛人的感覺，感覺是像親人、朋友一樣。

也許真的是她的靈魂與這個身體不大配合，生下孩子後宋夫人幫她催了幾次奶，孩子三天吃了不到十回，最後竟連一點都沒了，不得已她才給兒子找個奶娘。

這個奶娘她找得很仔細，還查問祖宗三代家人的病史，連跟著她一直把脈的老大夫都說，從來沒見過這麼仔細找奶娘的人！

最後找了一個第二胎剛生完一個月的女子做奶娘，並給她幾條規定——每天勤洗澡，餵奶前要洗乾淨手，還必須用熱棉步擦乾淨；每天按規定的食譜吃飯，不能吃不利於孩子身體的任何食物；孩子一尿濕一定要即時替換尿布；不能抱著孩子睡覺，每晚讓孩子另睡一邊。

雖然條件有點多，但秦曼給的銀子是每月三兩，這可是窮人家一年的開支，後來秦曼還同意奶娘婆婆的要求，讓她帶小女兒到宋家小院來同餵，因為奶娘吃了她規定的飯菜後，奶水多得兒子吃不完。

滿月的時候，盧老夫人和盧夫人、盧二夫人都來慶賀。秦曼給兒子取了個大名叫秦衍，小名點點。

小院裡熱鬧非凡，外面陽光正好，眾人坐在院子裡喝茶說笑，這時門外揚起一道高興的聲音。「快讓我來看看這胖小子！」

琴姑姑一聲驚呼。「天呀，哪陣風把老夫人您給吹來了？曼娘，妳快出來，都督府的老夫人和眾位夫人來看妳了！」

秦曼經過一個月的休養，吃了大量的補品，身子完全好了起來，此時她正指點著趙嬸和麗紅做冷盤，聽到琴姑姑的驚呼，立即小跑出來。「曼娘太罪過了！煩勞老夫人到這麼簡陋的地方來，怎麼當得起！」

老夫人笑著說：「妳這孩子就是太客氣，有什麼新鮮事物都能想著我，妳可不比我的孫女差。今天來一是我想看看這小傢伙，二是我有好消息要告訴妳們。」

秦曼扶著老夫人的手說：「老夫人，曼娘真不敢當。您老要是想看這小子，我抱他去看您就是。」

老夫人逗著奶娘懷中的點點說：「好一副粉妝玉琢的相貌。」接著又說：「老身今天還有事要告訴妳。我的欣兒已被選入宮中，三月後進宮。」

秦曼與眾人急忙恭喜，老夫人又得意的說：「當今聖上而立之年，登基十年賢明睿智，文韜武略，天下太平；只可惜子嗣不旺，要是欣兒能給他產下一男半女，那今後聖上的盛寵也不會少。欣兒說聖上誇她清水出芙蓉，看著讓人舒心悅目，曼娘的功勞可不小。」

秦曼謙虛的說：「曼娘只是盡綿薄之力，是大小姐洪福齊天，才有此盛寵。」

老夫人拍拍秦曼的手。「妳這孩子就是會說話！老身的姪媳來信，要老身問問妳們，能不能到京城去開一家珍繡樓。」

琴姑姑高興的道：「曼娘，這可是好事！」

世上沒人會嫌銀子多，雖然想低調過日子就好，可考慮到現實，秦曼說：「老夫人，曼娘只是樓裡的一位師傅，是東家看得起，才讓曼娘參與樓裡的事，因此這開樓的事，還得與姑老太太商量。」

老夫人說：「那當然要問過。琴管事回去後就去問過盧老夫人，如果她有意的話，那老身就傳訊回京城做準備。琴管事跟盧老夫人回話時，告訴她京城的繡樓原本是現成的，你們只管經營便是。」

琴姑姑馬上站起來說：「是，老夫人，老奴下午立即回去盧府，一有消息，就馬上稟報老夫人。」

一個月後秦曼正式到珍繡樓上工。自從去年做的絲棉衣褲和絲棉，被都督府老夫人送到宮內給了太后和太妃後，整整三個月才完成宮裡內務府的訂單，秦曼在心中感嘆，朝內有人好辦事。

京城的珍繡樓馬上就要開張，為了配合宣傳，秦曼用了十天時間，為李大小姐設計一襲古今相結合的嫁衣，她要用專業，在古代創造她的品牌。

天氣漸漸暖和起來，再過一個月棉衣就要退下，秦曼想著去年三月初，還是獨自一人，今年已是個孩子的媽，真是世事難料。

秦曼上工的第一天先到樓裡找到琴姑姑，半年多來，琴姑姑也對她很是關照，特別是新款樣式出來後，都是琴姑姑親自到小院裡來拿。

琴姑姑正在算著上個月的帳，她越算越開心，一見秦曼進來，立即起身道：「曼娘今天怎麼親自來了，有事喚人來叫我過去就行了。」

秦曼笑著說：「姑姑，我再不上工，人都要變懶了。從今天起家裡沒有什麼重要的事，我就正式上工了。姑姑，京城的事準備得怎麼樣？」

琴姑姑笑著說：「那邊都是現成的，我們只管樣式和花樣的設計，其他的都交給李夫人。妳急什麼，點點還那麼小，多帶帶跟妳更親。」

講起兒子，秦曼笑得嘴都歪了，故作生氣的說：「琴姑姑，妳不要說那個壞傢伙了，他哪記得我是他娘，每天就跟他外祖母親，理都不理我。昨天他笑出聲了，可是不是對我笑，是對著他外祖母笑的，妳說氣人不？」

琴姑姑笑得更開心了。「那小傢伙可真像妳呀，精得很。」

秦曼不樂意了。「琴姑姑，我哪有這麼精，我從小就是個乖孩子。」

琴姑姑抬高眉眼笑著說：「妳還能知道妳小時候的事？我就說妳精怪著。真的要開始上工了？」

秦曼點頭說：「我得掌握這個社會女人中喜愛的東西，才能設計出她們喜歡的衣服。」

琴姑姑欣賞的看著她，這個女子年紀不大，但見識卻是這個世上少有的。

秦曼上工的第二天一大早，在樓門口碰到盧永涯，他一副行色匆匆的樣子，但見到秦曼他立即停下來。「聽琴姑姑說妳來上工了，我特意來找妳的。」

秦曼訝異的問：「盧大哥，你找我有急事？」

盧永涯說：「是這樣的，曼娘，明天我得出發去越州，第一批新茶要上市，我想去進一批新茶，在端午節前弄一批新茶做成禮品包裝，也許會不錯。」

秦曼不得不挑起大拇指，這個盧永涯真是個做生意的料。

一聽說他要去越州，秦曼拿出口袋裡隨身攜帶著的一紙契約，盧永涯看了這份契約後，一下驚呆了！

秦曼竟然持有青茶的乾股？這個女子到底是個什麼人？

秦曼見盧永涯大吃一驚的樣子，開口解釋道：「盧大哥，不是曼娘要瞞你，只是說來話長，等你從越州回來，我再跟你細講可好？」

見盧永涯仍不開口，秦曼只得再解釋。「這紙契約是當時與唐琦的爹爹唐掌事簽訂的，簽約的名字是我當時取的假名，因為那時我作書生打扮。約定是一年一收，現在已到期，請你幫我帶回紅利。你看行嗎？」

秦曼不知道此時的盧永涯心中正糾結得厲害，看著剛生完孩子才兩個月的秦曼，讓他有一種想納她入胸懷的衝動。

這兩個月來，秦曼補得比較多，比以前更豐滿，還長高不少，再加上她不斷的做產後復健和瑜伽，使她的肌膚更是顯得水靈靈。

特別是現在淺笑輕語、臉色紅嫩的她，雙眼大而有神，身段更加玲瓏有致，雖不能說是傾國傾城，但絕對是男人眼中的上品！

盧永涯接過秦曼手中的紙，深深的再看秦曼一眼，只說了一句話。「曼兒以後不要對男人笑。」說完便離開。

秦曼覺得莫名其妙，盧永涯到底是怎麼了？生氣了？

這個男人真的是個不錯的人，這近一年來，特別是生孩子的時候，如果不是他，也許真出大問題。

等他回來後一定要好好跟他談談，她不想失去這個似友似兄的合作夥伴。

四月三十日，盧永涯風塵僕僕的帶著新茶回來，第二天上午到珍繡樓找秦曼。見盧永涯走上樓，秦曼立即放下手中的樣衣迎了出去。「盧大哥可是昨天回來的？」

只見秦曼頭梳三角髻，身著一襲淺紫色、彩繪芙蓉對襟收腰長裙，腰繫同色銀邊紗帶，面帶欣喜，雙眼清澈。

聽到秦曼的詢問，盧永涯的心不由自主急跳兩下，他趕緊平息情緒，點了點頭。「是的，昨天下午到的。第一批新茶今天早上已上櫃，後面的事就交給掌櫃的了。近來曼兒一切都好嗎？點點長大了許多吧？」

秦曼含笑而答。「謝盧大哥掛念，一切都好。大哥這一路可是順利？」

「託曼兒的福，今年這茶生意，大哥可要謝謝妳。」盧永涯高興的說。

「盧大哥說什麼客氣話，是你有本事，哪是曼兒的功勞。我們到裡面坐吧，我很想嚐嚐今年新茶的滋味。」

「好，我就知道妳要喝，這不，我拿了兩斤最上等的過來，我還想喝曼兒泡的茶呢。」

兩人坐定，有僕人送上了熱水和茶具，秦曼打開新茶紙包，聞著新茶沁人肺腑的香味，她從鼻子舒服到了心裡。

盧永涯端起茶杯，先聞了聞才喝。喝完第一杯茶後，他從懷中拿出那紙契約和一疊銀票放在桌上。「曼兒，這次去收茶時，我先幫妳結了去年茶葉的分成，一共是九百八十七兩。唐老闆給了十張一百兩的銀票，他還一直問妳去年冬天怎麼沒去並州。託妳的福，他給我的新茶價格也比別人低了不少。」

秦曼接過契約和銀票問道：「今年頭茶好嗎？價格如何？」

盧永涯說：「今年江南暖得比較早，嫩茶收購價格比去年略微低了點，但青茶的價格卻不錯，畢竟只有一家能炒製。今年的利潤應該還會比去年更高。」

秦曼見盧永涯沒有開口問她契約的事，想到他離開時的臉色，秦曼怯怯的說：「盧大哥，關於青茶和契約的事，我……」

盧永涯打斷她。「曼兒，如果不方便說就不要說。大哥沒有別的意思，這次借曼兒的名，我也得了不少的便宜。」

秦曼見盧永涯那麼真誠的臉色也不想瞞他，畢竟以後有可能要跟他合作很長的時間，因此打定主意開口道：「盧大哥，你信我嗎？」

盧永涯見秦曼一臉的認真，頓時一愣。「曼兒怎麼如此說？雖然我沒有再三說明，但我一直當妳是親人，何來不信之說？」

秦曼幽幽說道：「盧大哥，一直以來曼兒從沒對人提起過身世。曼兒原本是臨城桐村一位秀才的女兒，爹爹去世得早，為了養活我和弟弟，娘親再嫁。十六歲時繼父將我賣給別人沖喜，但沖喜不成被趕出後，我病倒在姜家的大門口，是姜家小少爺救了我，後來我就在姜家給小少爺做了一年女先生。」

說到這裡，秦曼露出了一個苦笑。「陰錯陽差，在我也沒能完全明白出了什麼事時，懷上了點點，並被人嫌棄而趕離姜家。」

第四十七章

盧永涯大吃一驚。「世上竟然會有這樣的人和事？」

秦曼接著說：「在流浪的途中，結識唐老闆的父親唐掌事，就跟著他們的車隊去見識。正好唐掌事做的也是茶生意，因曼兒曾經在書上見過這種茶的炒製方法，為了以後的生活，就與唐掌事請來的師傅一起研製多次，才有這青茶。」

盧永涯心痛的問：「那曼兒怎麼又到永州來了？」

秦曼說：「得知懷了孩子，我就打算到大城裡生活，這裡生孩子也方便些。」然後簡單的說了一下經過，最後她笑著問：「盧大哥，你說曼兒是不是個福星？」

聽完秦曼的身世，感受著她的心態，盧永涯從內心讚嘆，一個被娘家、夫家拋棄，還被人玷污清白而被迫離開的女子，要有多大的勇氣才能活得如此自信！

這個既弱小又堅強的女人真讓人疼惜。他試著問：「曼兒現在還很難過嗎？」

秦曼雙眼一亮，滿臉笑意。

「為什麼要難過？是因為感嘆命運的不公平？大哥，以前我難過和怨恨，後來又一想，人生苦短，一生只有幾十年，如果只是在恨中度過，那多可惜。所以我不難過、更不怨恨，快樂和幸福要自己掌握，才能過出好人生。您說對不對？」

回味著秦曼說的話，再看著神采飛揚的秦曼，讓盧永涯嘆息造物主的神奇，怎麼樣的父母才能生出這樣的女子？

盧永涯再次問道：「那曼兒今後有什麼打算？」

秦曼笑了。「我從今以後只想做個幸福的人。我沒有太大的野心，只希望跟著大哥掙點小錢，發點小財，然後帶著乾娘一起養大點點，給他娶個媳婦，讓他們給我生幾個孫兒、孫女玩，開開心心、健健康康的過一生。」

被秦曼的理想逗笑了，盧永涯又問：「曼兒就沒想著再找個人嫁嗎？」

「盧大哥，我當你是親大哥，說心裡話，曼兒這輩子不想再找男人了。我無法與別的女人共事一夫，可是又能去哪兒找一個，不嫌曼兒上有老、下有小，又只娶曼兒一個的男人呢？」秦曼回答。

盧永涯很驚訝，這個女人所想的還真是聞所未聞。這個世道男人三妻四妾不是尋常的嗎？他也有一妻兩妾。

盧永涯心裡有點失望，看來是沒有機會擁有她了。不過他從心裡承認，這樣的女子值得一個人一心一意的對待！就算不能擁有，能成為朋友也是幸運。

從今以後就當她是親妹妹一樣看待，也許這是她所求的。想到此盧永涯感嘆的說了一句。「曼兒真是個了不得的女子，經受過這樣不幸的妳，還是這麼積極樂觀，大哥真比不上妳。」

秦曼笑著說：「因為我有一群這麼好的親人和朋友。」

自此以後，盧永涯對秦曼更有了兄長的感覺，在秦曼有困難時，總是第一個來幫助她。

秦曼在珍繡樓裡做得更是開心，用心設計每一款新品讓顧客都很滿意，最後還創出「繡之語」這個牌子。京城和永州的珍繡樓生意是越來越穩定，小日子也過得越來越有滋味。

蘭府，蘭令修的書房裡，姜承宣一臉的憔悴坐在椅子上，手中的酒杯不斷的拿起又放下，蘭令修急忙勸阻說：「大哥，你可不能再喝這麼多的酒。」

姜承宣一臉的絕望。「老六，我真的找不到她了，她離開一年多了！」

蘭令修急忙安慰他說：「大哥，我們慢慢找，一定會找到她的，你不能灰心。」

姜承宣一臉似哭的模樣。「老六，你說她一個小女子，怎麼就躲得讓我找不到？」

蘭令修問：「大哥有沒有讓萬通樓幫忙找？」

姜承宣說：「我已請託他們，希望能找到她，就是花再多的銀子，我也捨得。」

蘭令修說：「大哥，銀子不用怕，你的用完了，還有六弟我的。」

姜承宣問：「老六，你還愛著曼兒嗎？」

蘭令修嘆口氣說：「大哥，曼兒這樣的女子，哪能叫人忘記？不過，我知道她不愛我，我不會強求；再說有大哥照顧她，我就放心了。」

姜承宣說：「老六，對不起，曼兒我不能讓給你。」

蘭令修一臉苦笑。「大哥，曼兒不是那種誰能讓給誰的女子，只要她能幸福，她選擇誰我都會放手。」

姜承宣真心讚嘆。「老六才真是個敢愛敢當的男子漢！」

蘭令修笑著說：「大哥，只有你才會這麼說。小弟已經成親，就算是不能再愛曼兒，但我還是打從心裡視她為最重要的人。」

姜承宣拍拍他的肩膀說：「我懂得。要是能找到她，我會把你和我的愛都給她！」

蘭令修說：「大哥，你只管去找她，酒廠的事都由我們幾個兄弟來管，你就不用操心了。」

姜承宣真誠的說：「謝謝老六。你的媳婦怎麼樣？」

蘭令修一臉無所謂的說：「就這樣，這世上再也沒有像曼兒一樣的女子。」

姜承宣問：「可你祖母極力要你娶她，我想不會太差。」

蘭令修真心的說：「大哥，只要不是曼兒，娶誰都一樣。我不會跟你搶曼兒，因為我沒有讓她幸福一生的能力，我的家、我的父母都是拖累。大哥，你一定要好好的愛她。」

姜承宣說：「我答應你，以我的性命起誓。」

三月初六李琳出嫁後，姜承宣與蘭令修在全國的十大州城內都開了瑞豐酒禮品鋪。

秦曼的收入越來越穩定，她決定整理一下小院子，當她告訴盧永涯這想法後，他問：

「曼兒想做成什麼樣？」

秦曼攤開手中的宣紙說：「盧大哥，我想弄成這樣子，不知道師傅做不做得到？」

盧永涯指著圖上的某個地方問：「這是什麼？」

秦曼說：「現在院子裡只有一個洗漱間，晚上很不方便，我想在每間屋子裡都造一個小的洗漱間，那樣就是人多了，也不會搶了。」

盧永涯又問：「那不會難聞嗎？」

秦曼說：「盧大哥請看這地方，這就是我要找人挖的地下出水口，每次洗漱用過後，就用桶裡的水沖洗，這樣不會有異味。」

盧永涯說：「這事妳交給我，我會找好師傅，等管家買好要用的材料就開工。只是這段時間妳們打算住哪兒？」

秦曼說：「我們準備租個地方住。」

盧永涯說：「不要租了，住味豐樓後面的小院吧。那裡本就是用來出租的，是獨立的小院子，不經過酒樓即可出入，東西都齊全，這樣妳來樓裡也方便。」

知道拒絕會讓他不舒服，秦曼說：「那也行，反正是大哥的便宜，不占白不占。」

盧永涯笑著說：「就妳精明。那就儘快搬吧，明天我讓人找師傅去了。」

秦曼點頭說：「但是我想還是等九月分再說，現在天還有點熱，等中秋過後再搬。大哥現在忙不忙？」

盧永涯說：「哪有什麼忙與不忙的？曼兒還有事？」
秦曼從袖中又拿出幾張紙鋪開後說：「大哥是不是覺得這青茶很好？」
盧永涯說：「妳說呢？這青茶可是龍慶國的貢茶了！」
秦曼說：「大哥看過這圖上的東西嗎？」
盧永涯看了一眼，好奇的問：「這不是大鍋嗎？怎麼是這樣的圓邊口？用來做什麼？」
秦曼神秘的問：「大哥想不想炒出比這青茶更好的茶來？」
盧永涯笑著拍了她頭上一巴掌。「妳這是調戲哥哥呢。」
秦曼皺皺鼻子說：「大哥怎麼就沒有一點點幽默感。小妹不就是跟你開個玩笑嗎？一天到晚都板著個臉，小心早早成個老頭子。」
盧永涯看著噘著嘴、喃喃自語的秦曼哭笑不得的說：「好吧，不要笑話哥哥了，曼兒有什麼好想法，只要妳提出來，一切由哥哥來辦。」
秦曼說：「我還會炒一種茶，一種比鐵觀音更細膩的茶，這種茶更嫩、更香，龍慶國裡怕是沒幾個人喝過。」
盧永涯眼睛一亮。「曼兒不是尋大哥開心？」
秦曼真誠的說：「大哥就像我的親哥哥，在這世上我當你是親人，我永遠不會騙自己的親人。」
盧永涯聽了秦曼的話，心情無法用言語來形容。這樣一個美麗聰慧的女子，是沒有人能夠捨得去強迫她的，只是恨不相逢未婚時，今生只能遺憾錯過了。

秦曼不知道盧永涯複雜的心情，她接著說：「大哥，要炒製這種茶，第一批茶要在清明前開採，在三月底就可以結束了。」

盧永涯一怔。「要這麼嫩的茶葉？這樣炒出來會不會成末？」

秦曼笑著搖搖頭說：「不會。這清明前採茶炒出來的叫明前茶，形美、色亮、味香，只是產量不會太多，清明後的茶相對來說要粗大一點，但味道不會變。」

盧永涯又問：「那這種茶的製作難不難？」

秦曼說：「難，但是這炒茶技術我會，到時候我們可以培養一批師傅來炒。」

盧永涯的內心翻騰不已。「好，那哥哥先去準備，等明年春天一到，我們就出發。」

秦曼得意的一笑。「大哥且慢，等我列出需要的東西，你再按我的要求去準備。」

盧永涯深深的看著秦曼說：「好吧，哥哥等妳寫好之後再去準備。曼兒，要是早幾年認識妳該多好。」

秦曼真誠的對他說：「大哥，人生的緣分都由上天注定，我能和你做兄妹，今生我已滿足，我不喜歡索求太多。製新茶的事，大哥只管去準備，等新茶出來，我會把技術教給你。」

盧永涯認真的說：「謝謝曼兒的信任。」

秦曼認真的說：「是因為大哥值得妹妹相信。」

八月初十上午，一隊共有二十多輛馬車的車隊駛進永州城，在永州最大的老街——宣武大街上，一間裝修氣派的店前停下，這樣的店在全國已有十家開幕，一樣的門面、一樣的內裝，顯得氣派非凡。

永州很多人都知道，全國有名的瑞豐酒要在永州開禮品鋪了。不過秦曼一心沈浸在她的小日子，這些事她從沒有去打聽過。

貨物都放進店後面的倉庫後，姜承宣帶著洪平去客棧，隨從都住在店鋪的後院子裡，酒鋪掌事給他訂了永州興隆大客棧的上房。

吃過飯，姜承宣準備洗漱，打開包袱才發現，一路過來衣服都沒時間洗換，有點黏乎乎的感覺。他轉身下樓問了小二離這兒最近的衣帽行在哪兒，叫上洪平出了門。

永盛成衣鋪是永州城比較大的男性成衣鋪，姜承宣帶著洪平進店後，店裡夥計熱情的迎接出來。

「兩位客官需要什麼？」

洪平問道：「小哥，店裡是否內外成衣都有？」

夥計答道：「客官，小店不能說要什麼有什麼，但是成衣由內到外，由鞋到襪統統都有。只是不知客官是要傳統款式還是最新款式？」

洪平一聽。「哦，還有新款式？是什麼樣的，拿過來給我家爺看看，內褲、長褲、外袍都要上等的。」
夥計一聽都要上等的新款，這生意可不錯，高興的走進內間拿來質地最好的幾樣內褲、長褲、外袍供他們挑選。
洪平把衣服拿在手裡，左看右看覺得這款式很熟悉，好像是以前凌嬸給爺做的那些，因此問姜承宣。「爺，您看，這些衣物怎麼這樣眼熟？跟凌嬸以前給您做的那幾條褲子樣式很像。」
姜承宣本來沒有在意這些衣物，反正洪平都會打點好，突然一聽洪平說起這衣物與凌嬸以前做的相似，他拿過衣物看了看，全身激動得發抖，一把揪著夥計的衣服問：「告訴我，這衣物的款式是誰做的？」
夥計一見他凶神惡煞的樣子，嚇得全身發抖。「老爺，這款式可不是小的偷來的，是小的老闆偷學了珍繡樓的樣式。」
姜承宣一聽是從珍繡樓偷來的樣式，立即又問：「珍繡樓在哪裡？它的樣式從哪兒來的？」
夥計顫巍巍的說：「小人真的不知道珍繡樓的樣式從哪兒來的，去年冬天時就開始做了，現在永州城的每家成衣店都有這種新款式。」
姜承宣問他。「珍繡樓在哪裡？」
夥計馬上回答。「珍繡樓在宣同大街最東頭，從小店出門右轉後往東走，就能找到一間有二層樓、裝修氣派的鋪子，上頭有很顯眼的牌匾。」

姜承宣問完後才放開夥計，他嚇出一身冷汗，心想莫不是珍繡樓的新衣款式是從這位爺那兒偷來的？這下珍繡樓慘了，這位爺可不像好惹的樣子。

第四十八章

姜承宣抑制住內心的激動，吩咐夥計把衣物都包上，然後叫洪平扔了一錠十兩的銀元寶，就轉身出了門。

洪平不知道出了什麼事，猜想難道這衣物與爺有什麼關聯嗎？難道這衣物的款式是秦姑娘做的？

一想到這兒，洪平也激動起來，這一年多來，爺不是到處找秦姑娘，就是努力的開店，而開店也還是為了找秦姑娘。看看現在的爺，比以前從邊城回來時更陰沈、更消瘦，每天晚上還睡不到兩個時辰，如果不是爺堅持練功，恐怕早已支撐不住。

如果真的能找到秦姑娘，那他也不怕回答每次回去小少爺都要問的問題了，小少爺能變得這麼好，那真的是秦姑娘的功勞。

姜承宣出門後運起功就往珍繡樓跑，他心中只有一個聲音：曼兒是妳嗎？真的是妳嗎？一定會是妳！奶娘跟我說過，這款式的衣服是妳做出來的。

洪平見姜承宣飛快的跑著，打起精神跑步跟上，不一會兒兩人就來到了宣同大街的珍繡樓，只見鋪門已關閉。三扇鋪門黑漆發亮，金光閃閃的珍繡樓三個大字足見氣派。

在鋪門口站了半個時辰，洪平遲緩的問道：「爺，今天已關門了，是不是明天再來？另外，要不要先找個人打探一下？」

姜承宣看了看洪平沒有回答，眼珠轉動了一下，一臉疲憊的再次看了看珍繡樓一眼，才轉身離開。

這日珍繡樓辰時一刻準時開門，一個穿戴富貴、年約四十來歲的女人，帶著兩個下人進門，迎客的秀雙與秀麗一見婦人，立即上前問道：「夫人，有什麼能幫您的嗎？」

婦人笑著回答。「小婦人是外地來永州走親戚的，聽說你們繡樓有一位叫曼娘的師傅，專為上門的客人設計合意的款式。不知她今天是否在店裡？」

秀雙聽她要找曼娘，馬上說：「夫人，對不起，曼娘要在辰時末才能到。不過她也不一定每天都來，您看能不能留下聯繫地址，等她來了我們派人通知您？」

貴夫人馬上說：「這樣吧，我再去別的地方轉轉，等辰時末再過來。或是能不能告訴我曼娘的住處，我上門找她也行。」

秀雙聽客人要曼娘家的地址，立即謹慎起來。「對不起，夫人，奴婢只是個下人，曼娘是主子，奴婢不知道她住哪兒。」

貴夫人知道問不出秦曼的住址，只好回去回稟主人再打算。「這樣的話，我一會兒再來。我在這裡待的時間不會太長，所以還是儘快見到她較好。」

既然客人已有主意，秀雙也不好再說什麼，恭敬的送她離開。

洪平接到婦人的通知，立即就去了珍繡樓斜對面的茶館。「爺，王掌事夫人回報說，這裡確實有個姓秦的女子，叫曼娘，專管繡樓裡衣物樣式設計，說是辰時末才會過來，還說也不是每天都來。想問她的住址，可是下人說不知道，所以也沒問到。爺，您看怎麼辦？」

姜承宣見時間還早，讓洪平坐下後，招手叫小二上了一壺青茶。當初喝這茶的時候，感覺與秦曼炒的綠茶有相似之處，他就去找了姓唐的老闆，可唐老闆卻再三說這是自家研製出來的炒法。雖然斷了茶葉這條線，但他怎麼就沒想到從另一線找人呢？奶娘說過，那一年的所有衣物都是曼兒親手縫製的，只有曼兒的心靈手巧，才能做出那麼好的東西。

姜承宣恨恨的想，他怎麼就這麼蠢！當時怎麼沒有去想曼兒最拿手的東西呢？如果從這方面入手，也許早就找到她了。

戌時三刻，姜承宣還是呆呆的盯著珍繡樓的店門，此時店已歇息。

珍繡樓在秦曼來了一個月以後就改了營業時間，早上辰時一刻開門，晚上戌時一刻關門。因為她說晚上做繡品實在傷眼睛，盧老夫人的眼睛就是因為這樣才傷了，徵得盧永涯同意，一年多來都這樣實行。

人心都是肉做的，特別是繡娘大多數都是有家有小，實行這種營業時間後，都能管家帶孩子，繡娘做事更專心。

這三天點點肚子不大好，秦曼一直沒有去繡樓，吃了幾天老大夫開的藥後，小傢伙才完全恢復。

秦曼見好幾天沒去繡樓，那天的新樣還沒完全畫好，過兩天就是中秋，又得忙幾天。她交代奶娘與麗紅後，跟宋夫人打過招呼，帶著趙嬸去了珍繡樓。

此時珍繡樓對面的茶館裡，洪平拿著早點低聲的說：「爺，吃點東西吧，這三天你吃也吃不下，睡也睡不著，就是見到秦姑娘，她也會被你這樣子嚇著。」

姜承宣死死的盯著珍繡樓的大門，這時一輛樣式簡單的馬車停在店門口。這三天來他沒有錯過一輛車，及每一個進出珍繡樓的人，姜承宣想，今天他也不能錯過任何一輛馬車，不管幾天，他一定要在這兒等著這個曼娘，他相信一定是他的曼兒！

這時珍繡樓門前停了一輛馬車，從車上下來一個僕人似的中年婦女，接著一個年輕女人下了車，只見她穿著淡藍色紗裙包裹著玲瓏有致的身段，腰束一條銀色腰帶用以裝飾，頭梳流雲髻，多餘青絲散散披在雙肩上，整個人顯得柔美，未施一點粉黛的小臉，正對著迎她而來的那個管事姑姑巧笑嫣然。

是她！姜承宣雙手激動得發抖，真的是他尋找了一年多的曼兒。

姜承宣伸手打掉洪平遞過來的早點，一把拉開他，飛身而出。

洪平嚇了一跳，正以為他做錯了什麼，引得姜承宣發脾氣，見他飛身而出跑向對面，他才發現，在店門口與人講話的人正是他們找尋許久的秦姑娘！

洪平飛快的扔下一塊碎銀，立即牽馬跟過去。

秦曼正在與出來接她的琴姑姑說話。知道小點點不大舒服，琴姑姑很是擔心，見秦曼來上工，急忙關切的走出來詢問。

兩人還沒有說上三句話，一個身影飛奔而來，抱起秦曼就跑，嚇得琴姑姑大聲叫：「搶人啦！快來人呀！」

秦曼也嚇得失了神，一個身材高大的男子把她抱在懷裡，她不停的掙扎，這時耳邊傳來一聲熟悉的嘆息。「總算找到妳！曼兒別怕，是我。」

聽到這熟悉而又殘酷的聲音，秦曼停止掙扎，抬頭一看，眼前身材消瘦、鬍子拉碴的男人，是當初那個冷清俊酷的姜承宣？

見秦曼一臉不相信的樣子，姜承宣苦笑了一下，這一年多來他從沒睡過一次安然覺，樣子應該老了很多，他再一次申明。「真的是我，姜承宣。妳是不是覺得我老得不認識了？」

琴姑姑正帶著樓裡的幾個僕人跑過來想搶回人，秦曼怕事情弄得滿街皆知，立即制止。「姑姑，是曼娘的熟人，妳不要擔心，我沒事。」

這時洪平也跟過來，與秦曼見禮道：「奴才見過秦姑娘。」

秦曼苦笑著說：「洪平不用客氣，秦曼不是你的主子。」

姜承宣接過洪平手中的馬，摟著秦曼一躍上馬，轉身對洪平道：「這裡就交給你處理。」

洪平立即回應。「奴才明白，爺與秦姑娘請先走。」

見姜承宣要帶走秦曼，琴姑姑就要攔人。

洪平立即上前攔住琴姑姑，雙手抱拳。「奴才是並州林家村姜府的下人洪平，見過這位姑姑。方才那位是我家爺，秦姑娘是我家夫人，去年與我爺有點誤會離家出走，我家爺找了她一年多，終於蒼天有眼，總算找到她。請您不用擔心，我家夫人沒事的。」

琴姑姑一聽秦曼是姜家夫人，心裡非常驚訝，又想剛才秦曼看清來人後並沒有再掙扎，那有可能是事實。

琴姑姑轉念又一想，曼娘真的是個奇女子，漂亮聰慧、溫文有禮，這樣的女子怪不得不像個小戶人家出來的，不過這孤身一人敢離家出走的膽量，也不是平常女子能做得到。

一路疾馳，姜承宣摟著秦曼回到客棧。他住的是客棧的上房，也是一個獨立的院子。到院子門口，姜承宣把馬扔給小二後，不管秦曼的掙扎，一路抱她進房。

進房後，姜承宣才把秦曼放在地上，當秦曼雙腳一踏地，轉身「啪」的一聲就給了姜承宣一個巴掌。

一愣之後，姜承宣隨即抓起秦曼的手，查看有沒有受傷。「曼兒，別氣壞身子。我知道我該打，可是妳輕點打，莫打痛手，一會兒我幫妳打。」

秦曼抬頭冷冷一笑。「好個癡情漢子，竟然對一個不如京城頭牌的女子疼惜起來，姜大爺真不愧是個有本事的人，但別在這裡裝癡情，省得讓人笑話。」

姜承宣抓來她的雙手，輕輕的一寸寸摸過，然後一聲不響的抱她在胸前，久久才道：「曼兒，不管我有多少本事，在妳面前我想裝也裝不來，現在在這裡的，不是什麼姜大爺，就是一個叫姜承宣的傻瓜。」

秦曼掙扎著，口氣冰冷的命令著。「我管你是聰明還是傻瓜，跟我秦曼沒有半點關係。放開我，如果不想衙門裡見，你就識相放手。」

聽了秦曼冰冷而無情的話，姜承宣苦澀的輕笑一聲，他不僅不放手，反而把頭埋在她的肩上問：「如果進衙門能換來妳的原諒，就是關我在牢裡十年八載，我又有何懼？我所怕的，就是今生再也找不到妳。曼兒，妳知道嗎？今天是妳離開姜家的第五百二十三天，除了最初醉生夢死的那三天我沒有想妳外，其餘的五百二十天，我都在想著，乞求老天保佑妳一切都好，能讓我順利的找到妳。今年的元月初五申時初，我的心突然無來由的一陣刺痛，當時我嚇得差點瘋了，我好怕，怕妳出事；幸好，妳一切都好。曼兒，就讓我抱妳一下，讓我知道，我不是在作夢。」

「哈哈哈，姜大爺，您可真能說笑話！想我？想一個不知廉恥為何物，專門靠下賤勾當爬上男人床的無恥女子？想一個剋父剋夫的棄婦？想一個連當妾都沒資格的賤婦？姜大爺，我看你真的是在說夢話。」正月初五申時初，是她在鬼門關走一回的時候，難道這世上真的有感應不成？想到此，秦曼一陣冷笑，連眼淚也笑了出來，她不知道為何而笑，或許是笑這世事太狗血。

聽她句句作踐自己，他知道是因為他的傷害，姜承宣心痛得如刀扎一般，他拉著秦曼的手放在胸膛上。「曼兒，我求妳，別說了。我知道，我就是一個渾蛋、一個傻瓜，可是我是真的後悔，不信，妳摸摸，我的心在叫著，我對不起妳。我不求妳原諒，但請給我機會，讓我彌補。」

「滾開！」想起那殘酷的一幕，秦曼氣憤的抽出手。「我不要你彌補，更不要你的對不起。如果你真的覺得傷害過我，想要彌補，那就請放開我，永遠不要再來打擾我，我就相信你的真心。」

姜承宣哪裡能讓她掙脫，死死的抱住她。怕她再說出傷己傷人的話，他乾脆低下頭，霸道的吻上了她的小嘴。

「唔……放……開我……」秦曼說的字句都落入了姜承宣的唇中，掙扎不開，她氣得舉起雙手胡亂的打了起來，可姜承宣是個有功夫底子的男子，又有身高優勢，不理她怎麼打，他硬是直到兩人都已快沒有氣，才放開她的唇。

知道這個小女人氣壞了，姜承宣怕她有氣沒處出會悶出內傷，於是抬起手打了自己一個巴掌，頓時半邊臉腫起來。秦曼見狀呆若木雞。

「離開妳、放開妳，這一生都不可能了，曼兒，原諒我的霸道與固執。這一巴掌是欠妳的，我知道妳的力氣小，所以我替妳打。如果妳覺得不夠，只要妳說要打多少下，我絕不手軟。」姜承宣怔怔的盯著秦曼，眼中的烈火，像是想要把她燒進體內。

秦曼好不容易冷靜下來，但語氣依舊冰冷的說：「你真的從不欠我什麼，那一夜你已經用千兩白銀買斷一切。你出銀子我出身子，咱們銀貨兩訖，誰也不欠誰。如果你愛自虐，你就只管打，打多少下，打個半死還是全死，都跟我秦曼無任何關係。今天，就算還你姜家留我一年的情分，我不告你，不過，沒有第二次，別以為我沒有這個能力。我走了，當作我們從沒有見過。」

「不要！」姜承宣依舊緊緊抱著她。

秦曼怒目而視，眼中的怒氣並非假裝。「放開！」

「真的不能原諒我嗎？曼兒，用我一生的愛，也不能換取妳的回頭嗎？」姜承宣看著秦曼決絕的神情，害怕得雙手顫抖起來。突然腹間升起一股熱流，他的喉頭感到一熱。

「愛？愛是什麼？那麼浮雲似的東西，我不稀罕！回頭？從姜家出來，我就沒有回頭的機會，也絕不容許自己回頭。原諒？我說了，我與你兩不相欠，更談不上什麼原諒！再見——不，永遠不見！」句句絕情話，直刺姜承宣的心。

姜承宣突然沒有任何力氣能去拉住她，因為喉頭的一口血硬是讓他用全部的力量壓住了，他不能讓它流出來，他怕嚇壞秦曼。可是她絕情的話語，讓他頓時心灰意冷。她不會原諒他了，即使找到她又能怎樣？就算是把心拿出來放在她面前，她怕是連看都不想看，不怪她，一切都是自作自受，他又有什麼資格來請求她的原諒？

心中一悲，絕望的看著冷漠的秦曼往外走，三天三夜幾乎沒吃、沒喝，也沒睡的姜承宣，此時內心毫無希望，雙腿一軟，「砰」的一聲倒在地上！

第四十九章

「你這是幹什麼？渾蛋！除了欺負我，就是嚇唬我，你給我起來，別在我面前裝虛弱的樣子，我不會心軟的！」聽到聲音的秦曼扭頭一看，見姜承宣倒在地上昏迷不醒，頓時又怕又氣，說話也語無倫次起來。原來，他對她還是有影響的。

昏迷中的姜承宣想緊咬牙關，可惜已無力控制，鮮血終於從他的嘴角慢慢流下來，秦曼頓時慌了，她拍打著他的臉，瘋狂的叫：「姜承宣，你給我醒來！你這渾蛋，用這種手段嚇人太過分了！你以為嚇我，我就會留下來？你作夢，你快醒來，是男人你就給我醒來！」

守在院子外的洪平終於發覺事情不對勁，當他聽到秦曼怒吼的聲音，立即推開院門跑進來。「秦姑娘，妳怎麼了？爺？你這是何苦！秦姑娘，看在爺不眠不休找妳這麼久的分上，求求您幫我一個忙，先別離開，照顧他一下！」

就算是恨一個人，可秦曼還是做不到看著他在眼前死去。嚇得六神無主的秦曼與洪平合力扶起地上的姜承宣，邊問：「他為什麼會這樣？」

洪平抹了抹眼淚，看了她一眼，哀怨的說：「爺這一年多來，心中怕姑娘出事，為了找到姑娘，向姑娘認錯，一直睡不好、吃不下，後來甚至靠酒才能入睡。而且半年前他與蘭六爺狠狠打了一架，那一次，他受了內傷，吐血了。就這樣他又喝酒、又不定時吃飯，身體越來越不好，連凌嬸都擔心得眼睛快哭瞎了。姑娘，這事一下子說不完，小的得趕緊去找大夫，求您幫忙看著爺一下。」

見洪平瘋了似的跑出去，秦曼拿起架子上的棉巾，給床上毫無知覺的姜承宣擦了唇角，嘴角慢慢流出的滴滴鮮血，似鐵錘猛擊她的心，她的心又有感覺了。她原以為傷口已經痊癒，原來，只是被她藏在了最深處，不再碰觸；現在她感到害怕了，手開始發抖。

見那一張蒼白、毫無生氣的臉，秦曼暗自嘆息，這個男人的性格竟是如此的決烈，這樣的性格，是好是壞，她沒有答案。其實她原本也是決烈的人，只是多了一分包容，才不會去傷害別人。而且現在的她更想明白了，人生，不是只有愛情才能生存，有了親情，一樣可以讓她過得很好。

不一會兒，洪平帶著一位老大夫進門，看到姜承宣臉上的死氣比任何一次都嚇人，他害怕的對老大夫說：「大夫，我家爺以前吐過兩次血。半年前那一次最嚴重，京裡的老太醫用盡方法好不容易才止住，吃了一個月的藥才漸漸好轉。」

老大夫先用銀針在姜承宣的肚子上扎下四針，然後手放在他的脈搏上許久，才不高興的說：「年紀輕輕的，怎麼就不知道愛惜身體？氣血兩虧、脾胃不和，這是虛症。還有，妳這做媳婦的，是怎麼照顧妳家相公的？病人明顯是三餐不繼，又喝多了酒才導致這病，看妳的樣子也是個知書達禮、大家教養出來的女子，怎麼連這最基本的小事都不知道？

「還有，病人這次危險了，腹中血還沒有止住，雖然破裂面不大，可如果再傷肝動怒，引起大出血，神仙也難救；就是年輕人也不能這麼折騰，再這麼下去命可不會太長。老夫先開一帖藥吃三天，等狀況穩定後再開另一帖藥吃一個月看看。唉，妻賢夫禍少，夫人，這點可要記住。」

老大夫見秦曼一身婦人打扮，又坐在姜承宣床邊，自然就訓了她一陣，讓她怔忡了好久，直到老大夫最後教訓一句，她才傻傻的「喔」了一聲。

老大夫見她還算受教的樣子，語氣才好起來，開完方子交代幾句起身，還不忘說：「記著，一定要讓病人打開心結，不要給他再受刺激，好好保重身體、多多靜養，應該就不礙事。否則暈厥多了就會再也醒不過來，我可不是危言聳聽。」

秦曼怔怔看著床上還沒有轉醒過來的姜承宣，此時她心亂如麻，她要怎麼辦？就這樣原諒他？她知道，不可能，她已經心中沒有愛了。可是就這樣丟下他，她走得開嗎？以她前世的經驗知道，姜承宣這是胃出血的毛病，如果再受刺激，一旦引起胃穿孔，在古代，他就只有死路一條。

姜承宣悠悠轉醒時，就看到她頂著一張蒼白的小臉趴睡在床邊，他吃力的舉起手想去摸她，可是又怕驚醒她，看著眼前這張疲倦的小臉，他的心揪了起來，他嚇壞她了吧？

終究還是沒能忍住，他的手經多次顫抖之後，如鴻毛般輕輕的落在她的頭頂，那種熟悉的感覺使他眼泛霧氣，盈滿眼眶，乾裂的嘴角露出了罕見的笑容。門外的洪平看到這情景淚如雨下，爺真的愛慘了他身邊的這位女子，今天他終於觸摸到了心中的祈盼。

姜承宣警覺的聽到門口的動靜，輕輕的側了側面，給門口的洪平一個眼色，讓他不要進來。洪平無聲的指指手中的藥碗，見姜承宣依舊搖頭，洪平只得無奈的退後回院子裡。

不知過了多久，秦曼被在臉上撫摸的大手弄醒，姜承宣見秦曼醒來，立即縮回手，只是那雙眼睛，彷彿想將面前的女子吸進眼裡。

也許是有稍微休息的關係，秦曼見姜承宣臉色恢復了一點血色，微含笑意的眼神充滿深情和滿足，看得她心頭五味雜陳。剛才她竟然睡著了？為什麼？明明已說過永遠不再把他放在心上，可看著他生死不明的時候，她竟然還是不忍心離開？

一滴淚水滴落在床前，它不是淚水，它如一把刀直插進了姜承宣的心中，他慌了！

「曼兒……莫哭！」低啞滄桑的嗓音讓人聽得出他的慌亂。

秦曼抹去這莫名的眼淚，她不知為何會流眼淚，是因為想起曾經的傷痛，思慮起如今的無奈吧？

她站起身。「我沒有哭，是灰塵掉進眼裡。如今你沒事，我也要走了。保重身體，人的生命只有一回，別再折磨自己。我說過我早已原諒你，也不恨你，就好好過日子吧。以後別來找我，過去的都過去了，人要面對未來，這世上沒有你我，日子一樣流逝，莫再執著於心中的迷障。」

聽到秦曼不再包含感情，猶如對陌生人一樣的勸解，姜承宣心中的害怕感越來越深，他不能讓她走，他要留下她。於是吃力的拉著她的衣服，眼中的悲愴看得人心頭不忍。「曼兒，別走……求妳！」

秦曼閉了閉眼睛才回答。「孤男寡女相處容易被人誤會，放手吧。」

「不！不能再放手了！不能！嘔……」

突然心中一陣難受，姜承宣喉嚨裡發出一道嘔聲，嚇得門外的洪平連忙跑進來道：「爺，您別激動！」

秦曼不知所措的回身，有點心慌又有點煩躁的叫道：「你到底想做什麼？是不是想要我愧疚一生？洪平，藥煎好了沒有？」

洪平委屈的跑出去，端來早已涼了、但又重新溫過的藥，直直送到秦曼的面前。

秦曼快發瘋了，這對主僕打定主意不逼瘋她不放手，是不是？

「撲通」一聲，洪平跪下了。「姑娘，求您了！」

眼淚被逼得再次流下，秦曼接過藥碗坐在床前，眼中的委屈與無奈，憤懣與冷漠，看得姜承宣心中一陣翻騰，他用手捂住胸口吃力的說：「洪平，別逼她。曼兒，妳走吧。如果，這是妳真心想要的，如果，這是我能為妳做的，那我不再求妳了。知道妳過得好，我知足了！洪平，送秦姑娘出門。」

說完無力的鬆開緊攥衣服的手，閉上眼睛不再看秦曼。不是已跟上天請求了嗎？只要知道她過得很好，他就知足了。

秦曼長長的嘆口氣，想將壓在她心頭的煩亂全部吐出，但似乎不大可能。木然的遞出一勺藥，道：「喝藥吧。你喝完，我就走。謝謝你的成全。」

姜承宣示意洪平扶起他，靜靜的喝著秦曼一勺勺遞到嘴邊的藥。雖然這樣喝太苦，可是他就想這樣喝，再苦，只要能多看她一會兒也值得。

一碗藥終究有喝光的時候，看著眼前的女子溫柔的給他喝水、擦去嘴邊的藥汁，姜承宣就這樣靜靜的看著秦曼的小臉一動也不動，生怕一眨眼，眼前就是一場空。

再慢點，再慢點……姜承宣在心底請求著秦曼放慢動作，他知道，既然答應放她離開，此生，也許就真的緣盡了。

就讓他貪圖這一刻吧，原諒他的自私，這種溫情的享受，也許此生再也沒機會了。不過，一生還能有這麼一次，就是死了也值得，是不是？

姜承宣的嘴角慢慢的浮出笑容，雖然無力可是充滿了幸福。

秦曼知道不能再待下去了，否則，心底的那根線會繃斷。她放下手中的棉巾站起來，淡淡的說：「洪平，來照顧他吧。我走了，希望你想想這世上其他關心你的人，不要讓別人擔心。」

姜承宣雙眼盯著秦曼的眼睛，緩緩的問：「妳也會擔心嗎？」

秦曼平靜的回答。「用得著我擔心嗎？擔心姜大爺的人大有人在。我這樣一個連妓女也不如的女子，哪夠資格擔心你？秦曼雖是一介平民之女，但也自幼飽讀詩書，什麼是我應擔心的，什麼是我沒資格擔心的，我分得很清楚。」

姜承宣滿臉羞愧。「曼兒，莫要妄自菲薄了。我知道妳不會原諒我，一切都是我自作自受，但請求妳，別再這樣說。今生，妳要好好保重，來生，我再來還債。」

秦曼臉色一變。「你這是什麼意思？開始用性命來逼我不成？」

姜承宣淒慘的一笑。「我還有資格尋死嗎？放心，妳的話我會記在心裡，不會再做出傷身的事，因為我還有責任。去吧，無須故意躲避我，我不會去打擾妳，讓我知道妳生活得幸福就好了。」

不能再聽，也不能再想，秦曼屏蔽心與耳，無聲的走出門，只用自己聽得見的聲音說了句，保重。

一出門，跟著她身後出來的洪平「啪」的一聲跪在秦曼面前，雙眼含淚、聲音低沈。「秦姑娘，奴才求求您，救救爺吧，您要走了，他怕是命不長了。」

秦曼難過的說：「洪平，你為什麼要強求我？」

洪平一臉哀傷。「姑娘，不是奴才強求您，只是有些話奴才想跟姑娘說，您能不能聽完再走？」

秦曼冷靜片刻才說：「如果你一定要說，那你就說吧，我在這兒聽著。」

洪平理了一下思緒才慢慢的說：「您走後的這一年多來，爺真的不把自個兒的身體放在心上。去年端午節後，爺去您的老家找您，但是所有人都說您沒有回村，爺硬在您家院子裡守了五天五夜；今年五月他又去了，見您的大弟沒有上學，又給您母親買了二十畝地，再接您的弟弟到並州城，給他找最好的書院送進去，還交代吳叔兩口子，每個月書院放假時都去接他回別院。奴才沒資格說主子做得對不對，只是這麼久以來，主子真的活得不像一個人，奴才看著也心疼。前幾天得到您的消息後，他才漸漸有了生氣，現在爺的病這麼重，如果您走了，他真的會有危險。」

秦曼嘆息著去扶洪平，可是她不答應留下來，他就不起來。

真的能捨得讓他就這樣死了嗎？如果兒子長大了問起來，她要如何回答？秦曼無奈的說：「洪平，你爺有你這樣的下人是他的福氣。看在你忠心的分上，明天我再來看他。今天我得回去，要不然家裡的人會擔心；如果你怕我不回來，那你先跟我回家吧，知道我家在哪裡，我一下子也跑不了的。」

洪平聽她同意帶他去家裡，只得站起來說了聲。「姑娘您等奴才一下，我得跟爺說一聲，要不然他會著急，現在著急對爺的身體不利。」

秦曼「嗯」了一聲表示同意後，洪平才匆忙進屋。又叫了小二備了輛車，並託小二照顧姜承宣後才跟著秦曼出來。

等回到珍繡樓前，門口的秀麗遠遠的見秦曼回來，便叫道：「秦夫人您回來了！奴婢去請琴姑姑來，她一直擔心著您。」

琴姑姑一見到秦曼，立即抓住她的手問：「曼娘沒什麼事吧？」

秦曼笑著說：「害琴姑姑擔心了，我沒什麼事。」

琴姑姑擔心的問：「曼娘，到底發生了什麼事？那個人真的是妳的相公？」

秦曼說：「琴姑姑莫聽下人胡說，只是一個故人罷了。」

琴姑姑看著秦曼，語重心長的開了口。「曼娘，不管有什麼事都要記得，繡樓裡還有妳的朋友。」

秦曼非常感動。「謝謝姑姑，這繡樓就是我的家，繡樓裡的人就是我的親人！」

琴姑姑看看一旁的洪平，問：「他為什麼一直跟著妳？」

秦曼說：「我請他送我回家。姑姑，今天我不進樓裡了，明天我再來。」

琴姑姑拍拍她說：「去吧，有什麼要幫忙的，記得派人來樓裡說一聲。」

和大家簡單的說了一下有故人來訪後，秦曼便帶洪平到小院門口，洪平見她進去後，與裡面的人打了招呼後才回客棧。

吃過晚飯，秦曼來到宋夫人的房內，見她正與小點點玩著，她開心的走過去一起逗小點點。直到麗紅抱點點去洗漱，宋夫人見秦曼沒有隨點點過去，便覺奇怪的問：「曼兒有什麼事嗎？」

秦曼坐在宋夫人桌前的凳子上，遲疑的開口道：「乾娘，有件事曼兒沒有跟您說過，是關於點點他爹的事……」

宋夫人不在意的擺擺手。「傻孩子，如果不想說就不用說了。這又不是什麼大不了的事，哪值得擔心。」

秦曼苦笑著說：「不是擔心，只是他今天找來了。」

「什麼？他找來了？什麼時候的事？」一席話驚得宋夫人站了起來。

秦曼趕緊拉宋夫人坐下。「乾娘，您別嚇著了。今天早上他找到珍繡樓來。我從來沒有跟您說過點點他爹的事，是因為我不想提起他，他給我的傷害太大。」

見秦曼難過的樣子，宋夫人立即說：「不想提就不要提，我們今天晚上連夜就走。曼兒叫趙嬸趕快去告知一下盧老闆，有他的幫忙，我們一定不會再讓他找到。」說完就要起身叫趙嬸。

秦曼趕緊阻攔道：「乾娘您別急，我話還沒有說完。今天我們已經談好了，他說他會放我離開。可是他得了很重的病，近期內不能有情緒方面的起伏，今天上午因為我的刺激，他還吐了幾口血。」

宋夫人一愣。「啊？這麼嚴重？那妳準備怎麼辦？」

秦曼回答道：「我本不想管他，可他畢竟是點點的爹，如果真的因為我的原因命不長，那樣我也對不起孩子。只是我心裡還是過不了那一坎。」

接著秦曼就把嫁到林家後出了什麼事、她又是怎麼與姜家結緣的事，大致的跟宋夫人說了一下。

聽完秦曼的往事，宋夫人問道：「曼兒，妳現在是不是還喜歡點點的爹？」

秦曼搖了搖頭。「乾娘，現在我只喜歡你們。自從離開後我想過很多，今生原不準備再見他，讓一切都過去，不去愛也不去恨，只有這樣人生才會快樂。後來有了點點，又結識了乾娘，對他的怨恨就更少了，畢竟也是因為他，我才有了點點。」

宋夫人問道：「那妳以後有什麼打算？有沒有想著跟他回去？」

秦曼說：「我還沒有去想，目前是要讓他身體好起來。瑞兒從小就沒有娘，如果再沒有爹的話，那個孩子就太可憐了。」

「他在哪裡養身體？總不能每天在客棧住著。」宋夫人又問。

秦曼問：「乾娘，我們這附近還有沒有什麼小院子可以租的？他的病主要是胃出了事，在用藥治療時可能還得注意吃食，跟著他的只有一個小廝，我還是有點擔心。」

宋夫人說：「這附近單獨出租的小院可不多，明天叫趙嬸去問問劉掌事，他那裡消息比較多。不能太遠，要不然照顧起來不方便。」

秦曼想了想才說：「還是乾娘考慮周全。」

宋夫人問：「曼兒，妳真的不喜歡他了嗎？妳一個人帶著孩子會很辛苦的。」

秦曼說：「乾娘，現在我過得很好，我不想改變什麼，一個人帶著點點雖然很辛苦，但是我過得也很開心，就這樣和妳一起帶著孩子過，我覺得很好。」

宋夫人拍著秦曼的背說：「可憐的孩子，怎麼也跟乾娘一樣的苦命？以後我們一起努力帶大點點。」

第五十章

第二天一大早，趙嬸準備去外巷小店裡買一些豆漿回來，自從小夫人說女人多喝豆漿好後，老夫人要她每天早上都買。還有一會兒大家就要起來了，稀飯、餃子、包子、烙餅都已放在鍋裡，買回豆漿就可以開飯了。

趙嬸一手拿食盒，一手開門，「吱呀」一聲門已打開，剛邁出門口，她差一點就撞到了正站在門口的兩個男人身上，嚇得趙嬸大叫一聲。「唉喲！你們是誰？為什麼站在我家門前？」

麗紅聽到趙嬸的大叫，趕緊抱著點點跑了出來。這小傢伙今天醒得早，奶娘剛餵飽他，她正要帶他去洗漱。聽到趙嬸的聲音，她立即走出房門問道：「趙嬸，出了什麼事？」

見趙嬸驚慌，姜承宣立即一抱拳。「驚擾大嬸了。在下姓姜，是來這裡找秦曼的。我來這裡沒有惡意，只是想看看她。」

聽見是找主子的，趙嬸立即警覺起來，左右打量了眼前的兩人。開口說話的像個主子，但一副病歪歪的樣子；旁邊那個倒是精神些，卻是一副下人的打扮。

趙嬸問道：「你找我們夫人做什麼？你是哪裡來的故人？」接著轉身叫道：「麗紅姊，妳來看看，說是找小夫人的。」

麗紅把點點交給奶娘，快步走到門前，一看門前的兩個人，手指顫抖的指了姜承宣後，就驚愕的轉身往裡跑，並大喊：「天呀！小姐，您快來！」一時著急，麗紅連侍候宋夫人姑娘時期的稱呼，都喊出來了。

宋夫人剛洗漱好，還沒來得及走出門，麗紅走進來拉著她，情急的說：「小姐，少爺來了！」

宋夫人笑罵：「妳先喘口氣，慢慢說。少爺不是每天都在家嗎？又還不會走，少爺怎麼來的？這麗紅真是老了！」

「不是，小姐，不是點點少爺，是承宣少爺！」麗紅急忙更正。

「什麼？是我的宣兒？妳不是作夢了吧？」宋夫人急著問。

麗紅頭點得像小雞啄米似的，飛快回道：「是真的，是承宣少爺。」

聽麗紅說是姜承宣來了，宋夫人急得拉住她大喊：「宣兒在哪裡？快帶我去看看！」

姜承宣與洪平兩人正站在院子的葡萄架旁，一見兩個中年婦人淚流滿面的疾走過來，他有點莫名其妙，只見其中一個年齡四十幾歲的婦人走到他面前，顫抖的問他。「宣兒，真的是你嗎？你真的是姜家大少爺姜承宣嗎？」

宋夫人的話一出口，姜承宣立即認出了她，正是他以為已死去了十幾年的娘親。

姜承宣雙腳一軟，跪在宋夫人面前，淚流滿面、聲音嘶啞的叫喚：「娘，是我，是您的宣兒。您還活著！太好了！」

宋夫人也不斷的流著淚，雙手顫顫巍巍的扶起姜承宣，擦著眼淚說：「麗紅，真的是我的兒子，真的是我的兒子來了！雖然我離開你時，你才十五歲，可你的輪廓沒變，只是長大了。兒子呀，可把為娘給想死了！」母子倆抱頭痛哭。

秦曼剛起床並洗漱好，今天得早點去樓裡，先跟琴姑姑說一下這幾天的安排，然後再去客棧。

秦曼想今天還要叫趙嬸看一下租房子的事，也得跟姜承宣說一聲。她正想出房門，一陣驚天動地的痛哭聲傳了進來，嚇得她忙穿著鞋就往外跑。

見宋夫人抱著一個男人痛哭失聲，秦曼看呆了！這是什麼情況？急忙問：「乾娘，您怎麼了？」轉眼又看到兩人身邊的洪平，驚得秦曼再問：「洪平，你家爺呢？你怎麼這麼早跑我家來了？是不是你家爺出事了？」

洪平伸手指了指正相擁哭泣的兩個人道：「姑娘，我家爺找到我家老夫人了。」

「啊？你家老夫人？」秦曼聞言，頓時傻眼無語。

宋夫人見秦曼認識這個小廝，又哭又笑的告訴秦曼說：「曼兒，乾娘找到兒子了！妳知道嗎？我十幾年沒有見到他了，但是我一眼就能認出來。」

秦曼見宋夫人又哭又笑的樣子，開心的恭喜她，還說上天不會虧待好人的，只是轉頭看姜承宣時，神色瞬間變得古怪，宋夫人見狀，有點疑惑的道：「曼兒，妳認識我家宣兒？」

秦曼輕聲嘟囔。「不認識。」

姜承宣臉色一沈，直直的看著她說：「曼兒，妳再說一句不認識我！」

宋夫人疑惑的問：「曼兒，這到底是怎麼回事？」

秦曼苦笑著回答道：「乾娘，這個人就是我昨天晚上跟您說的那個人。洪平，你家爺還病著，怎麼也不知道攔著他。」

秦曼一句話，讓宋夫人驚得張大嘴說不出話來。難道真的是老天有眼？離開兒子十幾年，老天竟提前先送孫子過來？

洪平聽秦曼責問，立即解釋道：「姑娘，是奴才不對。昨天奴才從您這兒回去後，亥時三刻服侍爺吃過稀飯又服了藥，他就要來您這兒，奴才攔了很久才攔下。今日寅時正他再度醒來，非要奴才帶他過來，否則立刻就要趕奴才走。奴才實在是沒有辦法，才帶著爺過來，本說好看一眼就走，可是他已經在這兒站了一個時辰，怎麼勸都勸不走，說他一定要看到您還在這小院裡才願意回去。」

秦曼一聽姜承宣這種不要命的個性，非常生氣的對著姜承宣吼：「你不想活也別害洪平，你沒有命了，洪平也得陪著你去！」

聽到秦曼的吼聲，滿院子的人都驚訝了，曼兒可是從來都不發火的！

可是姜承宣卻笑了，心想曼兒還是把他放在心上的，要不然也不會罵他。

他開心的問：「曼兒是關心我嗎？只要能見到妳，我的病不吃藥也會好。今天來得真好，見到妳還讓我找到娘，妳真的是我的福星。」

「福你個屁！你這個不要命的傢伙，以後沒命了不要說是我害的！昨天大夫明明告訴你，要好好休養，你倒好，不睡覺到處亂跑。」見著他的笑，秦曼火氣更大。

秦曼一吼別人沒嚇著，倒是小點點嚇得「哇」的一聲哭了。

點點的哭聲驚動了姜承宣，他發現奶娘懷中哇哇大哭的小傢伙，沒等秦曼過去抱他，姜承宣便快步上前把點點抱在懷裡。

看著那張與他酷似的小臉，姜承宣激動得全身顫抖，雙眼含淚但神情愉悅的問宋夫人。

「這是曼兒給我生的兒子嗎？娘，這是不是我的兒子、您的孫子？他叫什麼名字？」

宋夫人見到兒子那副既開心又激動的樣子，她帶著淚，含笑回答他。「是的，宣兒。是曼兒給你生的兒子，也是娘的親孫子。他小名叫點點，大名叫秦衍。」

看著秦曼一臉的不自然，宋夫人知道這兩人的冤怨，她推著姜承宣說：「你還病著，我們進去再說，你想問什麼，娘都告訴你。麗紅快打水給少爺洗漱，趙嬸快去買豆漿，宣兒一定餓了，回來後趕緊擺飯。」

說完就讓姜承宣扶著往正廂走去。

秦曼從姜承宣手中接過兒子，跟在宋夫人母子倆的後面。這時候她知道她什麼也不能說，以為過世了的母親猶存於世，以為再也見不到的兒子出現在面前，那種母子連心的感覺她能深深體會。

走進廳裡，宋夫人不停的淌下眼淚，秦曼把點點放在她懷中，拿出手帕給她拭淚。「乾娘，別哭了。姜爺找到您了，以後您就真的有兒有孫了。瑞兒是個好孩子，您見到他一定會喜歡得要命。您要再哭下去，姜爺也要哭了。」

宋夫人瞪了她一眼。「什麼乾娘、什麼姜爺？一個是妳的婆婆，一個是妳的夫君，說得這麼見外！瑞兒是我的好孫子，難道衍兒就不是我的好孫子？曼兒是不是不要娘了？妳以為我這一年多來把妳當女兒是假的嗎？」說著眼淚又不停往下掉。

嚇得秦曼趕緊回答說：「娘說得是，我們不是母女但勝似母女，您就是曼兒的娘親！」

姜承宣見宋夫人對秦曼的疏遠不高興，立即跪在宋夫人面前說：「娘，兒子該打，兒子讓媳婦受了委屈。以後兒子一定會好好待她，也會與她一起好好的侍候您到老。」

宋夫人聽了兒子的話，立即淚眼帶笑，她再次感謝老天真的待她不薄。十幾年不敢見的兒子找來了，還與跟兒子有誤會的媳婦結成母女。

她知道兒子與秦曼的糾結，怕秦曼不開心，她故意罵姜承宣。「你真是個糊塗的傢伙，傷害曼兒這麼好的姑娘，娘不會輕易饒你！曼兒別生他的氣了，因為沒有娘教，他沒有學會怎麼去愛人；以後換妳好好欺負他，娘為妳作主，曼兒妳說好不好？」

她可以不要男人，可是兒子沒有親爹總不是件好事。既然老天如此安排，也不是非得有愛才能生活在一起，秦曼見宋夫人一臉希冀的看著她，無奈的點了點頭。

意外的重逢讓宋家小院出現了從沒有過的熱鬧，宋夫人這一天來年輕了不少，一直派趙嬸和麗紅給姜承宣置辦著各種衣物、用品，又一邊讓秦曼和點點的奶娘收拾秦曼住的西廂的西間。讓洪平住院房倉庫旁邊那一間。

一直忙到晚上，宋夫人還處於興奮之中。

這一天下來秦曼覺得真的很累，忙著收拾房間的同時，她還得不時的聽姜承宣嘮叨，要求放鋪蓋進秦曼的房間，理由是——兒子都生了，難道不認老子了？

氣得秦曼恨不得踢他幾腳，但看在他病著的分上，白天還是讓他躺了她的床一天。男人都不是好東西，得寸進尺。秦曼恨恨的罵著，明明說過放她走，不為難她，一轉眼裝作什麼都不記得。

但是秦曼也沒膽子說要離開，因為兒子已實實在在成了乾娘的孫子，還說以後晚上全由她來帶。

這意思她還能不明白嗎？就是想走，但點點是帶不走了，可是她能沒有點點嗎？沒了這個世界唯一一個血肉相連的人，她又怎麼會活得開心？

一整天，又是收拾、又是煎藥、又是弄食療食譜，待秦曼洗漱好之後，就想癱在床上一動都不想動。

當秦曼正要吹熄燭火睡覺時，房門原本都關得好好的，卻突然開了，一抬頭，姜承宣穿著睡衣褲走進來，秦曼還沒來得及說什麼，見他一腳踢上門，泰然自若、一言不發的拉她一同坐上床。

秦曼立即想站起來，但姜承宣緊緊的抱著她，懇求道：「別走，曼兒，就讓我抱一會兒。多少個日子我都在作夢，想著那樣也許能在夢中抱著妳。不管妳要打也好、罵也好，這一輩子我再也不會放開妳。」

秦曼冷漠的說：「你就是個騙子。」

姜承宣說：「只要能讓妳回到我身邊，就算是要用騙的我也願意。曼兒，太好了！找到了妳，找到了娘，還找到咱們的兒子，我今天都覺得在作夢！」

秦曼冷冷一笑。「姜大爺你覺得好，可我覺得對我太殘忍。我發過誓，我這一生都不要再見到你，可是老天總是不站在我這一邊。」

姜承宣聽了秦曼無情的話，他的心揪在一起。「曼兒，要我用命來彌補對妳的傷害，我也願意！」

秦曼說：「我不要你的命，我要你遠遠的離開。」

姜承宣緊緊的抱著她說：「我情願不要命，也不要離開妳。」

秦曼掙扎了幾下沒法掙脫，乾脆不動，靜靜的躺在姜承宣懷中聽著他自言自語似的話，此時她的心是有些鬆動的。

可是秦曼也知道，她不會被他的三言兩語就打動，姜承宣當初對她說的那些話，她一句也沒忘記，只不過是壓在心中不敢想起罷了。

想要悄然離開是不可能了，她得好好的細想一下他們以後的關係。

想到此，秦曼平靜的開口。「姜承宣，我們談談吧。你到底想要怎麼樣？讓我清楚的知道。」

聽著秦曼冷靜的聲音，幽暗房間裡響起姜承宣憂鬱的嗓音。「曼兒，我沒有什麼想法，我唯一想要的就是，從今以後跟妳、娘、瑞兒、衍兒，還有就是今後我們倆再生的孩子生活在一起。我不知道什麼是愛，但是以後在這裡的女人只會有妳一人！」說著把秦曼的手放在胸前，讓她感受著他的心跳。

秦曼沒有出聲。他們倆再生的孩子？她可不會再跟他生孩子了，當初的無情，已讓她失去了生下他孩子的慾望。

講也講不清，又沒辦法掙脫他的懷抱，秦曼只得讓他靜靜的抱著，姜承宣抱著僵硬的秦曼，將臉埋在她的脖子處，深深的吸了一口氣。

「曼兒，別離開我，我會一輩子對妳好。」

秦曼冷聲道：「不要對我承諾！我不會相信這些，當時你能棄我如破布，今日卻視我為珍寶，這種太虛浮的事我再也不會這麼傻的去相信。當日你什麼也不問，就認定我秦曼爬上你的床，難道你真的認為你的床是龍床？不過就算是龍床，我秦曼也不稀罕！」

姜承宣將秦曼緊緊摟在胸前，淚水滴落在她的頸處，聲音哽咽的說：「曼兒，妳再怎麼對我，我都接受，可是請妳不要再離開我，以前的傷害我無法彌補，但是請給我機會。我知道我該死，我傻、我笨，用猜疑的眼光來看待妳，現在就是受再多的罪也是我活該，再給我個機會好不好？求求妳了。」

秦曼堅硬的心終於融化了一角，她再沒有對姜承宣冷若冰霜，只是她也沒有再準備愛上這個男人。

第五十一章

為了讓秦曼想回林家村，利用煎藥的空隙，洪平不停的像個老太婆跟秦曼嘮叨。「姑娘，您知道嗎？三爺的夫人生了一個大胖兒子，三爺樂得笑了三天。」

聽說來弟終於生了兒子，秦曼開心的問：「哦，王三嫂生個大胖小子？那王三哥肯定高興壞了！」

洪平說：「是呀！王三爺一個勁兒的問您呢。」

秦曼問：「王三哥問我？」

洪平說：「對呀，王三爺問您什麼時候從娘家回林家村，說要謝您。」

秦曼問：「王三哥有兒子，為什麼要謝我？」

洪平莫名其妙的說：「姑娘您不知道？王三爺說是因為您，他才有了兒子，難道這不是真的？」

秦曼笑了。「也不能說完全不是真的，我只是跟王三嫂聊了女人生孩子的事。」

洪平說：「姑娘，最可憐的是小少爺了。」

秦曼內心一緊。「瑞兒怎麼了？」

洪平說：「爺每次回家，小少爺都會問為什麼不接您回去，每次生病時他不願意吃藥，凌嬸就說如果他不好好吃藥妳就不會再回來，才能讓他就範。」

秦曼緊張的問：「瑞兒老生病嗎？」

洪平說：「小少爺沒有您帶他，他一點精神也沒有，只有去大樹下玩時才高興點。可是那幾個孩子經常纏著凌嬸問妳什麼時候回去，小少爺聽了又會難過。」

聽著洪平的嘮叨，秦曼心裡說不出的難過，跟弘瑞在一起雖然只有一年時間，可秦曼是真心對他視如己出的愛著。

七天後姜承宣的病已好得差不多，餘下就是調養的問題。可這也不是一天、兩天的事，第二張方子要吃一個月，一直留在這兒也不是辦法，畢竟家中還有那麼一大攤子的事。

這天晚上，宋夫人叫秦曼到房間，輕聲問道：「妳真的不想跟宣兒回去嗎？」

秦曼沈默不答，宋夫人又說：「如果妳實在不願意，那我們就不回去，也接弘瑞過來一起生活。娘知道宣兒傷了妳的心，娘也受過這樣的痛，我不會強求妳忘記過去的一切。娘是真心喜歡妳，並不會因為宣兒是我兒子就要妳原諒他。只是娘必須提醒妳，不回姜家去的話，衍兒無法認祖歸宗，一個沒有認祖歸宗的孩子，就只能擁有現在的庶民身分。」

秦曼問：「娘，身分真的有這麼重要嗎？」

宋夫人幽幽的說：「如果我不是因為身分，也不會被婆婆嫌棄，落得離家棄子十幾年。」

秦曼抱著悲傷的宋夫人。「娘，曼兒不該這麼問。」

宋夫人淡淡的說：「這個世道，什麼都講究身分。姜家是個世家，雖然說家業不是太大，但在京城還是有一定地位。當年也是為了宣兒，我才十幾年沒去見他。妳仔細想想，娘尊重妳的決定，我會一直陪著妳和衍兒，一起帶大他。」

秦曼難過的說：「娘，我當您是比娘親還親的人，生我的人為了其他的孩子不敢要我，是您不嫌棄我。說句心裡話，我真的不知道該怎麼辦，我想回去但又怕回去，我怕會心軟原諒他。您不知道，當時我差點就不想活了！」

宋夫人輕輕的拍打著秦曼的背。

「娘知道，宣兒都跟娘講了，他也知道錯了。昨天晚上他一直跪在娘的跟前失聲痛哭，一遍又一遍的問，他該怎麼做才能彌補對妳的傷害。宣兒是個從小就很堅強的孩子，作為嫡長子，要肩負興旺家族的責任，從三歲開始，不管天晴下雨，無論春夏秋冬，每天就是練武和學文，從他懂事起不曾哭過。這次他是真的知錯了，娘不要求妳能原諒他，但是至少給他一個彌補的機會好不好？」

秦曼想了半天才說：「娘，我不想談什麼彌補，只是為了衍兒，我願意跟妳回去，但別的方面，我怕是做不到。」

宋夫人理解的說：「我知道，妳真是個了不起的好孩子，一切都順其自然吧，我不會強求妳，以後妳想怎麼做都行。」

秦曼真心的說：「謝謝娘。」

第二天宋夫人告訴姜承宣，秦曼願意和他們一起回林家村。姜承宣聽了，手腳都不停的顫抖，他按捺住激動，立即開始做準備，他要儘快帶秦曼回去才安心。

另一方面，姜承宣馬上讓洪平到店裡派人先回並州報信，讓家裡做好一切準備迎接秦曼。

因為即將離開，秦曼先跟琴姑姑商量了珍繡樓的事，並約定每一季都會派可靠的人送新樣式到樓裡，一年會回來永州一次，才讓琴姑姑放手。

這天秦曼約了盧永涯告別，她與他靜靜的坐在裡間，秦曼再一次給他泡了一壺青茶，端起茶杯對著盧永涯說：「大哥，小妹要走了，明年新茶炒製的事，就請你多多費心。」

盧永涯不在乎事業，只認真問她。「曼兒，妳是真心想回去嗎？是不是那個男人逼妳的？如果是這樣妳就不用怕，在永州我還能保妳平安。」

秦曼感動得笑了。「大哥，你看小妹是個能被人逼著做事的人嗎？只是為了孩子，我應該回去。我是大哥的小妹，哪個敢找我麻煩，又不是不想活了。」

盧永涯親暱的在秦曼頭上敲了一記，認真的說道：「就會打趣大哥，妳知道這麼久以來，我真的當妳是親妹妹。如果不是妳要求的一夫一妻我無法做到，我不會讓別的男人帶走妳。」

秦曼聽了這話很感動，如果不是真的在乎一個人，哪裡會尊重她的想法？

秦曼真心的說：「大哥，小妹我在這世上沒有什麼親人，你就是我的親哥哥。明天我要走了，我家的小院子幫我看著，還有改造的事也交給你了。」

盧永涯不捨的問：「曼兒以後還會回來？」

秦曼笑著說：「我答應琴姑姑每年儘量來一回。不也就十來天的馬車嗎？又不是天南地北，明年回來時我還想住一段時間。一會兒我還得去跟老夫人告別，在這裡以茶代酒，謝謝大哥一直以來的關心和照顧。」

盧永涯送秦曼下樓時，姜承宣正在門口等她，剛才回去院子裡，宋夫人告訴他秦曼來這裡了，他沒進門，駕著馬車調頭就過來，問過下人，說她還在樓上，他就一直在門口等著。見秦曼與一個年輕男人走出來，姜承宣臉都黑了，立即把盧永涯打進情敵的隊伍。

秦曼見姜承宣來接她，立即給盧永涯介紹。「大哥，這就是點點的爹，叫姜承宣。我先走了，明年新春一過，你先去南邊，我會從林家村過去。」

盧永涯見姜承宣一臉不豫，也臉色一正的衝著他點了點頭，但轉臉就又對著秦曼一臉溫柔，讓姜承宣更加鬱悶。

盧永涯問：「不用我來接妳？」

秦曼說：「不用，我家人多著呢，你不用擔心。我先走了。」

兩人坐在馬車裡，姜承宣一臉想問又不敢問的樣子，讓秦曼看得很爽。她與盧永涯的約定，雖說是光明正大的事，可她就是不想告訴他。

姜承宣看著秦曼變幻莫測的神色，便在馬車上越坐越近，最後把秦曼抵到車角，她懊惱的問：「你到底想讓我坐哪兒？」

姜承宣依舊不言，伸手抱過她放在腿上，臉埋在她的腦後，秦曼感到有股熱流濕了她的後背，心頓時緊了。

八月二十八日啟程，九月初八傍晚，一行人回到並州的姜家別院，蘭令修、老關、老李、賀青和李亮都等在大門口，一進別院大門，大家急忙幫著拿行李下來，送到各處院落。

秦曼抱著點點剛要進大門，一個十二、三歲的男孩躥了過來，雙目含淚、聲音顫抖。「大姊……」

仔細一看，原來是原主的親弟弟秦朝阩，秦曼一手扶住他。「大弟！」

秦朝阩聽到這聲親切的「大弟」便嚎啕大哭，只能斷斷續續不停的喊著。「大姊……」

一聲大姊，讓秦曼頓時淚如泉湧，伸手給弟弟抹淚。「大弟不哭，大姊回來了。」

秦朝阩緊緊的拉著秦曼的衣角不肯鬆手，秦曼把點點遞給他說：「大弟，這是點點，你的親外甥，來抱抱他。」

秦朝阩淚臉上含著驚喜。「我當舅舅了？」

秦曼朝他笑笑。「嗯，你是他唯一的親舅舅。」

秦朝阱歡喜得伸手抱住了點點，可是才幾個月大的點點有些認人，在親舅的懷裡極度不樂意，掙扎著要秦曼抱，見他馬上要哭，秦曼只得接過他，然後對秦朝阱說：「大弟，我們先進去可好？」

秦朝阱欣然且寸步不離的跟著她進了內院。

秦曼回想著原主上花轎時，追著轎子哭喊的小男孩，如今個子長得比她還高，完全是個小夥子了。不禁為了從沒有去關心這個弟弟而難過，他是她在這個世界唯一的血親手足了。

其實不是秦曼無情，剛來這個世界時，原主留給她的記憶真的很悲慘，親生的娘為了銀子聽從繼父的安排，把她賣給一個將死之人，如果不是她穿來了，原主的身子怕是早就沒命！

洗漱過後，秦曼與宋夫人一起到了飯廳，大家都坐在桌子邊等著她們，小點點現在倒是一點都不怕生，八個月大的他正被賀青和李亮逗得格格笑，一旁站著的是他那一臉開心的親舅舅。

由於是一家人，大家坐定後，先與宋夫人見過禮，大家才與秦曼招呼，說明天大家都與他們一起回林家村，早飯後就出發。

飯後蘭令修站在庭院裡，看著遠遠走來的秦曼，雙手有點抖動，他沙啞著嗓子問：「曼兒，為什麼？」

秦曼笑笑說：「不為什麼，只是想走走。」

蘭令修一臉傷痛的問：「為什麼不來找我？不管妳想去哪兒，我都會陪妳去。」

秦曼幽幽的說：「因為我不想來找你。」

蘭令修一怔，心彷彿要撕裂般。「難道就當是一個朋友陪妳也不行嗎？」

秦曼輕輕搖頭。「因為我不想我的朋友因為我而傷心，我更不能帶著一顆殘破的心去拖累朋友。」

蘭令修難過的說：「妳知道我不在乎。」

秦曼感動的說：「就是知道你不在乎，我更不能。六哥，我說過我把你當親人、當朋友，但不能當愛人。」

蘭令修知道此時已沒愛她的權利，只能關心的問：「那妳今後準備怎麼辦？」

秦曼淡淡的說：「走一步看一步吧，我目前真的沒有什麼想法。六哥，以後要怎麼過，也不是我能選擇的，既然回到這裡，一切隨遇而安。」

蘭令修真誠的說：「曼兒，要是妳沒有心愛的人，那就去愛上大哥吧！他是受過很多傷，但絕對是一個好男人。雖然他曾經傷害過妳，但是我相信他會用後半生來補償妳，只要妳幸福，我就放心。」

愛？太遙遠了。

秦曼真心的說：「六哥的話我一定會好好思索。不過現在的我只想好好養大孩子，只要他們好好的，我就會幸福。」

坐了多天的車馬實在累得很，秦曼晚上給小點點吃飽後就睡了，一覺醒來天已是大亮。

秦朝阧一大早就來她的院子裡。「大姊，妳今天就得回林家村嗎？」

昨天晚上秦曼找個機會與他聊了好一會兒，對秦家目前的情況大致上都了解清楚，有了姜承宣置辦的地，也解決溫飽的問題了。

秦曼伸手給秦朝阧理了理掉下來的一綹頭髮。「大弟，林家村到這裡並不遠，等你書院放假了，就來林家村，姊姊在那裡等你。你要好好讀書，姊姊只有你一個弟弟，你是我唯一的娘家人，你有出息，姊姊將來就有了依靠。」

秦朝阧含淚點點頭。「大姊妳放心，我一定會掙個前程回來，以後由我來保護妳。」

秦曼欣慰的說：「好，大姊知道你是個有志氣的人。」

秦朝阧遲疑的問：「大姊，妳不回去看娘嗎？」

秦曼搖搖頭說：「當時出嫁，娘就說過，讓我不要再回去了。」

秦朝阧難過的說：「大姊，娘真的對妳太過分了！怪不得妳難過。」

秦曼笑笑說：「我並不怪娘，她也是迫不得已，她除了我們兩個孩子，還有另外兩個孩子，她顧不了我們也正常。等以後我們倆都好了，有機會再回去看她吧，畢竟她是生我們的娘。」

九月初九是重陽節，這是個小節，農村不大重視。可姜家小少爺一個上午在大門口來回轉了不下十次，還拉著茶花出來。「茶花，妳說曼姨是不是真的要回來了？」

「是的，小少爺，昨天晚上洪平回來，不是跟您說得很肯定嗎？」

一會兒他又拉著凌嬸出來。「凌奶奶，您說曼姨還認識瑞兒嗎？瑞兒長高了，也有好好讀書、練功，她一定還會喜歡我吧？」

「會的，瑞兒小少爺這麼乖，又這麼用功，曼姨一定高興得不得了。」

一會兒他又拉著凌叔的手。「凌爺爺，我們要不要去大街上等呀？曼姨真的帶了小弟弟回來嗎？我好想看到他。」

一會兒又擔心的說：「小弟弟會叫我哥哥嗎？他會喜歡我嗎？」

姜弘瑞的行為，逗得大家哈哈大笑，凌嬸笑答道：「瑞少爺，衍少爺他才八個月，他還不會叫人。你想要他叫，以後慢慢教他就是。」

弘瑞「啊」一聲，自言自語的說：「我要教多久才能教會他呀？不過我以後每天下課就教他，他一定會叫哥哥的。我要把好吃的都留給他吃，他就會喜歡我了。以後我也有弟弟了，省得花兒老是在我面前說她弟弟怎樣好玩。」

午時未到，三輛馬車和六匹快馬在姜家大院門口停了下來，弘瑞等馬車一停穩，就急忙大叫：「娘親，曼姨，是不是您回來了？瑞兒在這裡！」

秦曼下車還未站穩，弘瑞已經跑到她的身邊，抱住她的雙腳叫道：「娘親去婆婆那裡好久，您只帶弟弟去，不帶瑞兒去，我好生氣。不過凌奶奶說了，弟弟太小要娘親照顧，要不然就會帶我去了，對不對？」

秦曼蹲下來，雙手抱著弘瑞。「我的瑞兒長大了。」

弘瑞雙手摟著秦曼的脖子輕聲道：「娘親，我有好好吃飯、好好學本領，現在我認識了好多字，您留給我的故事我全部都會背，明天我教弟弟。」

秦曼開心的笑了，弘瑞真的全好了，她摸著他的頭說：「瑞兒真棒，以後你就是弟弟的先生了，你更要好好的學本領。」

弘瑞輕聲的在她耳邊說：「娘親，我會好好學習的，但是我不去找那個見不著的娘親了，我只要您這個娘親，以後您就做瑞兒的娘親好不好？」

聽了弘瑞的話，秦曼心裡暖暖的，既然回來了，那以後就得做姜家的女主人，不為別的，只為孩子！秦曼點點頭，弘瑞高興得跳起來。

秦曼帶著弘瑞往宋夫人的面前走去，跟他說：「瑞兒，這是爹爹的娘親，是瑞兒的親祖母，快去叫一聲。」

弘瑞高興的跑到宋夫人跟前，大聲的叫著。「祖母，我是瑞兒。是不是爹爹學好了本領，才找回您的？」

宋夫人見到弘瑞已經開心得不行，更被他一聲甜甜的祖母叫得熱淚盈眶。「是我的大孫子嗎？快來讓祖母看看我的乖孫子。」一邊說一邊緊緊摟住他。

不到兩年的時間，弘瑞的變化很大，只見他說話口齒伶俐、面色紅嫩飽滿，一身紫羅蘭色的長袍顯得身材修長，好一副大家小公子的派頭，看得宋夫人喜上眉梢。

正當宋夫人沈浸於喜悅之中，這時一男一女走到她前面，「砰」的兩聲跪在她的跟前。

第五十二章

宋夫人低頭一看，兩張滿臉熱淚的臉龐正激動的看著她，凌嬸顫抖著聲音問：「夫人，真的是您回來了？夫人，麗香給您磕頭了！」

「老婆子，真的是夫人回來了，蒼天有眼呀！夫人，凌子給您磕頭！」凌叔看著眼前對他有知遇之恩的女主人，當年因為他沒能保護好女主人，讓她被人陷害，本以為她不在人世，今天見她活生生的站在面前，凌叔這個大男人也淚流滿面。

宋夫人見到兩人悲喜交集，把弘瑞交給秦曼，雙手親自扶起兩人，淚流滿面。「凌子、麗香，是我！真沒想到有生之年還能見到你們，麗紅也來了，麗紅快過來。」急切的語調說明宋夫人此時激動的心情。

麗紅飛快的走過來，看到眼前的兩人時，也是一時激動得說不出話來，頓時，主僕四人熱淚盈眶，滿腔的話不知從何說起，只能不停的抹眼淚。

秦曼理解他們四人此時的心情，情同家人似的主僕，生離死別十幾年，有生之年能再見面，說不激動那是不可能的。

但是眾人站在這大門口總不行，秦曼走上前，和弘瑞兩人一邊一個牽著宋夫人的手道：「娘，到家了，以後有的是時間，讓您和凌叔、凌嬸、紅姨慢慢敘。」

宋夫人抹淚笑著說：「是的，曼兒說得對，我們以後有的是時候慢慢敘。大家別都杵在院子裡，我們進去吧。」

凌叔和凌嬸聽到秦曼的話，都含著淚眼對她笑著點點頭，秦曼也報以微笑。

宋夫人和秦曼住了當初李琳住的麥香院，宋夫人住正廂，秦曼帶著兒子住在東廂，趙嬸和麗紅也住進了院子裡侍候。

秦曼走進東廂的時候，兩個小姑娘正在為她歸置一些日常用品，見她走進來，兩人慌忙給她見禮，並欣喜的喊道：「見過姑娘。」

秦曼等她倆抬頭一看，原來是茶花和冬梅，快兩年不見，這兩個孩子變成大姑娘了。

秦曼笑著說：「不用客氣，妳們一切都好嗎？」

「嗯，我們都好，就是姑娘走了，我們沒有學字了。還有就是花兒、墩子他們老是來找您。」冬梅見到秦曼開心極了，立即唧唧喳喳的說個不停。她是真的高興，因為從小到大只有做姑娘的丫頭時，是她最幸福的日子。

見房間都已收拾得差不多，秦曼對兩人說：「辛苦妳們了，點點的東西擺好後，就不要忙了，其餘的慢慢歸置。」

幾人正在忙碌著，門外傳來弘瑞的聲音。「娘親，弟弟是不是跟您睡一塊兒？瑞兒也要跟您睡。茶花。」

「是，少爺，您有什麼吩咐？」

「去爺的房間裡，把被子、衣物拿到娘親這兒來。」

「姑娘您看？」茶花為難的看著秦曼。

秦曼笑了，近兩年不見，還真有少爺的氣勢了，她抱起弘瑞坐在床上。「瑞兒長這麼大，娘親都抱不動了。」

「我都有好好的吃飯、唸書、練功。凌爺爺說，瑞兒滿十歲就可以一個人騎馬去外面玩。」

弘瑞雙手摟著秦曼的脖子，趴在她耳邊輕輕的說：「娘親，其實我不是想去玩，我是想去找您。爹爹說娘親的婆婆家離這裡很遠，要騎很久的馬才能到。我就決定要好好學本領，長大就可以去找您。現在您回來了，我更要好好學本領，保護娘親和弟弟。」

秦曼眼底湧起一陣濕意，這個從小失去娘親的孩子，是這麼的敏感，又這麼的讓人疼，這次回來他發現已不再是秦曼的唯一，他應是有點害怕了，所以才以命令的口吻讓茶花搬來他的東西。

秦曼吻了吻他的額頭，輕輕的在他耳邊說：「娘親謝謝瑞兒，我的瑞兒學好本領，等弟弟長大一點，你就教給他。以後娘親不走了，會一直陪著你們倆。」

弘瑞眼巴巴的看著秦曼說：「娘親，我和弟弟一起在這兒陪您好不好？」

秦曼摸摸他的頭說：「我也想要瑞兒陪，只是這個房間太小了，如果瑞兒搬進來就沒法住了。」

弘瑞又問：「那為什麼弟弟就住得下？」

秦曼說：「弟弟住這兒也小呀，只是沒辦法。」

弘瑞抱著秦曼的脖子說：「娘親，那就讓弟弟跟瑞兒睡好了。」

秦曼笑了。「可是弟弟太小，晚上不跟娘親睡，他會尿床，還會把便便也拉到床上，那會很臭的，娘親要教他起床尿尿和便便。瑞兒現在長大了，晚上會自己起來，你不想以後有一個只會尿床的弟弟吧？」

弘瑞一愣，原來娘親帶弟弟睡是要教他不尿床。

他還以為娘親只要弟弟不要他了，弘瑞馬上點了點頭。「瑞兒不要會尿床的弟弟，那樣小夥伴們都會笑話我。那瑞兒不跟娘親睡，等弟弟不會尿床以後也不要讓他跟娘親睡，要不然他會長不大。」

秦曼點了點頭，約定點點長大就不陪他睡，並承諾以後給他做好吃的，弘瑞才答應回房睡。

晚飯時分，王漢勇、劉虎、趙強三家全都過來了，大家都與宋夫人見過禮後分兩桌坐下，王漢勇媳婦來弟緊緊挨著秦曼坐，把快一周歲的兒子送到秦曼懷中。「秦妹妹，這可是託妳的福得來的兒子。小名叫石子，大名還沒取，如今妳回來了，這大名我家那口子說讓妳來取。」

秦曼看著手中結結實實的小石子，黑溜溜的大眼睛直看著她，一點也不認生，不愧是軍爺的後代，好小子膽子不小，真不錯。

聽來弟說小石子的大名要她取，秦曼急忙推辭道：「王三嫂，這可不行。小妹就這點墨水，哪能給小公子取名？還是到鎮裡請個秀才給孩子取名吧。」

旁桌的王漢勇一聽。「秦姑娘不要推辭，妳的見識可不比秀才差。再說了，要不是妳指點我媳婦，這小子還不知道在哪兒，如果妳看得起我們夫妻倆，就給小兒賜個名。」

話說到這兒，秦曼再也不好意思不幫忙了。她不是學周易的人，沒法按孩子的生辰八字、金木水火土五行來取，只是在給兒子取名時了解了一些大概，因此問道：「三哥、三嫂，小石子有沒有給人算過命中有什麼忌諱，五行有什麼缺少嗎？」

來弟忙說：「算過，忌諱倒是沒有，只是五行中說是既缺水又缺火。」

秦曼想了想，名字不但要有意義，還得要朗朗上口，因此問來弟夫妻。「大名叫王燁霖，燁是火加華，霖是上雨下林，你們看怎麼樣？」

「王燁霖？」這個名字真不錯，蘭令修打從內心讚許，他高聲的說了一句。「燁字帶火，表示光明，霖是帶雨，有雨就不會缺水，好名字！」

聽到蘭令修叫好，大夥兒也跟著叫，特別是劉虎說：「王燁霖，小石子以後可是前途光明！知道秦姑娘取的名字這麼好，我家的妞兒和小子也該讓妳來取名。」

秦曼笑著說：「是你們怕我難為情才不笑話我。」

晚飯後王、劉、趙三家各自歸家，留下的幾個男人都齊聚在姜承宣的書房，姜承宣先簡單的說明如何找到秦曼，又是如何找到母親的事。

蘭令修聽說能找到秦曼，是因為在永州購買衣物時找到的線索，就問他。「大哥，你是說以前那幾件新式的衣物是曼兒想出來的，還在永州城裡賣得滿街都是？」

姜承宣欣慰的說：「是的，當時我看著那衣物的式樣，我的全身都在發抖，怕弄錯，還在繡樓前守了三天三夜，終於讓我等到她。」

賀青與李亮一聽立即說：「去年過年時，我們倆還求秦姊姊各做兩套。只是她要我們保密，不讓說出來，哪知道竟是條最重要的線索！」說完一拍大腦，深深後悔。

姜承宣點了點頭。「不能怪你們，我前年一整年的衣物幾乎都是這種新式樣，我本以為是奶娘做的。如果不是曼兒走後，奶娘說那些衣服是曼兒做的，我也不會知道。可是就算知道了，我也沒有想到從這方面去找。」

蘭令修嘆了一口氣說：「還是我們不了解曼兒。不知她在永州過得怎麼樣？」

說起永州的事，姜承宣苦笑著說：「我只用一種平凡女人的眼光來看她，所以我活該受這麼多的罪。聽說這種新式樣衣物，去年冬天做成了什麼絲棉襖、絲棉被，在宮裡很受歡迎。她現在擁有永州第二大繡樓兩成的乾股，聽娘說，還擁有越州青茶鐵觀音的乾股。」

蘭令修佩服的說：「我早就知道曼兒不是一個平常女子。只是當時大哥不是也追查了青茶這條線索嗎？」

姜承宣自責的說：「當初我確實從這青茶入手找的，但是唐家一直說青茶是祖傳手藝，我也就沒有繼續追問，如果當時再用點心力，也許早就找到她了。」

幾人聽說秦曼的經歷後，都深深的讚嘆說：「秦姑娘真是個了不得的女人。」

蘭令修沈思一會兒後問姜承宣。「大哥，以後你有什麼打算？」

「沒有別的打算，想看個日子接曼兒進宣園，以後再好好的彌補她。」姜承宣想了一下才說。

「是的，大哥，儘快吧，小點點長得跟你一模一樣。年後是不是還得送他們母子三人，到京城拜宗祠？」蘭令修又問。

「嗯，是這麼想的。」姜承宣點了點頭。

老關提醒道：「姜爺，還有三個多月就要過年了，如果要辦喜事的話，最好提早點。是不是還要通知京城的老太爺和老爺等人？」

「老太爺是一定要通知的，老爺就無所謂了。但是現在最重要的是把新修的瑞園和衍園弄好，還得整修一下宣園，不過都得先問問曼兒的主意。」姜承宣想起院子的整修。

「那行，大哥你問過曼兒的意思後，讓凌叔負責修繕，老關大哥負責喜事的買辦，各城的禮品鋪就交給我，我帶賀青去。酒廠目前由大哥和四哥負責，冬至酒馬上要準備了，老李大哥帶李亮去訂酒瓶和酒盒。各處的糧食收購就交給三哥和五哥，讓老張協助。大哥你看這樣安排怎麼樣？」蘭令修聽了姜承宣的想法後，思索一會兒便提出了年前的安排，大家都表示贊成。

第二天眾人都按前天晚上的計劃行事。姜承宣一大早就去了酒廠，直至晚飯前才回來。吃過晚飯，姜承宣到麥香院秦曼住的東廂，揮手讓趙嬸和冬梅抱著點點出去，他坐在秦曼的床邊，伸手拉著秦曼坐在懷裡。

秦曼掙扎著要起來，可是他緊緊的把她抱在胸前。「曼兒別動，我有事跟妳商量，就讓我抱一會兒。這一路上十來天的車程，妳都一直避開我，讓我心裡很難過，也很自責，以後別避開我好不好？」

秦曼僵硬的坐在他懷裡，心裡覺得彆扭，坐在一個男人的懷裡，而且是一個一直看不起自己的男人懷裡，讓她心裡很不爽快。

姜承宣見她不再掙扎，也不說話，只得自顧自的說：「二進的大廳兩邊整修出了兩個院子，比這兒要小些，想一個給瑞兒、一個給衍兒，但細部的地方還沒有弄好，想聽聽妳的意見，明天妳去看看還有哪裡要改動。另外就是宣園想修繕一下，妳畫個圖讓工匠按妳的想法改。今天娘叫凌叔去鎮上找人看了日子，十月十八是個好日子，就那一天妳嫁給我好不好？」說完姜承宣深情的看著秦曼。

秦曼淡淡的問：「一定要這麼做嗎？目前這樣過下去不行？」

「目前這麼過？不可能！我要讓妳記上姜家族譜，成為我姜承宣的嫡妻，讓瑞兒和衍兒都成為嫡子。我雖然辭去官位，但還是有功名在身，對孩子們以後的出身也有幫助。

「我知道妳不在乎這些，我更知道妳不想嫁給我，可是妳既然願意跟我回來，我就不會再放開妳，這一生一世，我要名正言順的摟妳在懷裡，不讓任何人有議論妳的機會。」姜承宣看著眼前冷漠的女子，他是多麼希望此時她聽到要成為他的妻，會表現出欣喜的情緒，可是並沒有。

姜承宣內心揪痛，但他不能強求太多，老天已送她回身邊，他應該感謝老天。就算她不在意自己，沒關係，只要能每天看得到她就好。

聽到他說完，秦曼還是冷淡的說了一句。「既然這樣，那好吧。就按你說的做。」已經決定回來，就不要再矯情，成親才是對孩子最好的安排，世界上也不是每對夫妻都有感情的。他們不是沒有，只是已經失去。

姜承宣看了秦曼好一會兒才起身離開，他知道不能急，這個女人的性格是那麼的堅強與倔強，當初誤會她，這苦果也應由自己來嚐。還有一個多月的時間，以後她成了他的妻，他會讓她在他的愛中快樂過日子。

對於宣園，秦曼並未做多大改動，一來是因為她並不積極，二來成形的園子也作不了多大的改動。她只把書房挪到西廂，原書房位置改成另一間臥室，並配置兩間洗漱間。

而秦曼把瑞園和衍園的正廂三間，正中的起居室，作了前後的更改，前面一半鋪的是石板，後面一半鋪的是木板，從土炕下來就能踩在木板上，這樣適合季節變換。

兩邊的臥室做成了一冬一夏之分，冬天的臥室做了炕，夏天的臥室做了張新式的現代版高低床，到時請人做幾床棕墊和竹蓆就能睡得很舒服。

秦曼還為每個臥室配置了一個半現代化的洗漱間。完工後，王、劉、趙三家都來參觀，大家一致叫好，說是也要改成這樣。

十月初十，京城的姜家老太爺帶著太夫人、兒子和兩個孫子來了，姜承宣在門口迎接。

姜老太爺的精神比當初姜承宣離開京城時所見好了許多，一下車見到長孫一家，還聽說十幾年沒見到面的長媳也在府中，更是激動得說不出話來。

姜承宣上前扶住他。「祖父，您一路辛苦，讓孫兒扶您進去洗漱和休息可好？」

弘瑞乖乖的上前，按秦曼的指示叫了聲。「太祖父好！」

姜老太爺顫抖的拉著他的小手說：「好！這可是我的乖曾長孫？」

弘瑞甜甜的說：「太祖父，我是弘瑞，我娘抱著的是我弟弟弘衍，不過他還小不會叫人，我幫他叫一聲太祖父好。」

姜老太爺老淚縱橫。「快去見過你太祖母和你祖父。」

弘瑞看著眼前滿臉不高興的老婦人，他遲疑得不知該不該叫，秦曼用眼神鼓勵他，於是他上前怯怯的叫了聲。「太祖母好！」

姜太夫人「嗯」了一聲，說：「你乖！」

正當弘瑞要叫姜老爺時，姜承宣開口說：「大家先進去吧，外面很冷，一路過來都辛苦了。」

讓原本一臉激動的姜老爺，霎時老臉雪白。

老太爺、太夫人住弘瑞的瑞園，宋夫人和秦曼搬到衍園，姜承宣的兩個弟弟住進凌叔的稻香院。

沒人想到姜老爺會來，宋夫人不想見他，只得讓他暫時住了麥香院。

當天晚上全家人坐在大飯廳裡，這裡有一張新做的，有轉盤的大桌，能坐下二十來個人。炕也改成了三面壁爐，還請人燒了幾只長方形的陶瓷火爐，凳子也是現代棉布式的靠背椅。

桌子上的菜更是不一樣，八大涼菜以素為主，八大銅鍋架在一個小炭爐上熱氣騰騰，八大點心精緻誘人，每個人都可以吃到想吃的菜。

一行人進了飯廳，宋夫人已坐在桌邊，見姜老太爺進來，立即站起來給他見了禮。「宋氏給老太爺請安，感謝老太爺當年救宣兒一命。」

姜老太爺雙手顫顫巍巍的扶住宋夫人說：「都是我的錯，讓妳受了這麼多年的罪。」

宋夫人淡然的說：「哪裡是老太爺的錯，是宋氏命苦。」

天已經下雪了，姜老太爺在姜承宣的攙扶下坐了上位，他見沒有炕，可是飯廳裡卻很暖和，特別是看到桌子、凳子和菜式後，很驚奇的問：「宣兒這桌子怎麼有兩層？這銅鍋還能在桌上燒？真新鮮！」

姜承宣非常得意的說：「爺爺您可沒見過吧？這些都是曼兒設計的。」

聽姜承宣提起秦曼，大家都帶著探究的眼光看著她，不得已秦曼只得給大家見了禮。

一道尖銳的蒼老女聲傳進秦曼耳中。「一個女子最重要的是賢良淑德、相夫教子，出什麼風頭！宣兒，這就是你要娶進門的女人？我們姜家也不是這麼隨便的人家吧？」

第五十三章

秦曼抬眼瞧了瞧坐在老太爺身邊的老太太，這位就是當年嫌棄乾娘的惡婆婆？

姜承宣冷冷的回道：「祖母，曼兒是我這一生所求的良人，請您不要隨便批評。」

「看來沒有娘親教養就是不行，長輩說話也是你能頂撞的？」太夫人見宋夫人一直與秦曼很親暱的樣子，心裡很不舒服。

特別是秦曼在她進門後，給她見了禮便不再理她，使她非常不高興。

當她打聽到這個女人還沒有進門已經生個兒子，她就更不滿意。她覺得這個孩子是不是姜家的，且先不論，身為一個窮秀才的女兒還剋夫，怎麼能當得了姜家的主母？她是千萬個不贊成。

姜承宣冷了臉。「祖母，請恕孫兒不孝，如果您不滿意您可以不管，這是孫兒的事，用不著別人質疑。沒有娘親教，也是祖母以及當年您帶進姜家，教育得賢良淑德的三姨娘的功勞。」

太夫人聽孫子竟然揭自己老底，一下子坐不住，刷白著一張臉就要教訓他。

這時老太爺見太夫人還要開口，厲聲的對她說：「如果妳今天太勞累吃不下飯的話，就去休息。劉嬤，扶太夫人下去。」

一生倔強的太夫人本還要反駁，可是當她看到老太爺眼中的冷淡，孫子的不待見，只得氣悶的說了句。「我不累。」

飯桌上，姜老爺給宋夫人挾菜，宋夫人輕輕的挪開了飯碗，她轉身跟弘瑞說：「瑞兒最喜歡吃什麼？祖母挾給你。」

弘瑞禮貌的說：「謝謝祖母！瑞兒最喜歡吃娘親做的泡菜餅和奶茶。」

宋夫人驚訝的說：「那是什麼好吃的？」

秦曼解釋說：「娘，那是小吃。瑞兒真的想吃了？」

弘瑞撒嬌說：「娘親，瑞兒好久都沒吃到泡菜餅了，凌奶奶和張嫂做的都沒有娘親做的好吃。」

秦曼挾了一把青菜放在弘瑞碗中說：「那行，明天我給你做。不過今天晚上要多吃點蔬菜才行。」

弘瑞高興的說：「好，娘親，明天我還要喝奶茶。」

秦曼笑著許諾說：「好，明天給瑞兒做奶茶。」

太夫人見他們祖孫三人有說有笑，覺得特別礙眼。「不知道食不言、寢不語嗎？這孩子被你們教成了什麼樣！」

姜老爺訕訕的給太夫人挾了一筷子的菜說：「母親，您嚐嚐這豆芽，清脆爽口，大冬天的，這東西可真難得。」

太夫人不服氣的說：「不就是個豆芽嗎？你還以為是根金條？你也是個沒志氣的，連媳婦也拿捏不了！」

姜老爺瞬間臉紅耳赤。

老太爺忽的筷子一扔。「這吃個什麼飯！不吃了！氣都氣飽了！」

弘瑞好奇的問：「太祖父，氣能吃飽嗎？」

老太爺一怔，「噗」的一聲笑了起來。「就是，這鬥出的氣能吃飽嗎？還是我的曾孫聰明，氣吃不飽，那還是吃飯吧。」說著姜老太爺又拿起筷子，繼續吃起來。

姜承宣趕緊把牛肉火鍋轉到老太爺面前說：「祖父，您試試這個，這可是曼兒今天做的新菜色。」

老太爺笑呵呵的說：「是我孫媳婦做的？那我老頭子可得好好嚐嚐。」

弘瑞高興的說：「太祖父，明天娘親給我做泡菜餅，您也來嚐嚐。」

老太爺哈哈大笑。「好，明天早上太祖父一定來吃瑞兒娘親做的泡菜餅。」

十月十七日傍晚，蘭刺史帶著夫人、老夫人和蘭令修夫婦到了姜家，晚飯後姜太夫人來麥香院看望蘭老夫人，蘭家畢竟有官職在身，姜太夫人來拜訪也是應該。

幾人見禮後坐定，蘭令修為大家泡青茶，姜太夫人見到坐在蘭老夫人身邊的袁之穎，高興的問：「這是蘭老夫人的孫媳婦？」

蘭老夫人笑著說：「是我們修兒的媳婦。原本是我姻親家的孫女兒，我捨不得給別人，就讓修兒娶她進門。」

姜太夫人見袁之穎一副大家閨秀的端莊模樣，羨慕的說：「令修少爺年少有為，孫媳婦端莊賢淑，您真是好命。」

蘭老夫人拉了拉身邊的袁之穎。「是呀，我這孫媳婦可是真的不錯。我這把老骨頭，總算是做對了一件事。妳也不用羨慕別人，妳有兩個聰明可愛的曾孫，馬上也有一個很不錯的孫媳婦了。」

姜太夫人「唉」了一聲。「您就不用笑我了，誰知道那女人是個什麼樣的女人，未進門就生子，不知道她是用什麼狐媚手段讓我們宣兒娶她的，一個窮秀才的女兒，哪配得上姜家主母的名分！」

因為蘭令修的關係，蘭老夫人不敢接她的話頭，只得假笑幾聲。

蘭令修聽姜太夫人一番話，心中很為秦曼不值。如果不是大哥是個不錯的人，他會堅決不讓秦曼嫁給他。

姜太夫人見蘭老夫人不說話，她繼續說：「想我姜家也是世家，雖然在京城談不上數一數二，但也是祖上有功名的人家。」

蘭老夫人說：「是呀，京城畢竟有太多的皇親國戚，姜家已經算是不錯的。」

姜太夫人又說：「我這樣說也是怕有辱祖宗，一位當家主母的好壞，影響主家三代人。」

蘭老夫人應和說：「妳這話可說得不錯，當家主母對於大族世家來說，真是太重要了。」

姜太夫人感覺遇到了知音。「所以我再三跟他們說，要仔細考慮當家主母的挑選，可就是沒人聽我的。」

蘭令修泡好茶後給幾位長輩都倒上一杯，他擦了擦手，裝作不經意的問道：「老夫人不滿意秦姑娘？」

姜太夫人不自然的說：「蘭少爺，你說老身說錯了嗎？難道她配得上宣兒？」

蘭令修笑問：「老夫人，聽說姜家前幾年景況不大好，但從去年開始好轉了，是因為瑞豐酒的生意做得不錯吧？」

姜太夫人作為當家主母當然知道姜家的情況，去年下半年開始，瑞豐酒的生意使姜家不再深陷入不敷出的窘境。「姜家前幾年是不大好，但做生意總是有好有壞。瑞豐酒我家孫兒有分，單靠這一樣生意，將來我們姜家的生活只會越來越好！」她一臉自豪，彷彿酒廠就是自家開的一樣。

蘭令修又笑了笑道：「是呀，家窮百事哀！一個大家庭沒有財力的依靠，會衰退得很快。老夫人可知這瑞豐酒是從哪兒來的？」

「不就是我家宣兒與你們幾個兄弟釀出來的？我姜家只要有這個酒在，能衰敗得比秦家更差？」姜太夫人不屑的問他。

蘭老夫人也好奇的看著他問：「修兒，難道不是你們幾個釀出來的？」

蘭令修笑笑說：「祖母可記得前年修兒送給您的綠茶、送給祖父的穀酒，還有今年孫兒送給您嚐的青茶——也就是您及老夫人現在喝的這茶，您覺得這兩種茶味道如何？」

蘭老夫人聽孫子問起那綠茶，立即開心的說：「修兒，那茶味道很好，與這青茶有得比。這兩種茶雖然一細膩、一粗獷，但是一入口有一個共同點，那就是香、濃、先澀後甜。不過你問這個做什麼？」

姜太夫人也說：「那綠茶我是沒嚐過，不過這青茶確實如老姊姊說的一樣，真是好茶！」

蘭令修再次笑著說：「這茶和酒都是秦姑娘的法子，現在她在酒上占一成。」

姜太夫人一聲驚呼。「她占一成？」

蘭老夫人也說：「這一成銀子可不少。」

蘭令修笑著說：「這算什麼？祖母可知越州城打去年開賣青茶後，今年可是全國都在搶，聽說宮中也來訂購。這青茶秦姑娘有二成股份。」

姜太夫人懷疑的問：「蘭少爺，你不是故意說笑的吧？」

蘭令修沒理她，接著又說：「還有就是永州城的珍繡樓，他們的繡品連宮裡訂做都要排隊，如今這京城的女子，哪個不是以能穿『繡之語』的衣服而驕傲？秦姑娘是東家之一。」

聽到蘭令修輕描淡寫的說著秦曼的財產，兩位老夫人均是一副完全不敢相信的樣子，她們對視一眼，都在內心想著：是不是蘭令修編出來的？

看到她們的樣子，蘭令修覺得好笑，這女人與女人之間的差距怎麼就這麼大？

蘭令修再次開口。「秦姑娘自製的綠茶，用她的話說有『四絕』——色綠、香郁、味甘、形美。祖母喝過那茶，但自從秦姑娘離開後，那茶就再也喝不到了。如果這綠茶能夠製作上市的話，恐怕青茶還要遜它一籌，就算讓它成為貢茶也不是難事。」

姜太夫人聽蘭令修說完，立即神情變得訕訕的，她是一個沒有什麼見識的老人，可是她對銀子的理解卻不會比任何一個人差。這蘭府少爺一再說秦曼的財產有多少，怕也不是亂說的。

這個準長孫媳這麼能幹，可出乎她意料之外，但她是個心胸狹窄幾十年的人，要她承認觀念錯誤，那是絕不可能的事！

特別是她比人強的地方就是她的出身，而這個孫媳與她那不對盤的長媳就是出身不好，秦曼就是再能幹，她也絕不會開口稱讚！喝完兩杯茶後，她就跟蘭老夫人告辭了。

袁之穎見姜太夫人要走，立即起身說：「之穎送老夫人出門。」

蘭老夫人看著自家孫子那一副落寞的神情，知道他心中所想，如果當初不阻撓的話，這秦姑娘就會是蘭家的孫媳，是她把這個財神爺推出門的。

蘭令修見祖母一臉的後悔，他安慰說：「祖母不要放在心中，其實是孫兒配不上她。當初我想帶她離開家遠走高飛，可是她說聘者為妻奔為妾。」

蘭老夫人驚訝的說：「秦姑娘真的這麼說？」

蘭令修一臉失落的神情。「她還說，兩個人的婚姻並不僅是兩個人的事，是兩個家族的事。父母撫養我們長大，如果只為了自身幸福而置父母的恩情不顧，是為不孝；如果到了有一天，子欲養而親不在時，那更會後悔莫及！所以孫兒自知配不上她，不怪祖母，是孫兒沒這個命。」

蘭老夫人聽了孫子這一番話，心中更是翻騰不止，今日一見，秦曼的氣度、談吐、相貌、打扮都給她深深的衝擊，這是一個窮秀才能教養出來的女兒嗎？恐怕京城裡那些大戶人家的千金也萬萬不及。

蘭老夫人非常後悔，自己真是老糊塗，什麼門當戶對、什麼大戶教養，明明知道損失了一個好主母，直接影響後三代的成長，可還是被世俗短見所害。

現在的孫媳婦雖然也不錯，可是比起這秦姑娘來，出身什麼的，就更不值錢了，想到這兒，蘭老夫人深深的發出一聲嘆息。

第二天一大早，姜家門口好不熱鬧。只見幾輛馬車一字排開，盧永涯帶著珍繡樓的幾個掌事姑姑，指揮著下人抬著二十四抬的嫁妝進了姜家大院。

凌叔連忙帶人趕出來迎接，盧永涯拱手為禮道：「在下永州盧永涯，奉我姑姑之命，前來為小妹秦曼送嫁，並送上二十四抬嫁妝，請老管家著人接手。」

接著盧永涯又指著幾個管事姑姑道：「這是珍繡樓的幾位姑姑，特地從永州趕來喝小妹的喜酒。」

凌叔連忙回禮道：「盧老闆請！我家少爺正在準備拜堂事宜，請隨老奴來。」

午時一到鑼鼓響起，嗩吶也吹起了拜堂曲，姜家一位遠房堂叔宣布拜堂儀式開始。

秦曼並不像別的新嫁娘一樣，一大清早就起來被人折騰，她只是讓冬梅和茶花抬了水進房間，泡過澡穿好嫁衣，然後再化了個淡妝，就算準備完成。

她沒有把這婚禮當成是真正的婚禮，嫁衣是珍繡樓的姑姑早就送來的，她也沒有多添一件新衣、新首飾，因為她不相信姜承宣的愛。

如果說要給孩子一個身分、一個家，那這樣最好，沒有情就不會傷心，沒有愛就不會有恨，人生還是平淡點好。

剛穿好衣服，喜娘就來拍門，秦曼在喜娘的攙扶下，去了大廳。

剛一站穩，司儀就喊道：「新郎、新娘面向大門，一拜天地、二拜高堂、夫妻對拜，送入洞房！」

就這麼一下子，秦曼被喜娘扶著從一個院子進入另一個院子。進新房後，幾個小的一直在叫喚：「揭蓋頭！」

喜娘上前遞給姜承宣一根喜秤，他手有點發抖，在大家的催促下才挑起蓋頭，他看到的是一張豔若桃李，可表情平淡的臉。

姜承宣強裝笑臉但內心苦澀，他的曼兒並不期待這一場婚事，這一場他用盡心思和精力籌備的婚事，她根本不想要！內心糾痛感不停的傳來，他手腳一陣陣的發冷。

眾人見姜承宣的呆樣，看熱鬧的人以為他見新娘這麼漂亮看呆了，立即起鬨說：「新郎、新娘快喝交杯酒。」

喜娘立即拿起桌上的交杯酒遞給兩人，秦曼拿著酒杯，微笑的看著大家，挽過姜承宣的手臂，一飲而盡。

別人看到的是新娘子的爽朗，而姜承宣看到的則是新娘子的無所謂。

與姜承宣一起從戰場上退下來的都是鐵哥兒們，見兄弟苦盡甘來，終於抱得美人歸，大家都開心歡笑、齊聲祝福。「祝大哥、大嫂早生貴女！能與我們結成兒女親家。」

「大哥可得加把勁，我們都有小子在等著。」三位已有子女的兄弟興奮說著。

留下兩個丫鬟在房間裡陪伴新娘，其餘的人都前去大廳，馬上就要開宴，新郎要開始敬酒了。

姜承宣用那雙充滿失落的眼，深深的看了秦曼一眼，然後摸著胸口，拖著沈重的雙腳，在眾人的打趣中走出新房。

第五十四章

秦曼故意忽略他的眼光，坐在床上，讓冬梅拿出平常穿的衣服來換下，然後吃點東西，開始休息。

古代就這一點好，不像現代的婚宴上，新娘得與新郎一桌一桌敬酒下來，結束後倒在床上連動都不想動了，哪還有力氣進洞房。

不過她今天是不打算進洞房了，要成親是姜承宣的堅持，更是為了給孩子一個身分，這個新婚不是她秦曼的，只是姜承宣一個人的。

秦曼不否認，當她看到姜承宣那一副蒼白乾瘦的模樣心很痛，只是這心痛並不能看作是愛。她不再想愛，她的愛還在萌芽狀態就被他狠狠的掐斷，她不會再讓它們重新發芽，更不會讓它們茁壯成長。

姜承宣進入新房時已經完全醉了，他紅著雙眼看著秦曼流下眼淚。「曼兒，不管我如何做，都不能再得到妳的心，是嗎？妳真的不能愛我了嗎？」

秦曼沒有回答他，只是幫他脫下外衣。「你醉了！先睡吧，明天還得早起敬茶。」

姜承宣其實很清醒，他害怕面對秦曼，只得借酒醉來問出心裡的話，可秦曼的迴避，讓他心灰意冷，一行清淚從眼眶順著腮邊掉在地上，然後他仰面倒在新床上。

看到姜承宣心灰意冷的樣子，秦曼有一股衝動，想要吻去那兩行淚。

可是她不敢，她怕心會淪陷。她只得拚命阻擋不捨的情緒，為的是守住那顆再也傷不起的心。

第二天一大早，來喝喜酒的客人紛紛告辭回家，秦曼與姜承宣送盧永涯一行人出門時，盧永涯再三交代。「小妹，有什麼事儘管送信回永州，有空回家去看看姑姑。如果妹夫對妳不好，妳就回來，盧家養妳。」

姜承宣聽到盧永涯的挑釁，如果不是怕秦曼生氣，會狠揍他一頓，可是此時不能，只能狠狠的瞪著盧永涯，內心不斷的罵著：還不快滾，我的娘子不用你養！

看到姜承宣一副要他快滾的神色，盧永涯很開心。如此輕易就娶得這麼一個靈巧美麗的女子，如果不乘機為難一下，還真是便宜了這男人。

盧永涯挑釁的看著姜承宣，問秦曼。「曼兒，新春過後，妳真的不要我來接妳？」

姜承宣恨不得一拳打在盧永涯的臉上，但他畢竟是經歷豐富的男人，並不會莽撞的讓盧永涯的挑釁得逞。「大舅子真的不用辛苦，到時妹夫自會送夫人過去，我哪捨得她一個人在外辛苦奔波。」

盧永涯見姜承宣臉上說著「夫人」二字時，洋洋得意的臉色，心下有些黯然，他不動聲色的說：「那就辛苦妹夫了，希望到時能見到你。」

雖然客人離開得差不多了，但姜家的長輩似乎在這兒住出興致來了，他們沒有一點要走的意思，勉為其難，秦曼只得重新安排大家住下。

新婚第二天晚上，秦曼把點點抱到床上，她覺得如果總是兩個人相處，一定會很尷尬。

姜承宣洗漱進門後，見到的就是這樣一幅畫面——巧笑嫣然的娘子正與兒子開心抱在一個被窩中格格的笑，而另一個被窩則被孤單的鋪在床沿。

沒有說些什麼，姜承宣安靜的躺下後才說：「曼兒，我先睡了。」

衍園正廂，宋夫人正在收拾著各家送來的禮，姜老爺「撲通」一聲跪在宋夫人腳下。「明蘭，我錯了！」

宋夫人一怔，她有些驚慌的問：「姜老爺，你這演的是哪一齣？」

姜老爺聽到宋夫人的稱呼，難過的問：「妳再也不肯叫我一聲阿欽了嗎？」

宋夫人雙手緊緊握了握，穩定心神才回答他。「姜老爺，宋氏哪能這麼無禮？就算是江湖女兒出身，但這基本的規矩我還是懂的。您快起來，要是讓姜太夫人看到了，怕是不好。」

姜老爺固執的說：「明蘭不肯原諒為夫，為夫就跪到妳肯原諒為止。」

宋夫人冷冷的說：「那您愛跪就跪吧，我有事先出去了。」

一見宋夫人要走，姜老爺立即爬起來攔住她說：「夫人不要走，我有話要跟妳說。」

宋夫人淡淡的說：「這樣孤男寡女的同處一室，會被人說閒話的。」

姜老爺懇切的說：「夫人，人說一夜夫妻百日恩，我們做了十六年的夫妻，難道這點時間都不肯給我？」

宋夫人冷笑著說：「一夜夫妻百日恩？當年要我性命時，你可沒講什麼恩。」

姜老爺一臉悲哀的看著眼前的髮妻。「如果不是妳硬塞三姨娘給我，怎麼會有當年的事？」

宋夫人心中一怔，可是她覺得自己更委屈，想起以前的事就激動萬分。「我塞給你，你就要嗎？我不硬塞給你，我敢嗎？我一個小鏢局主的女兒，嫁進你們這大家世族，被你母親百般挑剔，就算生兒育女，就算賢良淑德，還不是得不到你們的滿意！」

姜老爺上前一步，將激動的宋夫人摟在胸前。「妳為什麼不敢？妳是我心愛的女人，可是妳卻推一個女子到我懷裡，妳可知道，當時我的心是多麼的痛。我以為妳是愛我的，妳不會容許跟任何女人分享我，可是我錯了。」

宋夫人冷冷的問：「我推給你是被逼無奈，可是你上她的床也是我逼的嗎？」

姜老爺痛心疾首的說：「是我傻，我以為妳不愛我，那我跟哪個女人上床不都一樣？當妳出事時，我幾乎快瘋了，哪裡還能分辨出真假。」

宋夫人冷笑。「現在你要怎麼說就怎麼說，我不想再跟你多糾纏。你我都一把年紀，還是安安靜靜的度過剩下不多的日子吧。」

姜老爺堅決的說：「不，當我醒悟一切後，我就決定，要是有生之年還能見到妳，我就只為妳活著。」

宋夫人冷淡的說：「我不要！我不想看著你過日子。你走吧，京城還有你的姨娘和孩子，你就不要留戀這裡了，宣兒是我的，孫子也是我的，跟你沒有任何關係。」

姜老爺難過的說：「我不逼妳，我也不再說什麼，我會等妳原諒我的那一天，哪怕是要等到我入棺材的那一天。」

看著姜老爺踉蹌的背影，宋夫人閉上眼睛坐在床上，兩顆淚珠滑下臉頰，「啪」的一聲掉在手背上。

最近正是冬酒釀造的時候，姜承宣每天都是早出晚歸。臘月初八這天，秦曼按前世老家的習俗給大家做了臘八粥做早餐，吃得弘瑞大叫還要。

成親已快兩個月，一直以來秦曼與姜承宣的相處倒真的是相敬如賓，若沒有什麼特別要問的事，兩人也就沒再交談。

今天的天氣還不錯，回來這麼久了，秦曼還一直沒有出來走動過，早就聽洪平說，花兒、虎子幾個孩子和姚奶奶都來打聽過她，趁著天氣好，秦曼抱著點點，帶著弘瑞及茶花和冬梅去看他們。

回來走近大門口時，發現一群人在挨家挨戶的討飯，秦曼覺得很奇怪，開口叫趙嬸把早上剩下、還熱在爐子上的臘八粥分給大家，並詢問他們為什麼這麼冷的天氣，還要來討飯。

要飯的人見這東家很客氣，就告訴她說今年北方亂了好幾次，田裡基本上沒什麼收成。還說從九月開始就下大雪，一直沒有斷過，許多家畜都凍死了，不出來討飯就沒活路了。他們為了不讓孩子餓壞，就讓老少都留在家吃僅存的糧食，年輕一點的就出來討飯、打零工過日子。

秦曼深深的嘆息，這封建帝王的時代，生產力又低，有糧有錢也要先保障好皇親國戚，老百姓就無暇顧及了。

秦曼心思轉了一下，最後告訴他們。「從這兒往東走五里，有一家酒廠，往年這個時候他們都會招工，你們可以到那兒去問問他們是不是缺工人。」

眾人聽她這麼一說，都齊聲感謝道：「謝夫人指點，我們這就去碰碰運氣。」

晚上姜承宣回來後，對大家說：「今天來了一批流民，廠裡正是冬酒多產的時候，正好要用人，我們幾個兄弟商量了一下就收下了。因為多了人力，能產的酒也會更多，所以我得看著，不能每天回來，曼兒，妳給我準備一些被褥和一些換洗的衣服，送去廠裡。」

秦曼想姜承宣說的是事實，但她又覺得，似乎也沒有到得住在酒廠的地步，內心一動，想著：他是不是藉口不想回來了？

想到這兒，秦曼內心有一種說不清的失落感，雖然成親一個多月，他們都各睡各的，可是晚上醒來一聽到他的呼吸聲，她就會覺得特別安心。

當天晚上姜承宣就去了酒廠，秦曼帶著點點睡在大炕上，頓時感覺到很孤單。雖然趙嬸和冬梅都睡在院子西廂裡，但她還是感到有點害怕。

她不斷回想著到這個世界時的點點滴滴，與姜承宣的恩怨，撫著胸口喃喃自問：「難道我真的做錯了嗎？我說了不愛的，可是為什麼看到他一臉失落，我會心痛？」

還有幾天就是小年夜，姜承宣這一去酒廠也不知什麼時候回來。秦曼很不安，她很想去酒廠看看，可是她又不敢去。

這天早上，秦曼給點點餵好飯，就讓他的太爺爺、太奶奶帶走了，近來兩老總算找到寄託，沒事就逗逗兩個小曾孫。

姜老太爺原本對秦曼沒什麼特殊的感覺，可這些天來見她畫出許多精緻的酒瓶圖樣不說，還在禮品酒的包裝和銷售上提出不少好點子，特別是昨天聽凌叔說起這些年來的一切以及瑞兒的事，讓他對這個孫媳婦已是百分之百的滿意。

姜太夫人在得知秦曼的能幹後，也不敢找她碴，加上還有一個乾娘兼婆婆的宋夫人護著她，在這姜府的日子倒也過得很安靜。

趁著天氣好，秦曼把被子放到院子裡的椅子上曬曬，這是兩床盧永涯帶來的真絲被，翻曬一下會更暖和。

正在給被子撢塵，曬了一個時辰，吃過午飯翻動一下，再曬一個時辰就可以收起。

「少奶奶，您在哪兒？」前廳傳來冬梅驚慌失措的叫喊。

秦曼聽到冬梅的叫聲，立即答道：「冬梅，慌慌張張做什麼！我在內院，有什麼事？」

冬梅聽到秦曼的聲音，立即哭了起來。「少奶奶，快，您快到門外，剛剛洪平傳訊來，說少爺從屋頂掉下來，凌叔已經趕去了，洪平也去城裡請大夫了。」

「什麼？不可能！妳聽錯了！」秦曼聽冬梅說姜承宣出事，頭腦瞬間一片空白，手中的雞毛撢子掉落地上，雙腿一軟，人也跟著坐在地上，她受到驚嚇頻頻說道：「妳一定是聽錯了！他不會出事的！」

冬梅見狀，嚇了一大跳，趕緊去扶她。「少奶奶，您怎麼了？您可不能出事，少爺還要您照顧，少奶奶您快起來。」

雙腳無力的秦曼在冬梅的攙扶下勉強站起，她再一次的問冬梅。「他一定不會有事的，對不對？一定是妳聽錯了，對不對？」

冬梅看著雙手發抖、兩眼無助的秦曼，哭著說：「少奶奶，您說得對，少爺一定不會出事的。我們先到門口等，一會兒凌叔就會帶少爺回來。」

聞言秦曼立即對冬梅說：「快，冬梅，把被子抱到床上去，一會兒他回來就可以休息了。」

冬梅立即抱起一床被子與秦曼進了臥室，兩人鋪好床後，才急急忙忙的走出內院。

這時一家人聽到洪平的口信，都已集中到前廳，見到秦曼過來，宋夫人立即抱住她哭了起來。「曼兒，怎麼辦？宣兒一定不會有事的，是不是？」

在這裡的都是姜承宣至親的人，秦曼這時更是六神無主，忐忑不安，被宋夫人抱住後，緊緊的擁著她說：「娘，您別害怕，他不會有事的。他答應過我，在瑞兒兄弟沒有長大之前，他絕不會讓自己有事。」說完已聲音哽咽，淚流滿面。

大家正在慌張之際，大門口一陣馬車聲傳來，凌叔帶著幾個人抬著一副擔架進了院子。

宋夫人一見躺在擔架上臉色蒼白、雙眼緊閉的姜承宣，馬上撲上去一聲慘叫。「宣兒，你是怎麼了？別嚇娘，快醒醒！」

凌叔上前一步，扶著宋夫人說：「夫人，您別擔心，少爺一定會沒事，大夫馬上就到。奴才先送少爺回房。」

凌叔接著說：「等奴才把少爺放在床上後，少奶奶給少爺簡單擦拭一下即可，待大夫看過後再打算。」

知道凌叔有醫術在身，秦曼先穩定心神，立即吩咐趙嬸和紅姨送水去宣園，也趕回去做準備。

大夫在一個時辰後趕來宣園，他認真的給姜承宣把脈後才說：「外傷你們處理得很好，只是內傷有點重，內傷不是摔傷造成，是老毛病。近期內病人是否有正常吃藥？身體調理還沒到位，若不定時進食，心緒不佳，又太過勞累，這可不是好現象，長此以往，這人活不過十年！」

「什麼，宣兒有生命危險？」宋夫人立即揪住大夫不放，又問道：「只要好好調養就不會有事？大夫，您說的是不是真的？」

大夫立即解釋說：「夫人您先不要急。現在病人昏迷是因為瘀血堵在體內，好在施以針灸及時讓他吐了出來，如果明天早上能醒來，他就會沒事。接著只要好好調養，不要再出現操勞及飲食不定等情況，就不會損命。」

原本已停止哭泣的弘瑞兩兄弟，剛才又被宋夫人的舉動給嚇得再次哭了起來。房間裡人多聲雜，見兩個小的不停的哭，秦曼抱住點點，又用一隻手摟住了弘瑞，說：「乖，別哭了，爹爹不會有事的。瑞兒是哥哥，先陪著弟弟，等爹爹醒來再跟你們玩，爹爹現在睡著了，我們不吵他睡覺好不好？」

弘瑞畢竟大了，已經有點懂事，聽娘親說自己和弟弟的哭聲會吵到爹爹睡覺，立即乖覺的點頭，停止哭泣，並開始安撫弟弟。

見兩兄弟沒事，秦曼告訴弘瑞，讓他帶弟弟到外面玩，這裡留給大夫替爹爹治病，這才把兩兄弟交給點點的奶娘帶走。

等大夫把過脈後，眾人都移步到起居室，詢問大夫姜承宣詳細情況，然後準備去煎藥。

秦曼等大家走後，才在姜承宣的身邊坐下，她看著床上毫無生氣的姜承宣，眼淚止不住的流了下來，輕輕拉過他的一隻手，放在臉上不停的摩挲，一句話也說不出來。

第五十五章

下人端藥進來時，秦曼坐在床上，在洪平的幫助下，扶起姜承宣，靠在她的懷裡坐起來。

宋夫人親自接過藥碗，用勺子舀起藥放在嘴邊，輕輕的吹了吹，才放進姜承宣的口內，可是姜承宣此時牙關緊閉，怎麼樣也無法餵進他嘴裡。

宋夫人邊餵藥邊哭著說：「宣兒，你吃藥呀！吃了藥你就會好了。」

面對毫無反應的姜承宣，宋夫人哭得臉色發青，姜老爺緊緊的扶著她，讓她靠在胸前。

秦曼也伸手安撫了一下宋夫人說：「娘，別哭，承宣只是睡著了，一會兒就會好起來的。」

站在一旁的姜老爺扶著宋夫人說：「夫人，妳別傷心，兒媳說得對，宣兒只是睡著了，妳別吵著他。」

宋夫人這才止住哭泣，但沒有發現自己靠在姜老爺的身上。

秦曼伸手從托盤上端起藥，含了一小口，然後低下頭，嘴對嘴一口口把一碗藥全部送進了姜承宣的腹內。

姜老爺夫妻見秦曼這麼用心對待兒子，內心充滿感動，在秦曼的勸說下，他們才離去。

秦曼留下洪平問道：「洪平，剛才人多事多，我也沒得空問你事情的經過。為什麼你們少爺這次會出這樣的大事？為什麼會從屋頂掉下來？以他的功夫，就算真的沒注意，也不至於會傷得這麼重呀。」

洪平立即跪在秦曼跟前說：「奴才罪該萬死！是奴才沒有照顧好少爺，他才會這樣的。」

秦曼知道姜承宣的固執脾氣，輕輕的對洪平說：「你不要將責任都攬在身上，你先起來，我知道少爺的脾氣，不是你能勸得動的。現在你從頭到尾把事說一遍。」

洪平知道少奶奶是個親和的人，她不喜歡別人在她面前下跪，洪平站起來立於秦曼的下首，認真回話。「少奶奶，那天去酒廠的時候，小的就按您的交代每天給少爺準備調理內傷的藥，可是廠裡近來太忙，今年冬酒的訂量已經安排到年前最後兩天，因此得日夜不停的做。」

秦曼問：「不是收了一幫流民幫忙嗎？怎麼還會這麼忙？」

洪平說：「收了流民後，確實讓廠裡的長工鬆口氣，有人打下手，活兒就輕鬆多了。可是新工沒有技術，幾個師傅沒人能幫得上，少爺為了讓師傅們能輪流休息，他總是給師傅們頂上兩個時辰。我送去的藥他也總忙得忘了喝，加上他吃飯又不規律，這病就更沒有好起來。再者奴才不知道為什麼，少爺一直很不開心，飯吃得少，覺也睡得少，就算是躺在床上，他也是睜大眼睛發呆，而且還常一個人半夜起來喝酒。」

秦曼大吃一驚。「什麼？他半夜起來喝酒？他真的是不想活了！你為什麼不勸他？」

洪平委屈的說：「少奶奶，奴才勸過好幾回，他總對小的說，只有喝醉他才不會想。奴才不知道少爺說的是什麼意思，也沒辦法幫他。」

秦曼又問：「那今天是怎麼回事？」

洪平說：「今天上午酒廠的屋頂遭一棵被大雪壓斷的大樹給打壞，少爺就上去修了。本來奴才不讓他上去，因為少爺昨夜坐在窗前喝了一晚的酒，嘴裡嘟嘟囔囔的說什麼自作自受、再也沒希望……反正翻來覆去就是這麼幾句，直到快天亮他才休息，但沒睡到兩個時辰又起來，整個人精神很不好，臉色也很差。可他說一時也沒辦法找人修，反正他會弄，就不顧奴才勸阻上去了。今天放晴，雪亦開始化了，但溫度太低，化的雪立即又結成冰，少爺上去時，看起來很小心，可是在拉那樹枝時，一不小心腳踩在冰上就滑倒摔了下來！」

洪平邊哭邊說，這個十八歲的大男孩，內心後悔極了。

秦曼聽了洪平的敘述，內心翻江倒海般的亂，不是洪平的錯，是她的錯。她只顧著舔舐傷口，自以為是的認為古人不會懂愛情，卻忘記她也給了別人傷痛。

冬梅送來晚飯，秦曼揮手讓眾人退下，一個人呆呆的看著眼前的飯菜，她沒有一點食慾。

但是她知道，不吃飯就沒有辦法照顧床上的姜承宣，勉強的拿起筷子吃了半碗飯、喝了幾口湯。

洗漱之後，秦曼披了件棉衣坐在姜承宣的身邊，不時的捏捏他的手臂，摸摸他的頭臉，看著臉色蒼白毫無生氣的那張臉，她心裡很難過，臉埋在姜承宣的大手中，便嗚嗚的哭了起來。

時辰已很晚，秦曼才在姜承宣身旁累極睡下，可她幾乎沒有合眼，不是摸摸他的手、胸口，或額頭，就是伸出雙手緊緊的摟著他，她好怕他不再醒來！

第二天一早喝過兩次藥後，姜承宣還是靜靜的躺著，幾位長輩都來看過，又請了昨天那位大夫過來。

他是鎮裡最好的大夫，再度給姜承宣把脈，沈默很久才開口說：「這位爺的內傷基本上無礙，只要好好調養，七天以後就沒事。按理說今天早上應該會醒來的，可老夫剛才把他的脈，發現他的脈象很沈，感覺像是一個沒有求生意志的人。」

宋夫人急忙問：「大夫，您為什麼說他是一個沒有求生意志的人？難道我兒子是不想活了？」

老大夫急忙說：「不，夫人您別急，我只是說他沒有強烈的求生意志，簡單的說，就是能活也行，活不了也就算了的那種意思。難道病人有什麼心事嗎？」

宋夫人說：「不可能！宣兒怎麼可能會這樣？他剛娶妻，他有爹娘、有兩個可愛的兒子，還有一對年過七十的祖父母，不可能沒有強烈的求生意志，他可能是太累了，大夫才會覺得他的脈象沈。」

老大夫想了想覺得也是，這麼年輕的一個人，家庭條件也這麼好，家人又相處和睦，確實不該會有不想活的念頭。

想到此老大夫再次開口了。「也許是老夫所言有誤。但是一定要讓病人醒來，今天不醒來，明天醒的機會就更小了，你們有空不妨在他跟前多講講讓他開心的事，也許聽了那些事能讓他醒來。」

宋夫人聽老大夫這麼一說，立即坐在姜承宣的身邊，開始呢喃嘮叨起來。「宣兒，我是娘。你別睡了，起來走動走動吧！你可真不是好孩子，娘有十幾年沒看到過你，有好多的話沒跟你說……」

一個上午宋夫人都守在床前，在他的耳邊述說著小時候的事。

吃過中飯，姜老太爺也說了一個多時辰，可是床上的姜承宣依舊沒有反應。

兩人都很傷心，這時宋夫人對秦曼說：「曼兒，妳來吧，也許宣兒想聽妳說話呢。」

秦曼走上前坐在床前，雙手拉著姜承宣的大手說：「相公，你要快點醒來。娘親、爺爺、祖母、老爺還有瑞兒兩兄弟都在等著你醒來。我跟你說，我昨天又想到了一種酒的推銷方法，這個方法一試行的話，我們家的酒會銷得更好……」

宋夫人、老太爺、老太太、老爺以及凌叔、凌嬸等人都在床邊講了很多以前的、以後的，知道的、不知道的事，等大家都筋疲力盡時，姜承宣還是一動也不動。

宋夫人嚎啕大哭，神情萎靡，最後在大家的勸說下，才被姜老爺強行帶回去休息。

凌叔、凌嬸與洪平等人要秦曼去休息，換他們來守著少爺，秦曼堅決不同意，因為就算是躺在床上，她也無法入眠。

昏暗的燭光照在姜承宣的臉上，看不到一絲血色，秦曼再仔細的檢查了蓋在姜承宣身上的被子，直到發現沒有一個地方會進風後才坐下。

秦曼伸手進被窩，拉住姜承宣的手說：「宣，你快醒來，我撐不住了！我告訴你，我決定不再跟你嘔氣，只要你醒來，我會重新愛你，和你一起好好的過日子。我還想跟你再生一個孩子，最好是一個女兒。你不知道吧，我在生咱們點點時差點沒命，我當時就在想，如果哪一天你來了，我得狠狠的咬你一口，那時我真的好疼、好疼，全身像被車輾過，又被鋸開一樣的痛！在我快要陷入昏迷時，我發現你看著我在哭，你揪著胸口的衣服，彷彿要死去一樣，那時我一激動，就再次在產床上醒來，想到肚子裡有我們的孩子，憋了一口氣，用盡全身力氣生下兒子。你看，咱們的兒子是不是跟瑞兒一樣可愛？」

見姜承宣仍舊沒有動靜，秦曼又接著說：「生衍兒的時候雖然九死一生，可是能生個這麼可愛的兒子，我覺得還是很值得，我真的好愛他！我跟你說，你是我第一個愛上的人，雖然我以前也交過男朋友，但我沒有愛上他們，只有愛過你這個壞蛋，但你也把我的真情踐踏得一文不值。你可知道，我好喜歡你抱我的感覺，你的雙手又大又有力氣，你的胸口寬厚又溫暖，你的味道既清新又好聞，你說我是不是很沒出息？」

秦曼閉著眼，把臉貼在姜承宣的手心裡。「我跟你說，我無數次的告誡自己不要愛上你，可我還是很沒志氣的又愛上了你，我是不是好傻？你醒來時可不要笑話我，喔，不，你醒來吧，我讓你笑話我一生，誰叫我這樣沒志氣。我堂堂一個現代高級女知識分子，用你們古代的話來說，最少也是個兩榜進士，哪能就這麼被一個思想落後我幾千年的男人給擄獲了心？可現在我告訴你，我不怕你笑，我要勇敢的告訴所有的人，是我秦曼愛上你姜承宣，不管你愛不愛我，我就是要跟你糾纏到底，至死方休……」

秦曼不停的在姜承宣的耳邊呢喃訴說，夜已深，看著依然躺在床上的姜承宣一動也不動，秦曼氣得狠狠的說：「好吧，姜承宣，你有種，你想死是不是？你這個懦夫！你說你自作自受，對，你就是自作自受，你以為你不想活了就會讓我此生難安？你錯了，我告訴你，如果你死了，我就帶著你的財產、你的兒子嫁人，讓你的兒子叫別人爹，長大後去孝順別人，然後我再給別人生幾個可愛的孩子，叫他爹、叫我娘，我要活得快快樂樂，讓你在地下氣死！」

「不要……」正在痛哭的秦曼，聽到姜承宣虛弱的聲音傳進耳朵，立即停止哭泣，激動的放開一隻手，拿起床旁小几上的燭檯照著姜承宣的臉，只見他微微的睜開雙眼，無力但渴求的看著她。

第五十六章

秦曼放下蠟燭，雙手捧著姜承宣的臉不停的親著。「你這個壞東西，你就會嚇我！嗚……」

姜承宣吃力的挪動手臂，把秦曼摟在胸前說：「別哭，是相公不好！以後我讓妳打我出氣。」

秦曼不理他，掙扎著要爬起來，姜承宣哀求著說：「曼兒妳別動。就讓我抱一會兒，我好久都沒抱過妳了，這裡很想、很想妳！」說著拉來秦曼的手放在胸口。

秦曼伏在他胸前，仔細聆聽他還很微弱的心跳，在聽到他醒來時說的那一句話，她彷彿聽到了仙樂一樣。「相公，我去告訴大家你醒了的事！從你昨天中午出事開始，爹娘、爺爺奶奶、凌叔凌嬸他們幾乎都沒休息過，我去把你醒來的消息告訴他們，讓他們放心。」

姜承宣此時像個孩子，使性子的說：「不要，我不要娘子走開。叫門口的人去告訴大家一聲，今天先不要過來，明天早上再說。」

沒辦法，病人最大，秦曼站起身去門外叫了一聲。「洪平，你過來一下。」

洪平立即從西廂房跑了過來。「少奶奶有什麼吩咐？」

秦曼說：「你家少爺醒了！告訴大家一聲，他剛醒來精神很不好，他說明天早上再請大家來看他。」

洪平歡欣鼓舞，高興的說：「少爺醒了？真的太好了！小的馬上就去告訴凌叔，明天早上再讓人來看他。奴才告退。」

秦曼回到床邊時，姜承宣用力掀開身上的被子，讓秦曼躺在他懷裡。

秦曼此時不再矯情，只要他好好活著，她一切都不想去計較了。

睡在他的懷裡，聞著他身上充滿藥味的男人味，依戀著他的胸口，一股熱淚湧出眼眶，秦曼伸出雙手緊緊的抱著姜承宣的脖子。「你能活著真好！嗚……謝謝你姜承宣！謝謝你還活著！嗚……」

看著在胸前又哭、又笑、又說的秦曼，姜承宣側了側身，雙手緊緊的抱她在懷裡說：「不要哭了！我一定會好好的活著，活到我們一起變老，活到我們的孩子做爺爺奶奶。可是妳不能有帶著我們的孩兒嫁別人的想法，妳這一輩子，不，最好是幾輩子都是我一個人的！」

秦曼眼睛泛淚卻笑了。「我哪有想嫁別人！還不是說什麼你都不醒來，我才氣得口不擇言。」

姜承宣親了親秦曼的頭頂說：「以後不許說這話，妳說妳是愛我的，妳不能反悔。以後我們還要生幾個孩子，讓他們圍著我們，叫我爹、叫妳娘，好不好？」

秦曼含著淚說：「好，只要你趕快好起來。今天我們休息吧，明天爹、娘、祖父母，還有很多關心你的人都要來看你。」

姜承宣乖乖的說：「好，讓我抱著妳睡，否則我睡不踏實。」

秦曼撒嬌著說：「你就會騙我。」

姜承宣發誓說：「我再也不會騙我最愛的曼兒了。能讓妳回到我身邊，是老天的眷顧，從今以後，要是我對不起曼兒，就讓我……」

秦曼急了。「不許亂說！我相信……」最後她用小嘴堵住他的誓言。

第二天一早，姜承宣的房間擠滿人，秦曼想要離開，可是他緊緊的握著她的手不放，宋夫人滿意的笑著說：「好媳婦，妳就陪陪我兒子吧。」

秦曼臉一紅。「娘！」

匆忙趕到的蘭令修看著如此親密的兩人，由衷的笑了。「大哥，你要快點好起來，就快過年了，還等著你帶新媳婦到我家串門子。」

姜承宣感激的看著蘭令修。「六弟，哥哥會儘快好起來的，我答應你的事，你只管放心，一定會辦到。」

蘭令修壓抑內心的失落，說：「我相信大哥！」

這時門外弘瑞跑進來大叫：「爹爹，您醒了嗎？我告訴你，弟弟會叫爹爹了。」

姜承宣靠在床頭，看著可愛的兒子，頓時淚湧眼眶。「瑞兒，弟弟真的會叫爹了嗎？」

弘瑞用力的點頭說：「爹爹，瑞兒昨天有教弟弟叫爹，弟弟好聰明，我教他一個下午，他就會叫了。」

這時奶娘正帶著弘衍走進來，秦曼伸手接過孩子，把他放在姜承宣身邊，弘瑞教了起來。「弟弟，叫爹。」

弘衍看到一屋子的人，他左看看、右看看，不開口，弘瑞急了。「弟弟乖，跟哥哥一起說，爹。」

「爹。」聽著含糊不清的一聲爹，姜承宣感動得就要坐起來抱他，秦曼立即說：「不許起來！你得等大夫看過才能起來。」

姜老太爺高興的說：「對，還是我孫媳婦懂事，宣兒你好好的給我躺在床上，要是大夫沒說讓你下床，你就得給我躺著。」

姜承宣不樂意的說：「爺爺，我真的沒事了。」

姜老太爺說：「沒事也不行。」

老大夫來後仔細的給姜承宣把了脈，驚奇的說：「這位爺，您昨天吃了什麼靈丹？明明前天的脈象是那麼的弱，怎麼才一天多一些的時間，就跟沒生過病一樣？」

秦曼開心的問：「大夫，我相公真的沒事？」

老大夫一瞪眼。「少夫人這是不相信老夫的醫術了？」

秦曼笑得眼淚流了出來。「不是的，大夫，我是太高興了！謝謝大夫。」

老大夫說：「不用謝我，我也沒開什麼妙方，是這位大爺的體質好。」

姜承宣看了秦曼一眼，對老大夫說：「大夫，您不用奇怪，我的病能好得這麼快，是我娘子昨天給我靈丹妙藥。」

老大夫驚訝的問：「小夫人竟有如此靈丹？」

秦曼掐了姜承宣一把。「大夫，我相公跟你打趣呢。他這外傷要不要再用點藥？」

老大夫笑笑說：「我看不用，這位爺有小夫人的藥，老夫的藥不喝也罷。」說完就出了房間。

眾人在外間聽了老大夫的話後，一個個才放鬆下來，宋夫人顫抖著雙手拉著姜承宣的手說：「宣兒，以後你再也不許這樣嚇娘！」

姜承宣愧疚的說：「對不起，娘親，兒子不是有意的。」

宋夫人抹著淚說：「以後不管有什麼事，都要好好說出來，要是再有這樣一回，娘和曼兒怕是也過不下去了。」

姜老爺扶著宋夫人說：「夫人，宣兒已經醒來，大夫也說休息三天他就沒事，妳這兩天都沒合眼，為夫扶妳回去躺一會兒。」

姜承宣聽說娘因為擔心他，兩天都沒睡，他懇求說：「娘，您先去休息，等您醒了，再來罵兒子，我一定不回嘴。」

今年的小年夜是姜家十幾年來頭一次團圓，姜承宣經過幾天的休養，在小年夜圍爐時，再次感謝親人們對他的關心。

飯後弘瑞、弘衍都被帶到宋夫人的院子裡。

洗漱好之後，秦曼披著棉襖上床，姜承宣立刻掀開被子。「曼兒快躺進來，別冷著了。」

秦曼爬進被窩，正要繫好睡袍的帶子，姜承宣拉過她的手。「不要繫了。」

秦曼臉一紅。「你說什麼呢！」

姜承宣把頭埋在她的胸前滿足的說：「我從沒想到，我會這麼的幸福。當年逃亡難料生死，在戰場上更是沒想過有明天，當我失去妳、尋找不到妳時，我覺得生不如死，直到我能再次睡在妳的身邊，但妳我形同陌路，我的心更如同槁木死灰。所以現在的我好幸福！」

秦曼眼淚禁不住流了下來。「對不起，宣，是我讓你過得生不如死。」

姜承宣吻著秦曼的眼淚說：「只要能有今天，就是之前過得再難、再苦我也不後悔！妳不知道，有多少次我在夢中愛妳。」

秦曼捶了他一拳。「你在作春夢。」

姜承宣「嗯」了一聲。「今天我想再作個春夢，娘子，為夫能不能夢到妳？」

秦曼臉色更紅了，低著頭不說話，姜承宣的大手捂住她的豐滿，嘴從她眼上、鼻子、小嘴滑到鎖骨，最後停留在豐滿處，張開嘴輕輕吸吮，舌頭在葡萄上來回輕觸。

秦曼熱得如同全身著火，不停的扭動身子，姜承宣吸吮著她的酥胸，指腹順著光滑的平原往下滑，終於找到了那顆尋覓已久的小珍珠，再也不捨得放下。

秦曼的輕吟，就像春風吹拂著姜承宣的心，他知道秦曼的急切，可是他捨不得讓她不適。「等著我，我要讓妳知道，我是多麼的想著妳，更要讓妳知道，妳的相公是多麼棒！」翻身而上，姜承宣把身子輕置於秦曼的雙腿間，對待身下的秦曼如珍如寶，他慢慢的推進分身，直到身下的人兒緊緊抱住自己，才完全挺入那緊密之處。

粗大飽滿的感覺讓秦曼「啊」了一聲，姜承宣緊張的問：「哪裡不舒服？」

秦曼紅著臉說：「宣，那裡好脹。」

姜承宣吻吻身下的人說：「一會兒就不會了，誰叫妳這麼緊？我真的好舒服。」

秦曼小手輕輕的在他背上捶了兩下。「你什麼都敢說！」

姜承宣扭動著身子，粗喘著氣息說：「我還什麼都敢做，嗯，妳太好了。」

感覺到已完全沒入後，他發起了猛烈的衝鋒，姜承宣粗重的氣息，秦曼的嬌吟，交織出一首千古傳誦的情歌……

第二天早上秦曼醒來時非常懊惱，她不斷的罵著：這男人怎麼就像餵不飽的狼似的？第一次他還小心翼翼、溫柔體貼，可是第二次怎麼就成了一隻狼，折騰個沒完沒了？

拍拍痠痛的腰骨，秦曼準備下床，這時姜承宣一臉含笑的走進來，坐在床邊問：「娘子，妳要不要再休息一下？」

秦曼狠狠的瞪了他一眼。「你不看看什麼時候了？叫我怎麼去見老人家！」

姜承宣說：「娘子不用擔心，老人家都出門了，昨天晚上老三就跟我說，今天讓大家到他家去作客。」

秦曼嬌怒的看了他一眼。「原來你昨晚是故意的！」

姜承宣說：「因為我今天想抱著媳婦睡個懶覺，我跟老三說了，我們倆要晚上才過去。」

秦曼仰天長嘆。「天呀，叫我如何見人。」

姜承宣哈哈大笑。「娘子不用擔心，我們不是還在新婚嗎？他們都會理解的，畢竟都是過來人。來，相公給妳拿來早飯了，我幫妳穿衣，吃飽後我再陪妳睡一會兒。」

秦曼一躍而起。「睡你的大頭鬼！青天白日的，你不怕別人說，我怕別人說，我起床了，以後理都不理你。」

看著嘟嘟囔囔的娘子，姜承宣發自內心大聲歡笑。「哈哈哈，妳不理我沒關係，我理妳就好了。」

正月初五是弘衍的周歲生日，一堆人圍著他轉。

「衍兒，抓我的寶劍！」

「衍兒，拿我的玉珮！」

「衍兒，算盤很好玩的！」

「衍兒，小馬多好玩呀，快抓！」

「衍兒，拿金錠子！」

被眾人叫得暈頭轉向的弘衍，看了看眾人叫道：「爹、娘、哥、奶、爺！」

自從學會叫爹以後，弘瑞就視教弟弟叫人為己任，家裡的幾個至親，弘衍都學會了一個字叫法，只是弘瑞教他叫太爺爺、太奶奶時，弘衍一臉無辜，委屈半天終於叫出一個字：太。

弘衍坐在桌上，左看看爹娘，右看看哥哥，最後爬了過去，一手抓起一本書，只見姜老太爺哈哈大笑。「我的曾孫將來可能是個狀元郎。」

話音剛落，只見弘衍毫不猶豫拿著書「唰」的一聲，撕下兩頁，然後擦在鼻子上，原來他流鼻涕了。

頓時一群人一臉石化。這算抓了什麼？

第五十七章

書房裡，蘭令修帶來了一個好消息。「大哥，還記得害我們的那個宣慰使嗎？還有那個不要臉的女人。」

姜承宣一臉淡笑。「六弟，我們哪個人能忘記他？我時時都記著他。不過，我也感謝他們，要不然我哪裡能遇得到我的曼兒，我得找個機會好好謝謝他們。」

蘭令修高興的說：「機會來了！大哥可還記得鐵兵營的馬文林？」

姜承宣一愣。「他傳消息來了？」

蘭令修說：「是的。這次邊城大敗，主要原因是宣慰使身邊出了奸細，而這奸細還是他從外面搶來的女子。」

姜承宣眼神一亮。「這女子捉到了？」

蘭令修說：「捉到了，馬文林來信說，正悄悄的帶往京城。」

姜承宣說：「那這次機會可得好好把握。他不是有個妹妹是寵妃嗎？要是被他妹妹保下，怕還是不會有事，你說，要是他妹妹也自身難保呢？」

蘭令修興奮道：「大哥有辦法？」

姜承宣冷酷的說：「有銀子就會有辦法。洪平，去請少奶奶過來。」

秦曼聽到姜承宣叫她，立即來到書房問：「相公找我？」

姜承宣一臉笑意。「快來，曼兒，相公有事要請妳幫忙。」

秦曼坐在姜承宣身邊問：「還有你們兄弟倆搞不定的事？」

蘭令修笑答：「曼兒，還真是有我倆搞不定的事。」

秦曼說：「只要我能幫得上，還有什麼好客氣的？」

姜承宣問：「曼兒，聽說妳跟欣妃很熟？」

秦曼一怔。「李家大小姐？」

姜承宣點頭說：「是的。」

秦曼說：「跟她還算是熟，不過我更熟悉的是永州都督府老夫人，她是我們繡樓的乾股東。」

蘭令修誇獎道：「曼兒還真有本事。」

姜承宣說：「我們的往事妳可能不大清楚，一會兒我再詳細講給妳聽，現在有一個報仇機會，但是有一個障礙得先除了。」

秦曼問：「跟欣妃有關？」

姜承宣說：「不是有關，是要請她幫忙。」

然後姜承宣和蘭令修把那一段恥辱的往事，一一跟秦曼說了明白，她這才知道，原來姜承宣承受過這樣的屈辱。

姜承宣一臉陰狠的說：「我就是因為識人不明，才受這麼多的災難。一個我以為真的是個賢良女子的三姨娘，害得我母子差點沒命；還有一個朱氏，就算她用不光明手段嫁給我，只要她能與我同甘共苦，我也不計較，不過她差點要我命不說，還差點毀了瑞兒。」

秦曼安慰他說：「一切都過去了，不是不報，只是時候未到，這不，報應來了？你們說，要我怎麼幫你？」

蘭令修說：「害我們的人與宮裡一位寵妃是兄妹，要弄垮他不容易。」

秦曼看著他們問：「是不是想讓欣妃奪了這人妹妹的寵？」

蘭令修驚訝的說：「天呀，曼兒妳不要這麼聰明好不好？」

秦曼笑著說：「這哪叫聰明，你們都講得那麼明顯了。」

姜承宣問：「難辦嗎？」

秦曼笑著說：「難與不難，還得看欣妃的手段高不高，我們討論好詳細的計劃，然後找欣妃娘家的李夫人商量，再用以後茶葉的一成乾股作為感謝，我不信有銀子不能使鬼推磨。」

蘭令修搖搖頭說：「曼兒，妳太可怕了，要是妳進宮，別人還能有活路？」

秦曼說：「我才不會傻得進宮呢，除非我活得不耐煩了。跟一群女人搶一個男人，我得活膩了再加上腦子得病，才說得過去。」

蘭令修被秦曼的話逗得哈哈大笑。「曼兒這說法可真是太出人意料，這世上哪個女子不為進宮而費盡心機？不過妳這話只能在我們面前說，要是傳到別人耳裡，可得治妳個藐視天子的罪行。」

秦曼吐吐舌頭說：「我也是一時激動。」

姜承宣聽了秦曼連天子也不放在眼中，心中舒服得很，他高興的說：「我們還是來具體安排一下，看怎樣才能一擊中的。」

蘭令修去京城處理那事，正月十五一過，秦曼就開始準備南行的行李，姜承宣也收拾衣物，與秦曼的放在一塊兒。

秦曼瞪著大眼問：「你真的要跟我一起去？」

姜承宣說：「我不跟妳一塊兒去，哪個跟妳一起去？」

秦曼說：「你酒廠事這麼多，你哪走得開？凌叔會陪我去，這個茶只有他會炒。」

姜承宣說：「凌叔是去幫妳教炒茶，我是去陪娘子妳。」

秦曼說：「相公，我就去一個月，馬上會回來的。」

姜承宣說：「那我就去陪妳一個月。」

秦曼一撫額頭，這男人怎麼這麼黏人。

清柳鎮是南下途中的一個大鎮，行到此時已近傍晚，姜承宣抱著秦曼坐在車上問：「娘子，今晚我們住這兒如何？」

秦曼看看天色說：「天色已晚，凌叔和洪平趕一天的馬車也累了，就在這兒休息吧。」

姜承宣一撇嘴說：「娘子就是不關心我，我抱了妳一天，我就不累嗎？」

秦曼想起中午的事就臉紅。她想不到他這麼的大膽，竟然敢在車門外有兩個男子的情況下，讓她坐在他的大腿上，還對她上下其手，玩了半個多時辰的車震。

秦曼摸摸差點咬破皮的嘴唇，她狠狠的瞪了姜承宣一眼說：「你就是隻色狼！」

姜承宣摟著她靠在胸前，在她的耳邊輕輕的說：「我沒有一天不想填滿妳，有時我想就填滿著妳不取出來。」

秦曼臉皮再次脹紅，她狠狠的扭了姜承宣手臂一把，他嚇得差點大叫。「娘子，這是要謀殺親夫嗎？」

兩人正打鬧著，突然「吁吁」兩聲凌叔喝住馬，車停了下來，姜承宣問：「出了什麼事？」

車外一道女人的聲音傳來。「相公，真的是你嗎？」

秦曼一怔，相公？姜承宣不是她的相公嗎？竟有女人來搶？

姜承宣聽到那女人的聲音，臉色遽變。「凌叔，走吧。」

女子猶自哭鬧著。「相公，求求你見見我，我好歹是弘瑞的娘親。」

秦曼終於明白，是姜承宣的前妻來了。這下可有熱鬧瞧了，看看這個男人會怎麼處理這事，要是讓她不滿意，她會讓他至少一個月不能上她的床。

凌叔在車外冷漠的說：「妳是哪裡來的瘋子，我家爺是妳能叫相公的嗎？走開。」

女子死死的拉住馬車的一角說：「相公，我錯了，我對不起你。可是請你讓我見見孩子吧。」

姜承宣親親秦曼的臉，抱著她出了馬車。「原來真的是個瘋婆子！誰是妳相公？誰是妳兒子？妳認錯人了。」

女子見姜承宣抱秦曼下來，立即抱住他的腳說：「相公，我錯了，我真的錯了！」

姜承宣厭惡的抽開腳說：「別弄髒了本大爺的衣服！曼兒，妳站開一點，別讓她把妳的衣服弄髒了。」

女子見姜承宣一臉冷酷的樣子，立即來求秦曼。「夫人，我是弘瑞的親娘，讓我見見我的兒子吧。」

姜承宣哈哈大笑。「妳哪有兒子？妳當年不是說，妳沒有兒子。妳走吧，看在我兒子的分上，我不殺妳，妳給我滾得遠遠的，永遠不要出現在我們面前，他不曾有過一個這樣下賤不要臉的娘！」

秦曼問：「妳怎麼會落得這個樣子？」

女子哭泣著說：「當初是我瞎了眼，那個畜生從外面搶了好幾個美貌女子回來後，就把我賞給他的手下！相公，您知道的，那群人是多麼的粗魯，我好不容易才逃出來。」

姜承宣冷酷的說：「妳不是缺男人嗎？這下豈不是順妳的意？多好，時時都有男人侍候著妳，妳為何要逃？」

女子聽了姜承宣冷酷的話，嚎啕大哭。「我錯了，看在我受到報應的分上，您就原諒我，讓我見見我們的兒子吧。」

女子跪在秦曼面前淒淒的哭著，秦曼沒辦法，看在畢竟是弘瑞親娘的分上，她說：「妳還是起來吧，在大庭廣眾下哭哭啼啼的，是想讓大家知道當年妳是如何拋夫棄子的嗎？妳想讓別人知道瑞兒有一個這樣的娘親嗎？既然當年捨得拋棄他們，今天又何必來尋？妳這不是自取其辱嗎？妳走吧，不要再想見孩子，他已跟著爺爺奶奶回京城了。」

姜承宣不耐煩的說：「娘子，跟這樣的女人有什麼好說的？我現在不殺她，算是對得起弘瑞了。」

秦曼瞪了他一眼，姜承宣委屈的閉嘴，秦曼再度對地上的女子說：「這裡有一百兩銀子，妳拿去。一會兒讓凌叔在這鎮上給妳買個小屋子，妳好好的過日子，一個女人生活也不容易。要是妳想讓瑞兒今後好過，妳就不要再找他了，等他長到十八歲以後，我們會告訴他，他的親娘在哪兒，到時候他要不要來尋妳，那就看妳的造化了。」

姜承宣委屈的問：「娘子，值得對她這麼好嗎？」

秦曼說：「我不是對她好，我是對瑞兒好，我不能讓瑞兒長大知道後，心裡不舒服。」

姜承宣聽了秦曼的話，深深的看著她說：「娘子，我姜承宣真是個老天眷顧的人，才能娶到妳這樣深明大義、聰慧美麗的女子為妻。」

秦曼笑著看看他，然後對凌叔說：「凌叔，我們先去客棧，然後辛苦你去安排一下。」

凌叔內心深深讚嘆，這才是當家主母的典範！他立即應道：「是，夫人，老奴照辦。」

回到馬車上，姜承宣緊緊抱著秦曼不放，秦曼知道這人是想起以前的不愉快，她轉身抱著他說：「相公，別不開心，你要再不開心，那就是後悔娶了我。」

姜承宣聽了秦曼的話雙眼泛紅，秦曼嚇了一跳，緊緊摟著他的脖子撒嬌說：「我錯了，相公不要生氣好不好？」

姜承宣伸手把她的頭攬至胸前說：「以後不許再說這樣的話。妳說這樣的話，我心裡好痛。」

秦曼感動的說：「我以後再也不會這樣說了，你是我相公，這輩子、下輩子、下下下下輩子，不管多少輩子，你都只能是我相公。哪個來搶，我遇妖斬妖，遇魔除魔，就算再難，我也要搶回你。」

姜承宣聽了秦曼的表白，輕輕的說：「我的小傻瓜，哪有人會來搶我，要來搶也是搶妳。不過，就像妳說的，不管是妖是魔，我也不會讓他們搶走妳。」

當晚凌叔安排好弘瑞親娘的住處後，第二天早上他們早早就出發，十天後終於到了盧永涯收茶的徽州。

盧永涯看到姜承宣後，驚訝的說：「你怎麼來了！」

姜承宣問：「我怎麼不能來？」
盧永涯說：「我妹妹不就出來一個月，你還緊緊跟著？你不會是怕我妹妹不要你了吧？」
姜承宣笑著說：「我是捨不得我娘子，我要每天抱著她才睡得著，怎麼，羨慕？」
盧永涯被姜承宣說中了心事，可是他不會承認。「沒見過你這樣的男人。」
姜承宣說：「那我就讓你見識一下，相公是怎麼疼媳婦的。」
秦曼看著像鬥雞似的兩人笑著說：「好了。大哥，新茶還有幾天可以採收？」
談到生意，盧永涯立即說：「我不知道妹妹的要求有多高，茶葉已經發芽，明天我領妳去茶田裡看看。」
當天秦曼參觀了盧永涯建的茶廠和他置辦的炒茶工具，她不由得讚嘆說：「大哥，你可真是個生意奇才！」
盧永涯謙虛的說：「是妹妹過獎了，真正的生意奇才正站在妳身邊呢，妳不知道他的瑞豐酒已賣遍全國了？」
秦曼毫不謙虛的說：「那當然，我的夫君若不是個人才，我能嫁嗎？」
第二天一大早，盧永涯帶著秦曼、姜承宣和凌叔一早就到了茶田，看著漫山遍野的茶田，秦曼感嘆說：「真的好漂亮。」
盧永涯問：「妹子採幾葉，看看還有幾天能採摘？」

秦曼伸手摘了幾片在手上看了看。「按這氣候，還有三天就能摘了。只要氣候沒有太大變化，我們就可以開工。」

盧永涯高興的說：「好，那我回去就通知茶戶。只是新茶的價格要怎麼收，還得妹子定。」

收茶、炒茶、包裝，三天後，盧永涯看著眼前一桶桶的新茶，嘴角都笑歪了。

姜承宣看著一臉饞相的盧永涯，嫌棄的說：「看看，口水都快流到脖子上了。大家都是做生意的人，可差距也太大了，瞧你眼睛閃亮的，莫不是看到銀子了吧？」

盧永涯不服氣的說：「你敢說你不喜歡銀子？你敢說你不是為這新茶而來？」

姜承宣輕蔑的看了他一眼。「我是為我媳婦而來。」

這話堵得盧永涯一句話也說不出來，而姜承宣的臉上終於浮現出得意的笑容。

秦曼好氣又好笑的看著兩個年近三十的大男人，她對盧永涯說：「大哥，先泡杯茶嚐嚐。三天後就可以送第一批茶到京城去。」

盧永涯一談到生意，立即正常起來，他開心的說：「不喝我也滿足，妹子，妳聞聞這茶的香氣，我活了快三十年，從沒有聞過這麼好的茶！京城裡的鋪子已準備好了，還是與李家合作，到時透過欣妃送到太后跟前，這茶怕是人人搶著要。」

秦曼笑著說：「京城文人雅士多、有銀子的多、附庸風雅的多，只要在貴人之中傳開，那就不成問題。」

盧永涯立即說出接下來的安排。「我已經吩咐下去，把鋪子弄成跟永州茶葉鋪一樣，沒喝過的人，只要來喝一杯，怕是想不買回去都不行。」

秦曼真心誇讚他說：「大哥的腦子真是精明！」

盧永涯又說了對茶鋪日後的想法。「京城的鋪子夠大，妹妹到時去看看，還有沒有什麼好法子，讓這鋪子有更大的用處。」

秦曼眼睛一亮。「真的？鋪子很大？」

盧永涯看著雙眼發亮的義妹，知道她的小腦袋瓜裡已有好法子，於是他再次說明。「不騙妳，兩層的鋪子，只用一層，二樓都空著。」

秦曼心中有了想法，笑了笑。「那好，等我去京城後，一定想個掙銀子的好法子。」

看著秦曼與盧永涯聊得開心，姜承宣也沒有去吃乾醋，畢竟他不是真的是個小孩子。他抓了一把茶葉放在鼻前聞了聞，臉上的笑意越來越濃。

第五十八章

三月初林家村的姜家也在緊張準備著，姜老爺求著宋夫人說：「夫人，跟為夫回去吧，兒媳婦和孫子要去拜祠堂，沒有當家主母引著哪成？」

宋夫人落寞的說：「姜家哪會缺主母？你想娶多少個大家閨秀也不成問題。」

姜老爺苦笑著說：「妳以為為夫還年輕啊？就是三十年前的我，也沒有想要一個大家閨秀。妳不知道，當年我第一眼看到妳，妳那笑靨如花、英氣中透著秀美的樣子，讓我是多麼的喜歡。」

宋夫人悶悶的說：「你喜歡又有什麼用？我就是再好，在你母親眼中，只要我沒有高貴的身分，一切都沒有用。」

姜老爺看著宋夫人真心的說：「夫人，我真心問妳，當初我在乎過嗎？我們成親那麼多年，我嫌棄過嗎？要不是二姨娘是早就跟了我，我這一生就只想有妳一個女人。」

宋夫人聽了姜老爺的話，動情的流下了淚。「別說了，一切都已太晚，這一生沒有那麼多的要不是。」

姜老爺很想上前抱住老妻，當年都是他的錯，是他小心眼、蒙了心，相信不該相信的人，差點斷送最心愛的妻子和兒子的性命，如今他有何臉面求得她的諒解？

當天晚上，姜老太爺叫姜老爺和宋夫人到他的住處。「媳婦，我知道妳的委屈，當年因我大病才出了這事，如今一切都已過去，回去吧，看在老頭子年紀大的分上，妳就原諒仕欽這孩子一回可好？」

姜老爺知道父親在幫忙，於是趕緊表態說：「夫人，只要妳願意回家，以後家中一切都由妳作主。」

姜太夫人本想要說話，但姜老太爺看了她一眼，然後對宋夫人說：「如果兒媳妳不回去，那孫媳和曾孫入族譜的事怕是有人說閒話。因為當年的事，宣兒嫡長子身分也成了問題，所以妳必須回去，為了孩子，委屈一下。」

姜老太爺說的是實在話，當時宋夫人勸秦曼回林家村，也是因為身分這事才勸了回來，她作為一個母親、一個祖母，不會不明白身分的重要，於是只得默然的點了頭。

半個月後，姜老太爺一行人回到京城，宋夫人看著眼前既熟悉又陌生的大門，內心非常複雜。

馬車進了大門，宋夫人看了看以前住過幾年的屋子，毅然朝兒子曾經住過的院子走去。

姜老爺想要攔她。「夫人，回我們的院子可好？」

宋夫人淡淡的搖搖頭說：「不了，那裡已經髒了。」

姜老爺一怔，立即明白宋夫人說的是什麼，脹紅著臉說：「那我們就先住宣兒的院子，去年已經整修過了。」

宋夫人看看姜老爺說：「我自己去，你該住哪兒就住哪兒。」

姜老爺堅決說：「以後只要妳住哪兒，我就住哪兒。二姨娘早在去年三姨娘的事發生後，就已遷到家裡的佛堂去了，平時都陪伴老太太唸經。」

宋夫人意外的看了他一眼，諷刺他說：「你真捨得。」

姜老爺懊惱的說：「夫人，妳這是嘲笑我嗎？我什麼時候對這姨娘不捨了？」

兩人邊走邊說進了正院，姜老爺見宋夫人往西廂走，就立即說：「夫人，正廂大，住那兒吧？」

宋夫人說：「你住吧，我一個人住西廂剛好。」

姜老爺發狠了，拉著宋夫人的手走進正廂，一腳踢上門。「夫人真的要這樣嗎？我們都一大把年紀，還能有幾天日子好過？我不管，以後我得每天陪著我的夫人，我不想進棺材時才來後悔。」

宋夫人滿臉通紅。「你沒看到麗紅、麗香她們都看著嗎？」

姜老爺氣急的說：「我夫人都不要我了，我還管下人？」

宋夫人氣得一跺腳。「你怎麼就像個毛頭小夥子似的那麼衝動？」

姜老爺見夫人懊惱，立即笑了，他上前把宋夫人的頭壓在胸前，摸著她說：「雖然我已不是毛頭小夥子的身體，可是我還有一顆毛頭小夥子的心。明蘭，不要氣了，和我一起快快樂樂過日子，我要補回我們失去的這十幾年時間。」

宋夫人被姜老爺的話弄得淚流滿面。「你就是會讓我難過。」

姜老爺動情的說：「明蘭不要哭，以後我不會再讓妳難過，相信我，以後的日子會讓妳開心的，妳看咱們的兒子多像我，都是這麼死心眼。」

宋夫人被姜老爺說得臉都紅了，賭氣的說：「我和曼兒可沒叫你們父子死心眼，我更不稀罕你的死心眼。」

姜老爺暗暗的搖搖頭，看來還得加把勁，才能抱得夫人歸。夫人以前還沒有這麼大的性子，看來這十幾年真的傷得她太過。

晚飯過後，宋夫人洗漱好之後，披著睡衣走進西廂臥室，麗紅把蠟燭放在房內的桌上，馬上就退到門口。「夫人，您先休息，麗紅下去了。」

宋夫人有點訝異，麗紅很少這麼急忙告退，看來今天她也累了，便說：「去吧，一會兒我就睡，妳不要來了，我這就關門了。」

麗紅一臉笑意。「是，夫人。」

宋夫人把燭檯端到床前的几案上，她坐在床前正脫鞋上床，突然身子被人抱住，她驚叫一聲，倒在一具身子上。

耳邊傳來熟悉的聲音。「夫人，別害怕，為夫等妳好久了。」

宋夫人一個翻身就壓在姜老爺身上，臉紅耳赤的趴在他身上，掙扎著就要起來，姜老爺拉著她的手說：「夫人，夜深了，還起來做什麼。」

宋夫人被他拉在胸前，又不敢使力怕傷了他，只得懊惱的說：「誰跟你睡。」

宋夫人長年練武的身子還像個姑娘似的結實苗條，沒有哺乳的雙峰依舊柔軟富有彈性，她趴在姜老爺身上，豐胸緊緊的頂著他的前胸，姜老爺把頭埋在她胸前說：「這裡還是以前的味道。」

宋夫人更加不自在。「你這是做什麼？都一把年紀了，真是老不要臉！」

姜老爺翻身將她壓在身下，認真的說：「夫人，妳也知道我們一把年紀了，要是再這麼彆扭下去，我就真的動不了了。」

宋夫人「呸」了他一口。「說你不要臉，你還真不要臉了。」

姜老爺說：「我要臉做什麼？還是要夫人好。」

沒等宋夫人再說什麼，姜老爺拉下床帳，熟悉的愛著老妻，不一會兒輕吟四起，帳內春風也醉人……

秦曼跟著姜承宣回到京城，馬車一入城，她就四處張望，引得姜承宣好笑的說：「曼兒覺得京城比妳相公還好看？」

秦曼瞪了他一眼說：「我可是頭一次來京城，不好好看看，那可枉費來了一回。」

姜承宣說：「以後我們可能生活在這裡的時間比較多，到時候我帶妳慢慢看。」

秦曼認真道：「你不是哄我？」

姜承宣笑著說：「我哪裡捨得哄妳，妳要做什麼，我奉陪到底。」

秦曼不相信的說：「只怕回到你這大家世族裡，想要隨便出來是不大可能了。」

姜承宣頓時面色一沈。「這裡的姜家不是我們的姜家！我們的姜家是有娘、有妳、有兒子的姜家，那裡不會有任何規矩，只要妳喜歡，想做什麼都成。」

秦曼知道姜承宣在這個大家族裡受過致命的傷害，回到這裡一定是引起他許多不好的回憶，於是她摟著姜承宣的脖子說：「相公你真好，以後我們的家一定是溫暖的家。」

姜承宣聽了心中特別舒服，可是並不滿足，於是乘機要利息。「那曼兒以後不准對盧老闆笑得那麼好看。」

秦曼「啐」了他一口。「也不知道你跟盧大哥較什麼勁，他是大哥，你是相公，這用得著較勁嗎？」

姜承宣不由自主的點點頭。「還是我的夫人說得對。我才是妳相公，我跟個外人較什麼勁？近來我都不像我了。」

秦曼讚賞的看著眼前這個冷靜、果斷、睿智的男人，才是她最初認識的男人。

進入姜府大門，馬車到了主院門口，秦曼疑惑的問：「怎麼到主院來了？相公以前是住主院的？」

姜承宣苦笑著解釋說：「這是娘的主意吧？她也許是不想回到這裡了，因為在這裡她有太多痛苦的回憶。」
秦曼理解的說：「很有可能，娘的一生真的太多磨難。」
姜承宣欣慰的說：「以後我們一起孝敬她，讓她過一個幸福的晚年。」
秦曼堅定的點頭道：「那是應該的，因為她是最愛我們的娘。只是我覺得爹對娘也不是無情，只是娘能不能原諒他，就看他的能耐了。」
姜承宣聽秦曼說起姜老爺就有點不耐煩。「不說他們了，那是他的事。我們進去吧，六弟已到了，他說有事要跟我們說。」
秦曼驚喜的問：「事情有結果了？」
姜承宣微笑的點頭。「大概是。」
兩人洗漱過後，走進主廂的起居室，蘭令修早已坐在室內椅子上，悠閒的喝著茶。「曼兒，妳這明前茶，樣子可真漂亮。」
秦曼邊走邊說：「但最好喝的還是二茶，這茶只是好看罷了。」
姜承宣坐下後問：「六弟，那事進行得怎麼樣？」
蘭令修一臉的笑意說：「除了我們計劃好，就說欣妃的手段還真不錯。大哥，你說說，想要個怎麼樣的結果？」
姜承宣想了一下說：「只要為我們這一幫出生入死的兄弟報了仇就行。」
蘭令修問：「要不要恢復我們的職位？」

秦曼在一旁打斷蘭令修的話。「除非你們還想去守邊城、上戰場。」

蘭令修立即拍馬屁的說：「我只想像曼兒說的那樣，在後方為百姓貢獻心力。」

秦曼笑著打趣他說：「你是捨不得離開穎兒吧。」

蘭令修不以為意的說：「妳問大哥捨不捨得離開妳。」

秦曼打趣。「我可不想跟王寶釧一樣，苦守寒窯十八年，最後換來的是做妾。」

姜承宣委屈的問：「什麼叫苦守寒窯十八年，最後換來的是做妾？曼兒，我是這樣的人嗎？」

秦曼抿抿嘴唇說：「有個故事就是這麼說的，一會兒我講給你聽。」

蘭令修不甘心的說：「我也要聽！」

秦曼輕睨了他一眼說：「你還是去辦事吧。要是不想上戰場，就適可而止，不要扯出你們幾兄弟來了。」真是愛湊熱鬧，夫妻倆講故事你也要來。

蘭令修摸摸下巴，知情識趣的說：「知道了，一定不會再讓我們兄弟的任何一個上戰場。其實曼兒是怕我打擾你們倆講故事，好了，我就不做這個討人嫌的人了。」

秦曼白了他一眼，用眼神道：算你識時務。

姜承宣在蘭令修走之前問：「六弟，馬兄弟安排妥當了沒有？」

蘭令修立即回答說：「已安排在我們京城的鋪子裡，大哥抽個時間見見那幾兄弟。」

姜承宣點點頭說：「見是一定要見的，他是我們的大恩人，六弟，要好好安排，一定要讓他們沒有任何後顧之憂。」

蘭令修認真的說：「我會按大哥的意思辦妥。」

蘭令修出門後，姜承宣嚴肅的對秦曼說：「曼兒，以後不許在任何男人面前抿嘴唇！」

秦曼委屈了。「我又不是故意的。」

姜承宣再次交代。「以後除了在我面前可以笑得那麼開心，在別的男人面前一律只許淺笑，我不允許任何人再發現妳的美好。」

秦曼朝他翻了翻白眼，嬌嗔的罵他。「暴君！」

四月二十八，是姜府嫡長孫媳、嫡長曾孫、嫡次曾孫入祠堂的日子，姜承宣的幾個結拜兄弟都上京為他祝賀。

辰時三刻，白髮蒼蒼的姜氏老族長拖長聲音叫：「請嫡孫媳秦氏給祖宗上香，請主母宋氏引香。」

秦曼跟著宋夫人老老實實的跪在蒲團上，隨著老族長的指揮，認真的給姜家的眾祖先敬香、磕頭。

接著弘瑞、弘衍在姜承宣的引領下，也按老族長的指揮，完成一切步驟。

最後老族長說：「姜家列祖列宗，今由姜氏七十二代子孫姜承宣，攜妻、子歸家，敬告天地與祖先，望今後能得到祖先的庇佑。」

這天姜府席開五十桌，所有的族人、親戚都來了，秦曼才知道，古代的大家世族，人多到真是太可怕了。

偏廳裡，秦曼正給族裡的女長輩泡茶，一位六十幾歲風姿依舊的女人跟姜太夫人說：「大嫂，您這孫媳可真不錯，不說別的，就是這模樣，我們家族裡怕也是找不出第二個來。」

姜太夫人一臉不開心的說：「模樣能有什麼用？我們這種家族，要的是這些嗎？除了模樣好點，還能有什麼拿得上檯面的？」

一位三十七、八歲的女人立即附和。「大伯母這話說得也對，女人好看有什麼用？娶妻當娶賢，還是要門當戶對的女子，才能對家族有幫助。」

秦曼微笑不語，這老太太是茅坑的石頭，又硬又臭，她除了出身好一點外，沒有哪個方面能比得過老太爺那兩個姨娘，所以她的眼裡看重的也僅僅只有這個，別的優點再好她也不會承認。

宋夫人故意放高聲音問秦曼。「曼兒，妳這茶可以泡了吧？今年的龍井茶，眾位長輩可能還沒品嚐過。」

秦曼笑著說：「娘，可以泡了。各位長輩都是風雅之人，對茶的好壞應知悉不少，請恕晚輩獻醜了。」

一位女子問：「姪媳婦，妳這真的是今年京城裡流行的龍井茶？」

秦曼說：「嬸嬸問，姪媳不敢撒謊，這正是今年最好的明前龍井。」

又一位女子說：「天呀，這明前龍井聽說都被宮裡買走了，先不說價格高昂，就是有銀子也不一定買得到，姪媳妳是從哪裡要來的？」

秦曼沒回答她，而是端著托盤給每人上了一杯茶，然後慢慢的坐下說：「請各位嚐嚐。」

幾位年紀大的老人家都愛喝茶，一端起茶杯就先聞了聞茶香，然後深深的吸了一口。「好茶！不愧為貢茶，今天有口福了，姪孫媳在宮裡有熟人嗎？」

秦曼說：「談不上什麼熟人，就是給欣妃設計過幾套衣服，再者就是跟欣妃娘家開的那間珍繡樓有點關係。」

那位六十幾歲的老婦人說：「我也想著姪孫媳這茶從哪兒來的，原來是這麼個原由。不過這欣妃聽說還沒封貴妃，怕是她手上這種好茶也不多。」

宋夫人笑著說：「三嬸，您老可說對了。今年這茶，欣妃手上還真不多，她有身孕，我兒媳說她不能多喝，就只送了兩、三斤給她喝著玩。」

「什麼？」那個被宋夫人稱為三嬸的婦人，聽完後一臉訝異。「這茶是姪孫媳送進宮的？」

秦曼羞赧的笑說：「三老夫人，這不過是個小玩意兒，哪值得您如此驚訝。今年這茶剛試炒，收得不多，只能給各位長輩送個半斤，讓您品嚐一下。」

宋夫人故意說：「妳這個傻孩子，在座長輩們哪在乎妳這一點東西，他們哪家的茶不比妳的好？妳就不要獻醜，讓長輩們笑話了。」

秦曼配合著宋夫人，臉上略帶羞意的說：「母親教訓得是，以後媳婦一定聽從母親的吩咐，事事問過母親再定奪。」

眾婦人一聽，差點昏倒，本聽說每人有半斤明前龍井，這可是值得在朋友中炫耀的事，但一轉眼到手的鴨子就飛了。

那三老夫人對姜太夫人說：「大嫂，您有這麼一個能幹的孫媳婦，還這麼藏著、掖著，是怕我們眾人沾您的光吧？雖然說我家不是大富大貴之家，卻也不是要靠別人施捨才能過日子的人家。」

一群女客不歡而散，空留姜太夫人坐在椅子上，呆若木雞的看著起身離去的眾人。

第五十九章

自姜承宣回來後，宋夫人執意不住主院，秦曼與姜承宣請了很多次，最後他們便和孩子們住下來。

書房的起居室內，眾人圍坐一團，蘭令修開口說：「曼兒，妳這龍井茶可讓妳發財了！妳不知道，有人轉賣妳的茶，最好的已賣到十幾兩銀子一斤了。」

秦曼邊泡茶邊說：「哪是我發財？發的是別人。我可冤了，最好的茶也只賣五兩銀子一斤，現在的茶只賣二兩銀子一斤。」

王漢勇羨慕的說：「大嫂，妳這二兩一斤的茶葉可有不少。」

秦曼輕描淡寫的說：「最好的茶不到一千斤！今年是第一年，茶農在修整茶樹方面不行，已經教他們如何修茶樹、護茶樹，明年可能會好一點。」

劉虎急切的說：「大嫂，明年可得給我們留幾斤，自喝了妳炒的茶，別的茶可真喝不下去。」

趙強也開口附和說：「是呀，大嫂這茶炒得讓人聞到，就不捨得放下。」

姜承宣笑著說：「你們不用饞，也不用拍馬屁，你大嫂早就給你們每人準備了五斤茶，兩斤上好的，三斤中等的，自己喝或送人都可以。」

趙強驚喜的說：「還是大哥、大嫂想著我們。」

蘭令修笑著說：「大嫂還有沒有留下一些好的？我家老太爺、老太太、老爺都下了命令，讓我給他們每人至少帶兩斤上茶回去。」

秦曼笑著說：「這點我還是留了，我不但留了茶給你們，還有一個計劃等你們來參加。」

眾人急問：「是什麼好事？」

姜承宣代替秦曼說：「這茶我姜家占了四成五，今年不算太多，所以全往京城銷，明年你大嫂和盧老闆準備擴大茶廠，想在幾個州府都開茶葉鋪子，跟我們的酒一樣，做成禮品跟我們的酒一塊兒銷，股份照以前的一樣。」

姜承宣的話音一落，眾人心存感激說：「這股份我們不要，這次為了報仇，大嫂拿了茶葉乾股送人，我們還沒感激呢，只要大嫂每年給我們幾斤喝的茶就行了。」

秦曼客氣的說：「這乾股不是送這個，就得送那個，反正都要送的，要是送得值得，不是很好嗎？」

王漢勇沒有反應過來。「大嫂此話怎講？」

秦曼淡笑著說：「在天子腳下做生意，朝內沒有人哪能做得了？我這股份可不是送給李家的。」

趙強說：「大嫂是送給欣妃吧？」

劉虎叫著說：「大嫂妳這法子太好了，以後看誰敢來鬧我們的生意。」

姜承宣點頭說：「曼兒當時就是這麼想的。不過給你們的股份可不是白送的，之後要用到大家的時候多得很，銀子是掙不完了，只要我們齊心協力，以後就會有好日子過。」

蘭令修真心的說：「這還是大哥和曼兒給我們送的銀子。」

秦曼謙虛的說：「銀子哪能抵得上你們兄弟間同生共死的經歷？再說銀子多了，也只是個數字而已。不過，我想提醒大家一句，低調過日，如今朝內穩定、邊疆就相對穩定，有點銀子讓別人知道還沒什麼，要是一旦有事，這有銀子的家族怕就成出頭鳥。」

眾人佩服的看著秦曼，蘭令修點頭稱讚。「還是曼兒有見識，我們兄弟都知道了，以後大家都會藏著點。」

眾人下去後，姜承宣也藉機出去一下。他知道蘭令修有話要跟秦曼說，雖然他有點在意，可是他相信秦曼。

秦曼看著蘭令修問：「六哥，你過得好嗎？」

蘭令修笑笑。「不就這樣嗎？」

秦曼又問：「之穎還好吧？」

蘭令修淡淡的說：「也就這樣。」

秦曼又問：「六哥你知道我本不想嫁給大家世族，可是人算不如天算。」

蘭令修心酸的問：「曼兒，能叫我一聲令修嗎？」

秦曼怔了怔。「令修。」

蘭令修欣慰的說：「謝謝曼兒。」

秦曼看著蘭令修的眼睛問：「令修，既然你對我這麼好，我也不是個無心之人，能聽聽我的心裡話嗎？」

蘭令修認真的說：「只要是曼兒的話，我都願意聽。」

秦曼輕輕的道：「令修，你說要我好好的愛你大哥，你跟我說他值得我去愛，因為這話是你跟我說的，所以這句話我認真的想了很久。謝謝你這麼跟我說，我有今天的幸福，也是因為你的鼓勵。」

蘭令修欣慰的說：「我說過，只要曼兒幸福，我就放心了。」

秦曼誠懇的說：「令修，聽我說，一個女子的幸福是很容易達成的，那就是相公全心全意的愛。之穎是我見過的許多女孩子中，最好的一個女孩。她告訴我，當她第一眼見到你就愛上你，為你茶飯不思。我問她，要是你不愛她，她還會嫁給你嗎？她說，只要能在你身邊，就是看著你，她也會覺得滿足。」

蘭令修不安的說：「曼兒，我……」

秦曼真心的說：「令修，試著去愛她。就算不愛她，也試著對她好一些，也許你會覺得她很可愛。」

蘭令修心灰意冷的說：「我真的不想去愛人。」

秦曼動情的說：「我知道你對我很好，可是我只愛承宣，我的心裡只容得下他一個。你是我的兄弟、朋友，更是我的知己，我幸福了，也希望你能幸福，這才是我的期望。

「當然，我不會強迫你去愛一個你不愛的人，只是想讓你試著去喜歡一個愛你的人，如果你試過了，還是不愛，那樣你也不會錯過真愛。

「令修，你是我來到這個地方後，對我最好的一個人，從來沒有要求過我什麼，也沒有給過我傷害，可人與人的緣分，誠如你所說的，是上天注定，既然我嫁給承宣，就會一心一意的對他，可是，我更不捨得親如兄長的你孤獨終老。

「我不是偉大，而是自私，我貪心得很，希望我的親人、我的朋友，都有一個幸福的家。」

蘭令修回到蘭府後，腦子裡一直迴響著秦曼的話，他覺得如果他的幸福真是她所冀望，也許他真的應該試試。

修竹院臥室內，袁之穎換上幾日前秦曼託蘭令修帶來的睡衣，綠兒驚喜的叫道：「小姐，真是太漂亮了。」

袁之穎幽幽的嘆息一聲。「漂亮有什麼用？反正也沒人看。」

綠兒難過的說：「小姐，您說姑爺怎麼就真的這麼絕情？」

袁之穎苦笑著說：「不怪他。當時秦姊姊就說了，嫁一個不愛妳的人，會辛苦一輩子，是我選擇要嫁，怎能怪他。」
綠兒問：「小姐，您後悔嗎？」
袁之穎看著窗口的樹葉說：「我不後悔。我是真的愛令修哥哥，就算他不愛我，只要能一輩子看著他，我也滿足。」
綠兒看著越來越沒有生氣的小姐，難過的流淚，正當她轉身出門時，一抹高大身影出現在大門口。
綠兒結巴的叫：「姑、姑爺，您怎麼來了？小姐，不，二少奶奶，姑爺來看您了！」
蘭令修對著結結巴巴的小丫頭笑說：「妳先下去吧。」
綠兒看著一臉溫和的姑爺，這可真是天上下紅雨了，她跟著小姐進蘭府這麼久，還沒看到過這麼溫和的姑爺，聽了蘭令修的話，她急忙告退。
袁之穎正坐在窗前看著窗外，聽到綠兒的叫喚，急忙披件外衣走出來，當她才到門口，就見蘭令修一臉微笑的走進來。
袁之穎怯怯的叫了聲。「令修哥哥。」
蘭令修轉身關好門，微笑著問：「穎兒還叫我令修哥哥？」
袁之穎呆呆的看著蘭令修，她輕張嘴唇囁嚅說：「我不知道要叫你什麼。」
蘭令修看著眼前動人的小人兒，不管她的驚訝，一把抱起她坐在床邊問：「傻瓜，我是妳的相公，妳說妳應該叫我什麼？」

袁之穎還沒從愣怔中醒過來，聽了蘭令修的話，跟著說：「相公？你是我的相公？」

蘭令修在她小嘴上親了一口。「妳是我拜了堂的娘子，我不是相公是什麼？」

袁之穎聽見「拜堂」二字，眼淚便止不住的往下流，蘭令修吻著她的淚說：「穎兒乖，不哭。」

袁之穎含淚點點頭，蘭令修又問：「我只有一顆不完全的心，穎兒是否會介意？」

袁之穎傻瓜似的看著蘭令修，蘭令修又說：「我這裡有了一個女人，我不再去愛她，但是我又不想忘記她，穎兒會不會嫌這樣的我？」

袁之穎「哇」的一聲哭了。「我不嫌，我知道你的心裡有秦姊姊，我不吃醋。秦姊姊那樣的女子，不是穎兒能比得上的，不管是怎麼樣的令修哥哥我都要，我會用我的愛來讓你幸福。」

蘭令修嘆息一聲。「妳真是小傻瓜。以後我不會去想秦姑娘，我把她當成知己放在心底，以後我會去愛我的娘子，還有我們的孩子。」

袁之穎眼淚汪汪的問：「令修哥哥真的願意給我孩子嗎？」

蘭令修捏了一下她的小鼻子說：「還叫令修哥哥？穎兒，叫聲相公來聽聽。」

袁之穎羞澀的叫了聲。「相公……」話聲還沒落下，小嘴已被吞下。

袁之穎傻傻的瞪大眼睛，蘭令修無奈的伸手撫上她的雙眼。「今天晚上我們洞房好不好？明年給我生個大胖小子。」

袁之穎的呆樣，看得蘭令修很開心，他伸手脫去袁之穎的睡衣，一具雪白玉雕似的身子映入他眼簾時，蘭令修的心胸裡發出了一聲轟鳴。那飽滿圓挺的雙珠，紅如豆丁，早在他的魔掌下，堅硬挺立。

蘭令修按捺住急切，脫下衣服，讓袁之穎的豐胸緊緊的貼在胸前，然後再一口吞下一顆葡萄，大手伸進森林尋找那一顆珍珠，感覺著那溫暖的濕意，他深深的感嘆。「我的穎兒原來是一只早已熟透的水蜜桃，我再不採摘，那就真是蠢了。」

袁之穎從來沒有過這種感覺，男女情愛她沒有接觸過，原來是這麼的讓人臉紅，可又讓人不捨，她感覺全身都在發燙，特別是被大手撫觸過的地方，全都熱得不得了，已經無意識的她只能喃喃喊著。「令修哥哥……」

蘭令修一挺身。「叫相公，穎兒。」

袁之穎緊緊的攀附著他。「嗚……相公，好痛！」

蘭令修看著她的青澀姿態，不禁氣息粗重，他喘氣著說：「穎兒，不要急，一會兒就不痛了，放鬆自己。」

終於袁之穎的輕吟聲越來越緊密，蘭令修翻身而上，狂烈而勇猛的長矛來回抽動……

第六十章

林家村，姜承宣的書房。姜承宣說：「六弟，你也太疼這媳婦了，挺著個大肚子還帶著她亂跑！」

蘭令修笑著說：「也不知哪個更疼媳婦的，聽說陪著媳婦逛遍京城，還讓她挺著大肚子從千里之外回來。」

姜承宣瞪他一眼，不服氣的說：「還不是為了酒廠？冬至馬上要釀酒了，曼兒說要弄什麼青梅酒，提早兩個月就得準備好青梅。」

蘭令修羨慕的說：「大哥，你說大嫂這腦子裡都裝了些什麼呀？要不然哪來這麼多點子？你看看京城那茶鋪，現在怕是有地位的人都去喝過茶了。真虧她想得出，什麼品詩閣、品茶閣、品文閣、品聯閣、品貌閣，也不知從哪兒弄來那麼多的小吃、小點心？聽說京城的貴人，可是三、五天就要去那兒一趟。」

姜承宣得意的笑著說：「不管裝了什麼，只要是我媳婦就行。」

蘭令修打趣他說：「大哥你就得意吧，曼兒這麼厲害，你會不會怕媳婦？」

姜承宣不樂意的說：「什麼會不會怕媳婦？我現在就很怕媳婦好不好？」

蘭令修哈哈大笑。

「大哥，你可真是有勇氣。」

姜承宣真心的說：「不是我有勇氣，而是我就是想寵她。六弟，你沒有看到她辦什麼服裝發布會，那才叫新奇。你說有這樣的媳婦，能不值得我寵嗎？」

蘭令修點點頭，佩服的說：「這世上也只有曼兒，讓人這麼想寵她。」

姜承宣又問：「我看弟妹也是個不錯的女子，我想你也很寵她，要不然六弟妹這肚子也不會大得這麼快，已經有四個月了吧？」

蘭令修說：「四個月又三天。」

姜承宣一臉曖昧的說：「看來六弟種地的能力也不差，是你從京城回來就種上了？」

蘭令修不服氣的說：「大哥你更強，衍兒可是你一次就種下的種子。」

姜承宣得意的笑著說：「我早跟曼兒說過，我就是專門種田的，當然是種田高手，也好在我技術不差，要不然這輩子要找到她就難了。」

接著姜承宣又說：「她這次懷孕我才知道，女子懷了孩子竟是這麼的辛苦。」

蘭令修關切的問：「曼兒也會嘔吐嗎？」

姜承宣心疼的說：「前三個月什麼也吃不下，吃了就吐，看得我都揪心。等四個月了，又老是腿抽筋，你說這小子在他娘肚子裡，怎麼就這麼不聽話？」

蘭令修也心疼的說：「穎兒也是這樣，所以我才帶她來散散心。我娘還說，女子懷孕到了後期，還會雙腿水腫。」

姜承宣得意的說：「我早就知道了，我現在每天都幫她泡腳，幫她按腳底穴道，她說舒服很多。」

蘭令修趕緊問：「這樣真的有用？」

姜承宣搖頭晃腦一臉得意。

「當然有用，這可是我的經驗，我沒告訴過別人。」

廚房裡，袁之穎看著動作熟練的秦曼，她羨慕的說：「秦姊姊，妳怎麼這麼能幹。」

「這算什麼能幹？只要去做，妳也行的。」秦曼看著袁之穎的肚子問：「不過穎兒妳這肚子好像有點大。」

袁之穎害羞的說：「他老是讓我吃這個、吃那個。」

秦曼打趣她。「他是誰？」

袁之穎不依的說：「秦姊姊！」

秦曼哈哈大笑。「穎兒不好意思叫相公嗎？」

袁之穎紅著臉說：「姊姊才不害羞呢。」

秦曼關心的問：「妳相公對妳好不好？妳有沒有按姊姊說的去做？」

袁之穎難為情的點點頭說：「秦姊姊，我做的手工麵，相公很喜歡吃。」

秦曼鼓勵她說：「六哥是個不錯的人，穎兒以後一定會幸福的，他們兄弟幾個，真的都是不錯的好男人。」

袁之穎真誠的問：「秦姊姊，要是我們這一胎生的是一男一女，我們做親家行不？」

秦曼笑著說：「這兒女親事，穎兒妳不覺得還是要他們互相喜歡才好？」

袁之穎怔了一下，想到過去的事，也贊成的點頭說：「姊姊說得對，以後我也不逼孩子，但是要是他們喜歡彼此，妳會同意吧？」

袁之穎的單純讓秦曼很欣慰。

「好，只要他們喜歡，我們就贊成。」

袁之穎又一次由衷的讚嘆。

「姊姊，妳懂的東西真多。就像妳說的，女子要做個什麼樣的人，要仔細想清楚，現在我長大了，更能理解妳當時所說的，情愛之事真的不能強求，嫁給相公前兩年，我過得真的很辛苦。」

秦曼安慰她說：「穎兒不要再去想了，以後妳一定會幸福的。」

袁之穎幽幽的說：「秦姊姊，我不是光說我自己，還有琳妹妹。」

秦曼一愣。「她過得不好嗎？」

袁之穎無奈的說：「也不是過得不好，她相公原本是個很不錯的人。可是琳兒嫁過去後，因為嫁妝豐厚，覺得她相公配不上她，因此老是瞧不起他。」

秦曼一皺眉。「這可不好，這樣的女人哪個男子會喜歡？」

袁之穎嘆息說：「是呀。她才成親一年多，生了一個女兒之後，她相公都不進她的房間了。」

秦曼不解的問：「怎麼會這樣？年紀輕輕的也不能守著孩子過。」

袁之穎越說越無奈。「我勸了她很多次，可是她根本不聽。今年初她相公帶個女子回家，她大吵大鬧，但沒人幫她，現在她相公納了那女子，成天都睡在那女子的屋子裡。」

秦曼聽了她的話後提醒她說：「穎兒以後要記著，尊重男人，不要讓他在人前沒面子，女人要學會依賴男人，但不要過度黏人，這樣男人會煩躁。」

袁之穎真誠的感謝說：「秦姊姊，我記住妳的話了。」

晚上秦曼問姜承宣。「相公，你知道李琳的近況嗎？」

姜承宣一怔。「我已很久都沒有聽到關於她的消息了，我也不想看到她。」

秦曼告訴他。「我聽穎兒說，她現在過得有點不好。」就把袁之穎說的話告訴他。

姜承宣聽後沈默半晌。「這樣的女子，哪個男子能容忍？她的相公是六弟的堂弟，是個很不錯的男子。如果說她現在的近況不好，那一定是她任性造成的。我已盡了我的責任，以後她的日子就隨她去過，我們就不要擔心她了。」

秦曼真誠的說：「我知道你們兄弟間感情很好，要是我知道了沒告訴你，那我覺得太自私。」

姜承宣緊緊摟著秦曼說：「我真希望妳自私些。看看妳，什麼時候想著自己了？不是想著孩子，就是想著老人家，還要想著我的兄弟，妳什麼都不要操心，什麼事都交給我。」

秦曼幸福的說：「可我想為你操心。」

姜承宣愛寵的摸了摸她的頭說：「我的傻丫頭，妳是想讓我感動死。」

秦曼「呸」了一聲。

「不要亂說那個字！」

姜承宣立即認錯。「我錯了，罰我今天晚上給娘子按摩。六個月的時候，應該是可以的吧？」

秦曼臉一紅。「相公！」

姜承宣從善如流。「相公來了，不用妳叫，妳說這是我的什麼責任田，我可不能讓它荒了。」

秦曼懊惱的說：「你還說！」

姜承宣委屈的說：「爺我可沒有種錯田。」

正月剛過，外面還是風雪滿天，秦曼坐在床上，看著剛生下幾天的兒子，發現他有兩個時辰沒吃奶了，就抱起他餵著奶。

姜承宣拍拍身上的雪花走了進來問：「曼兒，娘問妳現在要不要喝點雞湯？」

秦曼一臉的苦惱樣。

「相公，今天能不能不喝？」

姜承宣說：「娘說妳奶水不足，還得多喝點雞湯。等月子一滿，奶娘就來，本來我就不想讓妳親自餵奶，可妳老說什麼月子奶不能不餵，妳看妳這幾天就累得不像樣了。」

秦曼說：「相公，現在的奶水是很營養的，孩子吃了不容易生病。」又轉頭哄著孩子。「來，乖，吃幾口奶，你好久都沒吃了。」

也不知道是不是不餓，孩子老把塞進嘴裡的奶吐出來，秦曼說：「你不吃，一會兒餓了我就不理你。」

姜承宣眼睛直直的問：「兒子，你娘讓你吃，你可好好吃，你爹爹想吃，你娘還不讓我吃呢。」

秦曼脹紅著臉罵他。「你怎麼就這麼不害羞！」

姜承宣不怕死的說：「兒子，你給個準信，你到底吃不吃，你不吃爹就幫你吃了。」

「爹爹，您要吃什麼呀？瑞兒也想吃。」門口弘瑞牽著剛滿兩周歲的弘衍走進來。

秦曼先懊惱的瞪了姜承宣一眼，接著說：「瑞兒來了？爹爹說讓娘喝雞湯，是不是瑞兒也想喝？」

弘瑞已經八歲了，懂事許多，於是馬上說：「瑞兒不喝，祖母說了，這雞湯是給娘親喝的，這樣娘親就會給弟弟長奶吃。」

兩兄弟靠近床前，弘瑞用小手摸著小弟弟的臉說：「娘，您什麼時候給我們生個小妹妹？」

秦曼吃驚的問：「怎麼，瑞兒不喜歡小弟弟嗎？」

弘瑞說：「娘，我喜歡小弟弟，可是叔叔家裡的小妹妹好可愛，我也想要有個小妹妹。」

姜承宣抱起弘衍對弘瑞說：「好兒子，爹會努力的，一定讓你娘給你們生個漂亮的小妹妹。」

弘瑞拍著手說：「太好了，爹爹。」

秦曼罵著姜承宣。「你看你給兒子教些什麼？」

姜承宣一本正經的說：「我兒子可沒說錯，我以後要更加努力耕地，為我兒子種出一個小妹妹來。」

三年後，京城姜府，下人在宣園進進出出，姜承宣一進園子的大門，小廝洪平立即跑上前說：「少爺，少奶奶快生了，產婆和大夫都已經到了，永州盧老闆送來許多鮮魚，已弄好了兩條正在燉著，您先到書房等著？」

姜承宣知道這個時節，鮮魚價可比金銀，他也知道盧老闆對自己娘子的心意，可是他更得意的是，他的曼兒只愛他一個。

聽洪平要他進書房等，姜承宣瞪了洪平一眼。

「廢話少說，快帶我去看我娘子。」

洪平委屈的看了他一眼說：「少爺，是少奶奶說要你去書房等的，她說女人生孩子的地方沒男人的事。」

姜承宣再次狠狠的瞪著洪平說：「我的女人在為我生孩子，沒我的事？快帶路，再囉嗦，小心爺我砍了你。」

洪平見少爺真的生氣了，只得在前頭領路到產房外。

姜承宣還未到門口，一聽到秦曼的慘叫聲，三步併作兩步就到門口，推著房門叫道：「娘，宣兒回來了。娘子妳別害怕，相公回來了。娘快開門。」

宋夫人聽到兒子的叫聲非常高興，可她聽姜承宣說要進來，立即打斷他的話。

「宣兒，你不能進來，女人生孩子你又幫不上什麼忙，你進來有什麼用，聽話，在門外等著。」

姜承宣大聲說：「娘，我要守著曼兒，您快開門，要不我就撞門進去。」

宋夫人知道兒子的脾氣，這幾年來他把媳婦看得比命還重要，真是放在心上怕掉了，含在嘴裡怕化了，從沒見他紅過一次臉。

宋夫人本是武家兒女，原本就不是那種虛禮過多的人，聽到兒子要撞門進來，知道不依他的話，還真有可能，因此叫麗紅去開門。

門一開，姜承宣一陣旋風似的就奔到產床前，看著躺在產床上正在生孩子的秦曼，滿臉汗水，雙唇發白，立即一隻手握住她的手，一隻手放在她嘴邊說：「曼兒，別怕，相公在這裡，如果妳痛到忍不住，就咬我的手，不要咬唇。」

秦曼已經痛得話都說不出來，她配合著產婆的口令，正用盡全身力氣在生孩子，姜承宣說的話給了她一股力量，她深吸一口氣，咬住姜承宣手邊的衣服，大叫著用力一送，一剎那，秦曼感覺到胯間一股熱流直往外衝，全身一陣放鬆，然後陷入一片黑暗中……

見秦曼頭一歪便不再動，姜承宣嚇得立即拍打她的臉，緊張的叫道：「娘子，妳怎麼了？」

這時正在剪臍帶的產婆笑了。

「少爺，少奶奶累著睡了，別擔心。」

姜承宣一聽秦曼是睡著，這才放下心，立即對產婆說：「您老動作麻利點，弄好了我要帶我娘子回房去睡覺。洪平去給王產婆包個二十兩的紅包，算是給她老人家的打賞。」

王產婆笑逐顏開，她從來沒遇過這樣的男子，不問生下的是男是女，只要娘子沒事就大紅包打賞，今天真是撞大運了。

姜家女兒洗三那天，洗盆放下，溫水剛注入，十幾個銀錠沈入盆裡，眾人嘴上都是一句——「王嬤嬤，給我兒媳婦洗三您專心點，這是我給妳添的盆。」

秦曼瞪了眾人一眼。

「我女兒才出生三天！」

眾人說：「總會長大的。」

姜家女兒滿月那天，一個個大男人爭著說要抱自己的兒媳婦，不然長大就沒得抱了。

氣得秦曼當場再瞪眾人一眼。「我女兒才出生三十天！」

眾人都說：「早下手才搶得贏。」

姜家女兒滿周歲那天，放抓週禮的桌子上，十幾塊玉珮一字排開，眾人圍著桌子喊道：「兒媳婦，抓我家的玉珮。」

「嫒寶貝，抓我家的玉珮，抓到就是妳的了。」

「兒媳婦，抓我家的，一會兒讓哥哥抱妳去玩。」

秦曼看著雙眼骨碌碌轉動，看看這個、又看看那個，不知該聽哪個人說的話才好的女兒，不滿的說：「我女兒才出生三百六十五天！」

眾人齊聲道：「已經長大了，她挑到哪塊就是哪家的了。」

姜家夫妻很想昏倒在地。

「我們不興父母之命！」

眾人齊喝。「我們讓她選。」

弘瑞站在桌邊大吼一聲。

「不行，萬一你們的兒子都長得拐瓜劣棗，那還不虧了我妹妹！」

眾叔叔問：「那瑞兒想怎麼辦？」

弘瑞驕傲的說：「只要他們以後比得過我和我大弟弟就行。」
眾人的哀嚎聲響徹雲霄。
「瑞兒，你不能要求這麼高！」

——全書完

作伙來尋寶

書中自有黃金屋，書中自有顏如玉～

來到狗屋．果樹天地，裡頭不只有華屋、美女，

還有好康一籮筐，幸福獎不完！

【買 1 送 1】→買參展新書1本，即贈送精緻書套1個。

【滿千免運】→總額滿一千元，幫你免費送到家！

【好物加購】→購買指定新書+25元，時髦小物讓你帶著走！

【FB樂趣多】→書展期間記得鎖定 f 狗屋/果樹天地，參加活動還能贏好禮～

【狗屋大樂透】→不管您買大本小本，只要上網訂購且付款完成後，系統會發E-Mail給您，附上抽獎專用之流水編號，一本就送一組，買愈多中獎機率愈大！

【中獎公告】→2015/8/17在狗屋官網公布得獎名單，公布完即開始寄送，祝您幸運中大獎！

1 ASUS MeMO 7吋多核心平板 2名

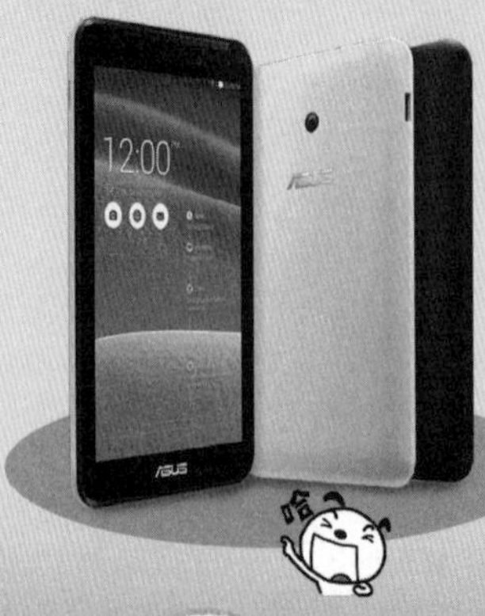

極致輕盈，窄邊框設計不只時尚有型，
還讓顯示螢幕變大了！內建Intel處理器，
提供SonicMaster 聲籟技術與高品質喇叭，
讓你感受無懈可擊的音效！
還有臉部辨識+自動快門，自拍超方便～
Smart remove 模式能輕易移除相片中
多餘的移動物體，不讓陌生人當回憶裡的
第三者！

2 美國Nostalgia electrics棉花糖機 2名

麵包機不稀奇，氣炸鍋人人有，
那現在流行什麼？
答案是懷舊棉花糖機！
時髦復古的外型，直接放入糖果就能製作出
個人口味的棉花糖，讓你邊玩邊吃，
在家辦Party也超有面子！

3 CHIMEI 9吋馬達雙向渦流DC循環扇 2名

電風扇不再是冬天的倉庫常客，
循環＋風扇 2合1，一年四季都適用！
沙發馬鈴薯必備款——附有無線多功能遙控器！
雙向送風設計，有8段風速可選擇，
還有7.5小時定時功能！內設DC節能靜音馬達，
給你最清靜又環保的夏日時光！

4 狗屋紅利金200元 20名

狗屋紅利金永遠最貼心！超實用的省錢術，下次購書可抵結帳金額喔～

★小叮嚀

(1) 購書滿千元免郵資，未滿千元郵資另計。請於訂購後兩天內完成付款，
未於2015/8/8前完成付款者，皆視為無效訂單。
(2) 如果訂單上有尚未出版之預購書籍，會等到書出版後一併寄送。
(3) 活動期間，親自至本社購買亦享有相同折扣，但請先電話聯絡確認欲購書籍，以方便備書。
(4) 5折、50元、5本100元的書籍，皆會另蓋小狗章。
(5) 特賣書籍因出書時間較久，雖經擦拭、整理，仍有褪色或整飾痕跡，故難免不如新書亮麗。
除缺頁、倒裝外無法換書，因實在無書可換，但一定會優先提供書況較良好的書給大家。
若有個人原因需要換書，需自付來回郵資。
(6) 各書籍庫存不一，若遇缺書情形可選擇換書。
(7) 歡迎海外讀者參與(郵資另計)，請上網訂購，或mail至love小姐信箱
(love@doghouse.com.tw)詢問相關訊息。

狗屋．果樹有權修改優惠活動的實施權益及辦法。

流浪貓狗介紹所

為流浪貓狗加油 和貓寶貝 狗寶貝

廝守終生(一定要終生喔！)的幸福機會

對人來說，貓寶貝狗寶貝只是生活的一部分，
但妳（你）對牠們來說，卻是生活的全部，領養前請一定要考慮清楚——

▲ Didi和Gigi幸福的邀約

性　　別：Didi男孩，Gigi女孩

品　　種：米克斯

年　　紀：Didi快2歲，Gigi2歲多

個　　性：Didi傻傻沒脾氣，Gigi可愛傻大姊

健康狀況：皆做過完整身體健查，已結紮，
也有注射預防針和定期體內外驅蟲

目前住所：台北市中山區

本期資料來源：愛媽Christine

『Didi&Gigi』的故事：

Didi以前還在流浪時，曾經被狗咬、被摩托車撞，二度進入醫院治療，小小的身體就遭受了不少磨難，完全可以想像牠當時多麼害怕徬徨。於是當牠出院後，我便帶牠回去，成為牠的中途幫牠找家。Didi是個傻呼呼的孩子，只要有食物就可以讓牠開心好久。而沒啥脾氣的牠也很膽小，音量稍微大些，牠就會快速躲開，所以也很聽話。

Didi

Gigi則曾經連同牠的姊妹一起得過貓瘟，一位離開，牠和姊姊幸運地活了下來。然而之後因為識人不清，傻得將牠們誤託給惡劣的付費中途之家，兩個孩子竟六個月都沒出過那二尺籠子……直到被人緊急通知，我才趕緊將牠們帶離，心中滿滿的自責和不捨。

Gigi

回來後，小女孩開心地走來跳去，像是在享受自由自在的感覺，看見玩具也好興奮，和其他小夥伴玩耍得相當快樂。當下忍不住有些鼻酸。至今已過了一年，想替可愛的牠找家，雖然機會可能不大，但我還是想與Gigi一起努力看看。

Didi和Gigi都是非常可愛的孩子，儘管過去曾經那麼難過，現在卻能走出陰霾，一舉一動都可愛得讓人心疼。這樣好的孩子們，不知道有沒有那麼一個人願意疼牠愛牠一生呢？如果你願意來應這令人覺得幸福的邀約，歡迎來信：ccwny210@gmail.com，讓牠和你共創今後的美好生活。

認養資格：

1. 認養者須年滿20歲，有獨立經濟能力，並獲得家人與同住室友的同意。
2. 學生情侶或單獨在外租屋的學生，須提出絕不棄養的保證。
3. 生病要能帶牠去看醫生，不關籠飼養，讓牠生活自由自在。
4. 同意送養人日後之追蹤探訪。
5. 認養前請把毛孩子放入你的20年計劃，疼牠愛牠不離不棄。

來信請說明：

a. 個人基本資料：姓名、性別、年齡、家庭狀況、職業與經濟來源等。
b. 想認養「Didi」或「Gigi」的理由。
c. 過去養寵物的經驗，及簡介一下您的飼養環境。
d. 若未來有當兵、結婚、懷孕、畢業、出國或搬家等計劃，將如何安置「Didi」或「Gigi」？

love.doghouse.com.tw 狗屋．果樹誠心企劃

2015年6月出版

巧妻戲呆夫

文創風 304～306

特種部隊成員變成農村小姑娘，醫學精英改去種田做豆腐？
她從女強人降為柔弱女，還有一屋子極品親戚，
不能重操舊業，就來「改造人生」、整治這些瞧不起她的人！

清閒淡雅 耐人尋味 ／半生閑

身為特種部隊的醫學博士出任務掛了，穿越還魂就算了，
為何讓她穿到一個為情上吊的小姑娘身上？!
十八般武藝俱全的林語來到小農村，發現自己學過的統統派不上用場，
家裡雖有父親，但繼母看她和大哥像眼中釘、肉中刺，
還有一堆極品親戚虎視眈眈，連祖母都只想著再把她弄出去換點嫁妝；
只要她還未嫁，女子就是給家人拿捏的對象，
不如自己選個合意的對象速速成親，之後協議和離脫身！
看來看去最佳人選就是肖家那個破相又不受寵的老二肖正軒，
怎知費了番心思終於成親，新婚之夜該來談和離了，
這位仁兄卻說：「看在我幫妳的分上，就和我一起生活半年可以嗎？」
這下還得弄假成真過半年，他到底打什麼主意？
而他們窩在靠山屯這樣的鄉下，他竟然還有師父和師兄弟們找上門，
莫非他還有什麼神祕的過去，這段假夫妻的協議會不會再生變化？

文創風 313

生財棄婦 下

國家圖書館出版品預行編目資料

生財棄婦 / 半生閑著. --
初版. -- 臺北市 : 狗屋, 2015.07
冊 ; 公分. --（文創風）
ISBN 978-986-328-474-1（下冊 : 平裝）. --

857.7　　104007964

著作者	半生閑
編輯	曾慧柔
校對	黃薇霓　蔡佾岑
發行所	狗屋出版社有限公司
地址	台北市104中山區龍江路71巷15號1樓
電話	02-2776-5889～0
發行字號	局版台業字845號
法律顧問	蕭雄淋律師
總經銷	知遠文化事業有限公司
電話	02-2664-8800
初版	2015年7月
國際書碼	ISBN-13　978-986-328-474-1
原著書名	**《穿越之爷请别种错田》**，由北京晉江原創網絡科技有限公司授權出版

定價250元

狗屋劃撥帳號：19001626

網址：love.doghouse.com.tw　E-mail：love@doghouse.com.tw